读客外国小说文库

激发个人成长

这不是告别

[美]蓝波·罗威 著　何颖怡 译

rainbow rowell

图书在版编目（CIP）数据

这不是告别 / (美) 蓝波・罗威 (Rainbow Rowell) 著；何颖怡译. -- 南京：江苏凤凰文艺出版社，2017.7

书名原文：Eleanor & Park

ISBN 978-7-5594-0133-5

I. ①这... II. ①蓝... ②何... III. ①长篇小说—美国—现代 IV. ①I712.45

中国版本图书馆CIP数据核字（2017）第068606号

图字：10-2017-136号

书　　名　这不是告别

著　　者　（美）蓝波・罗威
译　　者　何颖怡
责任编辑　丁小卉　姚　丽
特邀编辑　刘　雨　黄靖文
责任监制　刘　巍　江伟明
策　　划　读客图书
版　　权　读客图书
封面设计　读客图书　021-33608311
出版发行　江苏凤凰文艺出版社
出版社地址　南京市中央路165号，邮编：210009
出版社网址　http://www.jswenyi.com
印　　刷　三河市良远印务有限公司
开　　本　890mm x 1270mm　1/32
印　　张　10.25
字　　数　270千
版　　次　2017年7月第1版　2017年11月第2次印刷
标准书号　ISBN 978-7-5594-0133-5
定　　价　42.00元

本书为虚构，书中人物、机构、事件均为作者想象产物，并以小说手法呈现。

献给佛瑞斯、洁德、海文、杰瑞，以及跟我挤过小卡车后车厢的每一个人。

他已经放弃让她回来。

反正她也是想回来才回来，出现在梦里、谎言里，或者破碎的、似曾相识的场景里。比如，帕克开车去打工，看到一个红发女孩站在街头，他差点停止呼吸，那一刹那，他坚信那女孩就是埃莉诺。然后他发现那女孩的头发不是火红，而是金黄。而且她拿着一根烟……穿着“性手枪”乐队的T恤。

埃莉诺讨厌“性手枪”。

埃莉诺……

他转过身发现她就在背后。他醒过来她就躺在身旁。埃莉诺让所有人都显得乏味、平淡，而且永远不够好。

埃莉诺毁了一切。

埃莉诺一去不返。

他已经放弃让她回来。

1986年8月

1

帕克

XTC[1]无法盖过校车后面那些家伙的声音。

帕克压紧了耳机。

明天他应该带“嶙峋小狗”[2]或者“怪胎乐队”[3]，或者录一盘塞满尖叫哭喊的校车专用磁带。

等他十一月拿到驾照，就可以回头听新浪潮音乐[4]。爸妈答应把妈妈的那辆羚羊轿车给他，他也开始存钱买新的车载音响。一旦能开车上学，他就可以爱听什么听什么，不听也可以，还可以多睡二十分钟。

有人在他背后大叫：“根本没那种东西！”

史蒂夫也大叫：“我操！我说有就是有！老兄，醉猴拳是他妈的真货，可以杀人……”

“你放屁。”

---

① XTC，七十年代的英国新浪潮乐队。

② 嶙峋小狗（Skinny Puppy），八十年代的加拿大工业之声（Industrial Sound）乐队，是工业电子乐的先锋。

③ 怪胎乐队（Misfits），七十年代的美国朋克乐队，以融合朋克摇滚与恐怖电影主题音乐的恐怖朋克（Horror Punk）次类型见长。

④ 新浪潮（New Wave），一个概括性的音乐分类，泛指七十年代末到八十年代中期与朋克摇滚相关的音乐风格，来源可能是华丽摇滚、Ska、雷鬼、实验音乐、电子音乐、强力流行乐、迪斯科音乐等。

“你才放屁。”史蒂夫说，“帕克！喂，喂，帕克。”

帕克听见了，但没回答。有时，你不理会史蒂夫，一分钟后，他就会转向其他目标。与史蒂夫为邻，百分之八十的存活机会在此。另外百分之二十就是低下头。

不幸的是，他一时忘记了低头，一个纸团击中了他的后脑勺。

提娜说：“你傻啊，那是我‘人类生长与发展’课的笔记。”

“对不起啊，宝贝，”史蒂夫说，“我来教你人类生长与发展的所有知识吧，你想知道什么？”

有人应声：“教她醉猴拳！”

史蒂夫大叫：“帕克！”

帕克拿下耳机，回头看车尾。史蒂夫正在最后一排耍猴。他就算坐着都几乎顶到了车顶，总是让周遭的东西显得像玩具家具，初一时他就和大人一样高了，那时他还没长胡子。忽然之间，他就满脸胡须了。

有时，帕克怀疑史蒂夫追提娜是因为她让他看起来更像一头巨兽。佛列兹区的女孩大多很矮小，提娜连头发在内也肯定不超过五英尺。

初中时，有人跟史蒂夫胡扯，说千万别让提娜怀孕，巨婴可能会害死她。他说：“孩子会像怪物一样撑爆她的肚皮。”史蒂夫狠揍了那人的脸，结果搞断了自己的小指头。

帕克的爸爸听到后说：“该有人教教莫菲家那孩子如何正确握拳。”帕克希望没人这么做，因为挨了史蒂夫拳头的家伙一星期都睁不开眼睛。

帕克把那团作业纸丢回给提娜。她接住了。

“帕克，”史蒂夫说，“你给米基讲讲空手道醉猴拳吧。”

帕克耸耸肩：“我一无所知。”

“有这个东西，对吧？”

“好像听说过。”

“你看，”史蒂夫想找东西扔米基，找不到，只好用力指着他，“我他妈不是说了有吗。”

米基说："谢里登懂个屁的功夫。"

"你傻啊，"史蒂夫说，"他妈妈是中国人。"

米基认真地看着帕克。帕克微笑着，双眼眯成了细缝。

米基说："哦，我看出来了，我一直以为你是墨西哥人呢。"

"去你妈的，米基，"史蒂夫说，"你这个有种族偏见的混蛋。"

"她不是中国人，"提娜说，"她是韩国人。"

史蒂夫问："谁？"

"帕克他妈妈。"

提娜从小学开始就让帕克妈妈剪头发。两人的发型一模一样：长长的大波浪卷，加上高而蓬松的刘海。

"你妈真是太火辣了，"史蒂夫笑着说，"别生气啊，帕克。"

帕克又挤出一个笑容，然后滑回座位，戴上耳机，把音量开到最大，但依然听得见四排后面米基与史蒂夫的声音。

米基说："那又怎样？"

"哥们儿，你想跟醉猴打吗？它们可真他妈叫大，跟电影《永不低头》里面那只一样。要是撒起野来，你想想看吧。"

帕克跟大家差不多同时注意到了那个新来的女孩。她站在校车前排的第一个空位旁。

空位旁的那个学生马上拿起袋子占住空位，移开了视线。走道两旁还有空位的人也纷纷挪到靠窗的位子。帕克听见提娜在窃笑，她最喜欢这种场景了。

这个新女孩深深吸了口气，继续往前走。没人正眼看她。帕克也努力不看，但是这场景就像火车出轨或者日食一样吸引眼球。

这女孩简直就是"活该如此"的那种类型。

不仅初来乍到——还又胖又笨拙。大卷发乱七八糟的不说，偏偏还是大红色。穿着嘛……就是想引人注目。或许她不知道自己穿得糟透了。男款的格子衬衫，脖子上挂了六七串诡异的项链，两只手腕裹着丝巾。她让帕克联想到稻草人，或者他妈妈放在五斗柜上的烦恼娃娃[1]。总之，是那些在野外无法生存的东西。

校车停下了，更多的学生上了车。他们推挤着那女孩跑进车厢，坐到自己的位子上。

这就是问题所在。每个人都有固定座位，那是他们开学第一天就占为己有的位子。像帕克这种幸运地占据整排座位的人可不会拱手相让，尤其是让给她那样的人。

帕克又回头看那女孩。她还站在那里。

"喂，你，"校车司机大叫，"快坐下！"

那女孩开始往校车后面走，直入虎口。帕克心想，天啊，站住，转过去。她逐渐接近车后座，帕克能感觉到史蒂夫和米基正舔着舌头，准备看好戏。他再次转过头不看她。

看到帕克斜对面有个空位，女孩如释重负，快步走上前。

提娜尖声叫起来："喂喂。"

女孩继续往前走。提娜又叫："喂，波佐[2]。"

史蒂夫笑了。他的狐朋狗友们立即响应。

"你不能坐那里，"提娜说，"那是蜜凯拉的位子。"

那女孩停住脚步，抬头看着提娜，又回头看那个空位。

司机在前面大吼："坐下！"

那女孩以坚定而冷静的口吻对提娜说："我总要找个位子坐吧。"

提娜厉声说："不关我的事。"车子歪斜着前进，那女孩往后倾斜以保持平衡。帕克想把随身听音量开大，但已经是最大了。他回头看那女孩，她好像要哭了。

他还没决定怎么做，身体却已经挪向靠车窗的位子。

---

① 烦恼娃娃（Trouble doll），危地马拉特产的小洋娃娃，能取代小主人的烦恼。比如小孩难以入睡，就跟烦恼娃娃诉说，把娃娃摆在枕头下，就能一夜好眠。

② 波佐（Bozo），红头发的小丑。

他说："坐下！"语气中带着怒意。女孩转头看着他，无法确定他是不是他们的同伙。帕克朝身旁的座位点点头，轻声说："妈的，你就赶紧坐下来吧。"

女孩坐了下来，没吭声，也没道谢。谢天谢地，她还让两人之间空了大约六英寸。帕克面向窗玻璃，就等着天下大乱了。

2

埃莉诺

埃莉诺思索着可能的选择。

一、她可以步行回家。好处：能运动，会让脸色红润，有独处的时间。缺点：她还不知道新家的地址，甚至大致方向。

二、她可以打电话叫妈妈来接她。优点：很多。缺点：她妈妈没电话，也没车。

三、她可以打电话给爸爸。哈。

四、她可以打电话给奶奶。纯属问候。

她坐在校门口的水泥台阶上，望着一整排的黄色校车。她的校车就在那里，666号。就算她的神仙教母此刻现身，变出一辆南瓜马车，让她躲过今天的校车之旅，明天上午，她还是得设法来上学。

同车的那些小魔头也不可能一觉醒来就变了个人。老实说，如果下次他们朝埃莉诺龇牙咧嘴，她也不会意外。至于坐在车尾的那个穿褪色牛仔夹克的金发女孩，你几乎能看见她刘海下面有两只角，她的男友还可能是巨人国的一员。

这个女孩——其实是所有人——根本还没正眼看过埃莉诺，就已经开始讨厌她了，仿佛她是前世派来的杀手。

埃莉诺无法分辨那个终于让座给她的亚洲男孩究竟是他们的同伙，还是个大笨蛋。（不是智商为零的那种笨蛋，毕竟他们有两门相同的尖子班课程。）

埃莉诺的妈妈坚持认为，在新学校她得上尖子班课程。因为埃莉诺去年（初三）的成绩单简直吓坏了她。辅导老师说：“道格拉斯太太，你应该不会吃惊吧？”哈，埃莉诺心想，到了这个阶段，你还会为哪些事情感到吃惊呢？

管它呢。就算上了尖子班课程，眼睛还是可以飘向窗外的云朵，反正教室的窗户多的是。

要是她还会回这所学校的话。

要是她今天能活着回家的话。

反正埃莉诺也不可能让妈妈知道校车上的真相，因为昨晚帮埃莉诺打开行李时，她已经说了，她不必坐校车……

“雷奇说他可以送你，”妈妈说，“正好和他上班顺路。”

“他会让我坐到货车的后车厢？”

“雷奇想要和解。你也答应过要努力的。”

“要是隔着一段距离，我还比较容易跟他和好。”

“我跟他说了你已经准备融入这个家庭。”

“我本来就是这家的一分子，也算发起人之一吧。”

“埃莉诺，”妈妈说，“别这样。”

“我坐校车就行了，”埃莉诺说，“没什么大不了的，还可以多认识一些人。”

哈，埃莉诺现在想着，响亮、戏剧化的哈。

她的校车要开了，有几辆已经开走。这时，有人冲下台阶，踢到了她的背包。她连忙拿开背包，正要道歉——哦，是那个笨蛋亚洲男孩。他看见埃莉诺，皱起了眉头。埃莉诺也朝他皱眉，而他已经往前跑了。

唉，好吧，埃莉诺心想，地狱诸子在我庇护之下必不饥饿。

3

帕克

回家的车上，她没跟他说话。一整天，帕克都在思索如何摆脱这个新来的女孩。他必须换位子，这是唯一的办法。但是换到哪里？他不想硬插到别人旁边。何况，光是换座位这件事就会引起史蒂夫的注意。

帕克让那女孩坐到旁边时就预料到史蒂夫会找他麻烦，谁知史蒂夫还在继续谈着功夫。哦，顺便说一下，帕克很懂功夫，这跟他妈妈是韩国人无关，而是因为他爸爸热衷武术。帕克和弟弟乔许刚会走路，便被送去学了跆拳道。

换位子，怎么换……

或许可以换到前面跟新生坐，但这样又会大大显示他的懦弱。他也讨厌想象那个新来的怪女孩孤单地坐在后面的场面。

他更讨厌自己会去想这些。

如果爸爸知道他的想法，肯定会骂他像个娘们儿。终于让他逮到机会大声说出这个词了。如果让奶奶知道了，肯定会赏他脑瓜子一巴掌。她会说，*你的绅士风度呢？你应该这样对待不幸的人吗？*

以他的地位和运气，只够明哲保身，不足以罩着那个红发女孩。他知道自己的想法很差劲，但是他衷心庆幸世间有红发女孩这类人物，因为史蒂夫、米基、提娜这类人需要生吞活剥的对象，如果没有红发女孩，就会是别人；如果没有别人，就会是帕克。

上午，史蒂夫放了他一马，但他可不会永远放过他。

帕克几乎又听到奶奶在说，说真的，孩子，大家都在袖手旁观的时候，做一件好事又能怎么样呢？难道会让你肚子疼？

帕克心想，这根本称不上好事。他的确让那女孩坐了下来，但也对她说了脏话。当她又出现在帕克的英语课上时，简直就是阴魂不散。

史岱斯曼老师说："埃莉诺，很有力的名字。要知道，这可是女王的名字啊。"

帕克背后有同学说："那是肥花鼠的名字。"有人笑了。

史岱斯曼指着前面的空位让埃莉诺坐。

"埃莉诺，今天我们来读诗，"他说，"狄金森的诗。你来起个头？"

他把埃莉诺的课本翻到正确的那一页："来吧，大声、清楚地朗读，要停的时候，我会告诉你。"

那新来的女孩看着史岱斯曼，希望他是在开玩笑。但显然不是，史岱斯曼几乎从不开玩笑。她开始读了。

她读道："这么多年我始终饥饿。"有几个同学笑了。帕克想，老天爷，只有史岱斯曼会叫一个胖女孩第一天上课就读一首关于吃的诗。

史岱斯曼说："埃莉诺，请继续。"

她继续朗读。帕克认为这主意糟透了。

"这么多年我始终饥饿。"这一次她提高了声音。

午餐时间到了
我颤抖着拉近桌子
触摸那奇特的酒
这桌上之物
正是我以前饥饿时转身
从窗外羡慕张望的东西

不敢奢望自己能拥有的丰饶[1]

史岱斯曼没叫停，所以，她就用又酷又叛逆的声音读完了整首诗，正是她跟提娜说话的那种腔调。

她读完后，史岱斯曼满脸笑容：“很棒，真的很棒。希望你能继续在这个班上课，至少待到我们上《米蒂亚》为止。你的声音很适合这个搭乘龙车而降的角色。”

而当她出现在历史课上时，桑德霍夫老师并没有小题大做，只在她递出书面表格时说：“哦，阿基坦的埃莉诺皇后[2]。”她坐在帕克前面几排，根据帕克的观察，她整节课都在望着太阳。

帕克想不出摆脱这女孩或者让自己消失的方法。所以他趁她上车前戴上耳机，把音量开到了最大。

谢天谢地，她也没企图和他攀谈。

① 来自艾米莉·狄金森（Emily Dickinson）的诗《I've Been Hungry All These Years》。
② 埃莉诺皇后（Eleanor of Aquitaine，1122–1204），英格兰亨利二世之妻。

4

埃莉诺

埃莉诺到家时，孩子们都还没回来。很好，因为她还不想看到他们。昨晚踏进这屋子的第一幕简直就是一场闹剧……

之前，埃莉诺常想，如果她终于回家，场面会是怎样的？她想死了每个人。她以为家人会朝她扔彩带，她以为会有激动拥抱的场面。

但是埃莉诺踏进门时，弟弟妹妹们好像当她是陌生人。

班恩瞄了她一眼。梅西呢——居然坐在了雷奇的大腿上。要不是答应过妈妈，只要妈妈还活着，她都要表现良好，埃莉诺真的可以当场吐出来。

只有鼠鼠跑来拥抱她，她感激地抱起了他。鼠鼠五岁了，重得很。

“嗨，鼠鼠。”埃莉诺说。鼠鼠还是个小婴儿时他们这就么叫他，埃莉诺不记得为什么了。鼠鼠让她联想起胖胖的、懒散的小狗，永远那么兴奋，永远想跳到你的腿上。

“爸爸，看，是埃莉诺，”鼠鼠蹦蹦跳跳地说，“你认识埃莉诺吗？”

雷奇假装没听见。梅西一边吸吮拇指一边看着。埃莉诺好多年没看过梅西吸拇指了，她已经八岁了，拇指放在嘴里，看起来像个小婴儿。

至于小婴儿，他不会记得埃莉诺的，他应该两岁了……喏，在那儿，他跟班恩一起坐在地上。班恩十一岁，眼睛盯着电视后面的墙壁。

妈妈提着装了埃莉诺物品的行李袋，走向客厅旁的卧室，埃莉诺跟在后面。那房间很小，只够放一个五斗柜和一张上下铺的床。鼠鼠跟着跑进来，说："你睡上铺，班恩得跟我一起睡地板。妈咪已经说过了，班恩听了就哭了。"

"别担心，"妈妈柔声说，"我们重新调整。"

这房间哪有空间能重新调整？（埃莉诺决定还是闭嘴的好。）她立刻爬上床睡觉，这样就不必回到客厅了。

半夜醒来时，三个弟弟都睡在地板上。下床肯定会踩到他们，而且她也不知道厕所在哪里……

找到了。这房子只有五间房，浴室勉强算一间，因为没有门，几乎跟厨房是相连的。这房子肯定是穴居的矮人设计的。不知道是谁（大概是她妈妈）用花床单当门帘，隔开了马桶与冰箱。

放学后，埃莉诺用新钥匙打开家门。白天里，这屋子可能显得更压抑、寒碜、家徒四壁。但这个家和妈妈是专属于她的。

这种经验很奇怪——回家，进门，看见妈妈站在厨房，这简直太……太像个正常家庭了。妈妈正在切洋葱，准备煮汤。埃莉诺差点掉下泪来。

妈妈问："学校怎么样？"

她回答："还好。"

"第一天感觉还好吗？"

"当然，呃，不错。反正就是个学校嘛。"

"有很多课程要补吗？"

"应该不多。"

妈妈在牛仔裤后面抹抹手，把发绺拨回耳后，然后，埃莉诺第一千零一次震惊于她的美丽。

埃莉诺小时候觉得妈妈像皇后，像仙女故事里的闪亮明星。

不是公主——公主只是漂亮。而她妈妈是绝色！她高个子，宽肩膀，腰身优雅，气度高贵。身上的每根骨头都仿佛比别人的更具意义，不只是撑起身体，似乎还表达着某种态度。

她鼻子坚挺，下巴尖瘦，颧骨高而厚重。当你看着埃莉诺的妈妈，不禁会想到某艘维京海盗船的船头就刻着她的肖像，或者某架飞机的机身就画着她的面容……

埃莉诺跟她长得很像。

但是不够像。

如果透过水族箱看她妈妈的脸，就是埃莉诺的模样。她整体要圆胖些，线条柔和些。简而言之，就是更模糊。她妈妈像雕像，而她是肥胖。她妈妈是妙笔偶成，她则是画笔脏了。

她妈妈是在生了五个孩子后，才有了香烟广告里那种妇人的丰乳肥臀。埃莉诺才十六岁，看起来却已经像中世纪的酒馆老板娘。

她各个部位都很丰满，但又没有足够的身高来掩饰。她的胸部从下巴处就高耸而起，她的屁股则根本就是……胡闹。就连妈妈的红褐色波浪卷发都比她那一头鲜红色卷发显得更正统。

埃莉诺下意识地摸了摸头发。

妈妈盖上汤锅："我有些东西要给你，孩子们在的时候不方便。在这儿，跟我来。"

埃莉诺跟妈妈进入孩子的卧室，妈妈打开壁橱，拿出一叠毛巾和塞满袜子的洗衣篮。

"搬家时，你的东西我没全带来，"她说，"这里显然比不上老房子，地方不够大……"她从柜子里拉出一个黑色垃圾袋。"但是能带多少，我都尽量带了。"她把袋子递给埃莉诺，"其他的，抱歉啦。"

埃莉诺还以为，一年前雷奇把她踢出家门后，就把她的东西全当垃圾丢了。她抱住垃圾袋，说："没关系。谢谢。"

妈妈碰了碰她的肩膀，仅仅一两秒："孩子们大概二十分钟后回来，四点半吃晚饭吧。我喜欢在雷奇回家前把一切都搞定。"

埃莉诺点点头。妈妈一离开，她立刻打开垃圾袋，想知道她还拥有哪些东西……

第一个是纸娃娃，散放在垃圾袋里，有的还有蜡笔痕迹。埃莉诺已经好多年没玩这些娃娃了，但是能与它们重逢，还是很开心。她抚平这些娃娃，堆成一堆。

娃娃下面放着十几本书，显然是她妈妈随手拿的，她绝对不知道哪些是埃莉诺最爱的书。埃莉诺很高兴里面有《盖普眼中的世界》《瓦特希普高原》、可是有《爱的故事续集》却没有《爱的故事》，糟透了。还有啊，有《小绅士》却居然没有《小妇人》与《乔的男孩们》。

垃圾袋里还有更多的纸。埃莉诺以前的房间有个文件柜，看来妈妈抓来了大部分的文件夹，成绩单啦，毕业照啦，笔友的信啦，埃莉诺把它们堆成一堆。

不知道老房子的其他东西去哪了。不光是她的私人物品，还有大家共有的，比如家具、玩具、妈妈的植物，还有画、外婆那套丹麦瓷盘嫁妆，以及一直挂在水槽上的那只红色瑞典达拉木马。

可能都塞在某个地方吧。或许她妈妈也希望这个矮人洞穴般的房子只是暂时的。

埃莉诺则仍在盼望雷奇也是暂时的。

黑色垃圾袋的底部有个盒子。看见时，她的心怦地一跳。每年圣诞节，明尼苏达州的舅舅都会寄来一盒“本月水果俱乐部”的会员水果，埃莉诺和弟弟妹妹们总是抢着要装水果的盒子。想想就好笑，不过那盒子很好，很坚固，又有盖子。这个是装葡萄柚的，年代久远，盒子边缘有点软了。

埃莉诺小心地打开盒子，里面的东西完好如初。她的文具盒、彩色笔和油性彩色马克笔（也是舅舅送的圣诞礼物）。还有一叠购物中心的促销卡片，闻起来仍有昂贵香水的味道。以及她的随身听，没坏，但是也没电池，不过有总比没有好。只要有随身听，就代表有机会听音乐。

埃莉诺抱住盒子，它闻起来有香奈儿五号香水和铅笔木屑的味道。她叹了一口气。

就算她把东西都分类整理好了又能怎么样呢？五斗柜连放她衣服的地方都没有。她把盒子和书本挑出来放在一边，小心翼翼地把其他东西一一放回垃圾袋，塞到衣柜最高层的角落，放在毛巾和加湿器的后面。

她爬到上铺，一只瘦得皮包骨的老猫在床上打盹。埃莉诺推了推它。“走开。”那只猫跳到地板上，走出了房门。

5

帕克

史岱斯曼老师要他们每人背诵一首诗，随便哪一首，随便他们挑。

他轻摸着胡须："你们会忘记我教过的所有东西，全部忘记。或许你们会记得贝沃夫大战怪兽，或许你们会记得'生存还是毁灭'是出自《哈姆雷特》而不是《麦克白》……但是其他的呢？省省吧。"

他在走道里慢慢踱着步子。他就爱来这套——充满戏剧气氛的巡视。他停在帕克的座位旁，一只手扶着帕克的椅背向前倾。帕克停下手中正在画画的笔，坐直了身体。反正他也不会画画。

史岱斯曼继续说："因此，你们要背诵一首诗。"他停了一下，低头对帕克露出金·怀德看见巧克力工厂的那种笑容[①]。

"人的脑袋啊，喜欢诗。诗是种挥之不去的东西。你们会牢牢记住自己选的诗，五年后，或许我们会在'乡间小店'餐厅偶遇，你会说：'史岱斯曼老师，我还记得《无人走过的路》！你听……金色的森林里有两条岔道……'"

他走向另一张课桌，帕克松了一口气。

"哦，先说好，不准选《无人走过的路》，腻死我了。也不准选希

① 英国小说《查理与巧克力工厂》（Charlie and the Chocolate Factory）翻拍的电影，主角为金·怀德（Gene Wilder）。

尔弗斯坦[①]。他很棒，但是你们已经毕业了，都是大人了。所以要选一首大人的诗……

“我的建议是选一首情诗，用处大得很呢。”

他走到新女孩的课桌旁，她的视线并没有从窗户上移开。

“当然，选择权在你们。你也可以选择《延宕的梦想》[②]，埃莉诺？”女孩茫然地转过头。史岱斯曼靠近她：“埃莉诺，你可以选这首，它抑郁，却很真实。但是你有多少机会读出这首诗呢？

“是的。选一首能触动你心灵的诗吧。选一首能帮助你跟他人对话的诗。”

帕克打算选一首押韵的诗，那样比较好背。他喜欢史岱斯曼老师，真的，但希望他能稍微节制点，每当他以这种戏剧化手法鼓动同学，帕克总为他感到尴尬。

史岱斯曼回到讲台前：“明天，我们在图书馆碰头。明天，我们来采玫瑰蕊。[③]”

如同获得了提示一般，下课钟响了。

---

① 《无人走过的路》（The Road Not Taken），是美国诗人弗罗斯特（Robert Frost）的诗，第一句为“Two roads diverged in a yellow wood”。希尔佛斯坦（Shel Silverstein）则是美国诗人、插画家、作曲家，擅长谐趣诗。

② 《延宕的梦想》（A Dream Deferred），是美国哈林文艺复兴诗人兰斯顿·休斯（Langston Hughes）的作品。

③ 典故出自英国诗人荷立克（Robert Herrick）的“To the Virgins, to Make Much of Time”——Gather ye rosebuds while ye may，意指“好花堪折直须折”。

6

埃莉诺

“小心点，包巾头。”提娜粗鲁地推开埃莉诺，爬上了校车。

体育课上，同学们跟着提娜叫埃莉诺“波佐小丑”，但是提娜为她取的绰号已经进阶到了“包巾头”和“血腥玛丽”。她今天在更衣室这么解释：“因为你的脑袋看起来像整个包在头巾里。”

她俩体育课同班，这也完全合理，因为体育课就是地狱的延伸，而提娜绝对是个大魔头，一个诡异的迷你版玩具魔头。并且，她有一大群小魔头追随，全都穿着成套的运动服。

应该说每个人都穿着成套的运动服。

埃莉诺以前的学校规定要穿运动短裤，她就已经觉得很恶心了。（她痛恨自己的全身，最恨她的腿）但是在这所北方中学，她们得穿成套的运动服。尼龙材质的连身套装，下半身红色，上半身红白条纹，拉链在前面，从下面一直拉到脖子。

埃莉诺第一次穿运动服，提娜就说：“波佐小丑，红色不适合你。”其他女孩都笑了，就连那些讨厌提娜的黑人女孩也跟着笑。嘲笑埃莉诺就是马丁·路德·金博士的山顶目标①。

---

① 典故来自马丁·路德·金博士的演讲，题为“我曾到过山顶”（I've Been to the Mountaintop）——前面的日子还很困难，但是我不在乎，因为我曾到过山顶。

被提娜推开后，埃莉诺缓缓上了校车，但还是比那个笨蛋亚洲男孩早。这意味着他来了以后，她得起身，让他坐到靠窗的位置。尴尬，彻底的尴尬。每次校车颠簸起来，埃莉诺就几乎整个人摔到他腿上。

或许有同车的人会辍学、死掉，或者发生其他事，那她就可以换个位子，可以远离他了。

至少他不会企图攀谈，或者看她。

至少她是这么认为的，因为她从不看他。

有时，她会低头看他的鞋子。他的鞋子都很酷。有时，她则偷看他在读什么……

永远是漫画。

埃莉诺从不带书到校车上读。她可不希望提娜或其他什么人逮到她低头的时候。

帕克

每天都坐在某人旁边却不跟她说话，这似乎不对。尽管她是个怪胎。（老天，她还真是怪啊。今天她穿得像棵圣诞树，布料裁成的一堆图形搭配着丝带挂满全身……）车开得太慢了。帕克迫不及待要逃离她，逃离所有人。

“哥，你还没穿道服啊？”

他打算独自在房里吃晚餐，但是弟弟不肯让他清静。乔许站在门口，已经穿上跆拳道道服，正在啃鸡腿。

“爸爸快到家了，就是立马，现在，”乔许边嚼鸡腿边说，“你要是还没准备好，他会发飙的。”

他妈妈走到乔许背后，照着他后脑勺就来了一下。“别说脏话，臭嘴。”她得踮起脚才能敲到乔许的脑袋。乔许完全是爸爸的亲儿子，他已经比妈妈高出了七英寸，比帕克高三英寸。

这也太糟糕了。

帕克把乔许推出去，摔上门。目前，帕克维持兄长威严的策略就是假装——假装尽管身高比不上乔许，他还是有办法狠狠揍他。

跆拳道场上，他还是有办法打败乔许，那是因为乔许很容易厌倦这种体形占不了优势的运动。高中橄榄球校队教练已经开始到乔许的少年组比赛观察了。

帕克换上道服，心想，要不了多久，他就得穿乔许穿不下的衣服了。或许他可以用夏比牌马克笔把乔许那些橄榄球队（Husker）T恤，涂改成 “Husker Du”[1]。说不定他根本不用烦恼这个，帕克或许永远五英尺四英寸高，现在的衣服永远不会小。

他穿上匡威球鞋，把晚餐端到厨房，在料理台前吃。妈妈正设法用抹布擦掉乔许白色夹克上的肉汁。

“敏蒂？”

爸爸每晚进门都是这个场面，活像情景喜剧（《我爱露西》？）里的老爹。而他妈妈不管在屋里的什么地方，都会回答“在这儿呢”。

只是她的口音会是“在者儿咧”！显然，她永远摆脱不了口音，永远会像昨天才从韩国搬到美国似的。有时，帕克认为她是故意如此，因为爸爸喜欢。但是妈妈在其他方面都努力融入，如果有办法的话，她会希望自己的口音听起来像是在这一带长大的。

爸爸飞奔进厨房，一把搂住妈妈。他们每天晚上都来这一出。火力全开的调情，不管有谁在场。这场面简直就像保罗·班扬[2]一把搂住小人国里的娃娃。

帕克抓住弟弟的袖子：“来，走吧。”他们可以在羚羊轿车里等。过

---

① Husker Du，美国明尼苏达州的朋克乐队。

② 保罗·班扬（Paul Bunyan），美国民间传说中的巨人樵夫。

一会儿，他爸爸换好巨大的道服，就会出来。

埃莉诺

她还是不习惯这么早吃晚饭。

这是什么时候开始的规矩？以前在老家，他们都一起吃晚饭，包括雷奇。对于不用跟雷奇同桌，埃莉诺没什么好抱怨的……只是妈妈现在这种做法，好像是希望雷奇回家时，他们通通不要在眼前碍事一样。

她甚至给雷奇做完全不同的晚餐。孩子们吃烤奶酪，雷奇则吃牛排。对于烤奶酪，埃莉诺倒也没什么好抱怨的。老是豆子汤、豆子米饭、豆子鸡蛋，换换口味也不错。

晚饭过后，埃莉诺通常回房间读书，孩子们出门玩耍。等到天冷了，天色早早变暗，他们要到哪里去呢？躲在卧室里？简直疯狂。《安妮日记》式的疯狂。

埃莉诺爬到上铺，拿出她的文具盒。那只灰色的笨猫又睡在她床上。她一把推开它。

她打开那个葡萄柚盒，翻看她的文具。她一直打算写信给以前学校的朋友，走的时候，她没来得及跟她们道别。那天，妈妈突然出现在学校，把她拉出教室，一副“收拾东西，我们要回家了”的样子。

那天，妈妈很快乐。

埃莉诺也很快乐。

她们直奔北方中学注册，回新家途中在汉堡王吃东西。妈妈不断捏着埃莉诺的手……埃莉诺则假装没看见妈妈手腕上的淤青。

卧室门开了，梅西抱着猫进来。

“妈咪说房门要打开，”她说，“通风。”这屋子每扇窗都敞开着，却根本连一丝风都没有。通过敞开的房门，埃莉诺看到雷奇坐在沙发上。她努力压低身体，低到不能再低。

梅西问：“你在干什么？”

“写信。”

“写给谁？”

“不知道。”

“我可以上来吗？”

“不行。”那一瞬间，埃莉诺只想保护文具盒，不想让梅西看到她的彩色笔和空白纸。何况，在内心深处，她还是想惩罚梅西，因为她坐在了雷奇的大腿上。

以前绝对不会这样。在雷奇把她扫地出门前，所有孩子都团结一致地排斥他。或许埃莉诺是最恨他，最公开反抗他的，但是孩子们都站在她这边，班恩、梅西，甚至鼠鼠。鼠鼠会偷藏雷奇的香烟。如果听到妈妈和雷奇的房间发出弹簧垫震动的声音，他们也是派鼠鼠去敲门……

如果噪音比弹簧垫的声音还可怕，比如尖叫或哭泣，他们四个就会挤到埃莉诺的床上（在老家时他们是一人一张床），紧紧抱在一起。

梅西会靠在埃莉诺的右边。鼠鼠会哭。班恩脸色木然，好像陷入梦境。埃莉诺与梅西四目相对。

埃莉诺会说：“我恨他。”

梅西则会回答：“我恨死他了，我巴不得他死掉。”

“我希望他工作时，从梯子摔下来。”

“我希望他被卡车撞。”

“被垃圾车撞。”

“没错，”梅西会咬牙切齿说，“然后所有垃圾都掉到他死翘翘的身体上。”

“然后公交车就碾过他的身体。”

“没错。”

“我希望我就在那辆车上。”

梅西把猫放回埃莉诺床上，说：“它喜欢睡在这里。”

埃莉诺问：“你也叫他爸爸吗？”

梅西说：“现在他是我们的爸爸了。”

埃莉诺半夜醒来，发现雷奇在客厅睡着了，电视还开着。去厕所的路上，她大气不敢喘，害怕得不敢冲马桶。回房后，她关上了门。去他妈的通风。

7

帕克

“我要约琴恩出来。”凯尔说。

“别约她。”帕克说。

“为什么不？”他们在图书馆里选诗。凯尔已经选了一首短诗，是关于某个叫茱莉亚的女孩，以及她“化成水般的衣服”的。（帕克说：“粗俗。”凯尔争辩说：“怎么会粗俗？那可是三百年前的诗啊。”）

帕克说：“因为她是琴恩。你不可能跟她约会。你看看她的样子。”

琴恩跟两个穿着同样高雅整齐的女孩坐在隔壁桌。

凯尔说：“你看看，她可是个靓妞。”

帕克说：“天啊，你听起来太蠢了。”

凯尔说：“什么？流行着呢。‘靓妞’这个词现在可流行了。”

“你是从《冲刺者》[①]杂志或者其他什么地方学来的，是吧？”

凯尔敲了敲手中的诗集：“人们就是这样学习新词汇的——阅读。”

“这也太牵强了。”

凯尔一边朝琴恩点头，叫着：“靓妞！”一边从背包里掏出瘦吉姆香肠棒来吃。

帕克又看了琴恩一眼。她留着金色的短发，刘海厚而卷，还是全校

---

① 《冲刺者》（Thrasher），滑板杂志。

唯一有斯沃琪手表的。琴恩是那种衣衫笔挺、绝无皱痕的女孩，她才不会跟凯尔有眼神接触，生怕那样会玷污了自己。

凯尔说："今年我会走桃花运的。我会弄上一个女朋友。"

"应该不会是琴恩。"

"为什么不？你认为我该降低标准？"

帕克看看凯尔。他也不算难看。有点像个头高大的巴尼·罗伯[1]。他的牙上已经沾了瘦吉姆香肠棒的碎屑。

"换个目标吧。"

"去他妈的，"凯尔说，"我就是要从顶层开始。我还要帮你也找个妞。"

"谢谢。不过还是算了吧。"

凯尔说："四人约会。"

"不用了。"

"就在你那辆羚羊轿车里。"

"别抱太大希望。"关于考驾照，帕克爸爸干了一件非常霸道的事：昨晚，他突然宣布帕克得先学会开手动挡。

帕克打开了另一本诗集，全是写战争的。他又合上。

"你看，那不就是一个对你有兴趣的女孩吗？"凯尔说，"看来，有人染上丛林热[2]了。"

帕克抬起头："你连种族歧视的比喻都弄错了。"凯尔朝图书馆远远的角落点点头。新女孩坐在那里望着他们。

凯尔说："她个头有点大，不过羚羊轿车空间宽敞。"

"她不是在看我，只是在随便看，她总是这样。你看。"帕克朝新女孩挥挥手，她连眼皮都没眨。

---

① 巴尼·罗伯（Barney Rubble），动画片《摩登原始人》一角。

② 丛林热（Jungle Fever），原指黑人白人通婚。

从校车碰面那一天到现在，帕克跟她只有过一次眼神接触。上星期的历史课上，她的眼神几乎要挖出帕克的双眼。

*如果你不想人们看你，就别把鱼饵戴在头发上。*帕克那时这么想。她的饰品盒肯定像个扔杂物的抽屉。不过，她的穿戴也不能完全说是蠢到极点……

他还挺喜欢她的一双范斯帆布鞋，上面有草莓图案。她还有一件雪克斯金细呢的绿色运动上衣，要是能躲过众人的嘲笑，帕克还挺想借来一穿。她以为她这身打扮能逃得过嘲笑?

每天她上校车前，帕克都神经紧绷。但是无论多么紧绷，都无法与她带来的视觉冲击相抗衡。

凯尔问："你认识她？"

帕克迅速回答："不认识。跟我同一辆校车的，怪人一个。"

凯尔说："丛林热正在蔓延哦。"

"那是指黑人，如果你喜欢黑人的话。反正我不认为它是褒义词。"

凯尔指着帕克说："你们族人也来自丛林，《现代启示录》，不是吗？"

帕克说："你真该约琴恩出来的，这点子简直棒透了。"

埃莉诺

埃莉诺不打算跟大家抢康明斯[①]的书，好像那是最后一个椰菜娃娃[②]似的。她在非洲裔美国文学区找到了一张空桌子。

这学校还有另一件"真他妈糟"的事——埃莉诺自我修正为"太糟

---

① 康明斯（Edward Estlin Cummings），美国戏剧家、诗人、画家。

② 椰菜娃娃（Cabbage Patch Kid），一种圆脸软身的娃娃，1983年在美国造成大风行，抢购到断货。

了”。

学校多数学生是黑人，但是尖子班却以白人为主。他们从西奥马哈坐校车来上课。佛列兹的白人学生，以及非尖子班的学生，则从另一个方向坐校车来。

埃莉诺希望她能多几门尖子班课程，最好是有尖子班体育课……

就算有也不会让她上，她得先跟那些没办法仰卧起坐的胖女孩一起上体育补习课再说。

总之，尖子班的学生，不管是黑人、白人还是亚洲少数族裔，都比较和善。或许他们内心也一样恶劣，只是担心惹麻烦；或许他们内心也一样恶劣，只是被训练得彬彬有礼——会给老人、女士让座之类的。

埃莉诺有三门尖子班课程——英语、历史和地理，其他时间，她都身处一群疯子中间。说真的，根本就是《黑板丛林》[①]。她可能得加把劲，免得被踢出那些聪明学生的尖子班。

她开始在笔记本上抄《囚鸟》[②]。好极了，很押韵。

① 《黑板丛林》（Blackboard Jungle），1955年的电影，讲一位老师在内城区学校教书，要驯服反社会人格的学生。

② 《囚鸟》（Caged Bird），美国黑人女诗人玛雅·安杰洛（Maya Angelou）的作品。

8

帕克

她在看他的漫画。

一开始帕克以为是自己的错觉。他一直觉得她在看他，但是每当他看回去，就看见她低着头。

帕克终于搞清楚了，她是在盯着他的大腿。不是色眯眯的那种，是在看他腿上的漫画——帕克能看到她眼珠的移动。

帕克从没见过红头发却有棕眼珠的人（他也没见过谁的头发那么红、皮肤那么白。）。这个新女孩眼珠颜色比他妈妈的还深，非常黑，像脸庞上的两个洞。

这听起来很恐怖，其实不然。或许还称得上她全身最棒的地方，让帕克想起画家笔下的琴·格雷[①]传送心灵感应时的模样，眼珠完全变黑，像外星人。

今天新女孩穿了巨大的男式衬衫，上面全是贝壳。原本的衣领一定非常大，大得像迪斯科年代的那种衬衫领，所以她把衣领剪掉了，露出破损的边缘。她的马尾上绑了一条男式领带，活像巨大的尼龙蝴蝶结。她看起来荒唐极了。

---

① 琴·格雷（Jean Grey），漫画《X战警》里的凤凰女，又称传心女侠，拥有心灵及精神传动力。

而她正在瞄他的漫画。

帕克觉得应该跟她说话，随便说点什么，“你好”或者“对不起”都行。但是从第一次见面时对她爆粗到今天，已经时隔太久没有交谈，怪到极点，怪到无法逆转。每天他们要相处一小时啊。上学三十分钟车程，放学又三十分钟。

帕克没说话，只是把漫画书翻得更开一点、更慢一点。

埃莉诺

埃莉诺到家时，妈妈看起来累坏了，比平时还累，一副全身上下都要散架的样子。

孩子们下课后像一阵旋风似的冲进门后，妈妈因为班恩与鼠鼠抢玩具发火了，把他们通通从后门赶了出去，包括埃莉诺在内。

埃莉诺很惊讶自己也被赶出门，她在后门台阶站了一会儿，盯着雷奇养的那只罗威纳犬。雷奇给它取了前妻的名字“彤雅”，一个吞噬男人不眨眼的母老虎，但是埃莉诺每次看到这只彤雅，它都是半睡半醒。

埃莉诺敲敲门。“妈！让我进来。我还没洗澡。”

埃莉诺通常一放学就赶在雷奇回家前洗澡。浴室没门，洗澡压力很大，不知道哪个家伙还把帘子也扯掉了。

妈妈没理她。

孩子们已经去操场玩了。他们的新家就在班恩、鼠鼠和梅西的小学旁，操场正对着他们家的后院。

埃莉诺不知道该干什么，所以她走到可以看见班恩的秋千架边，坐了上去。终于到了穿夹克的天气了，她真希望能有一件。

她问班恩：“如果天气冷到不能出去玩，你们要怎么办？”

班恩从口袋里拿出火柴盒玩具车，在泥地上排开。“去年，”他说，“爸爸让我们七点半就上床。”

“天啊，你也来这一套？为什么你们都叫他爸爸？”她尽量压抑着语气中的怒意。

班恩耸耸肩。“因为他跟妈妈结婚了，不是吗？”

“是啊，不过——”埃莉诺的手在秋千链上下滑动，然后闻闻双手的味道，“以前我们都不叫他爸爸。现在你又觉得他是爸爸了？”

“我不知道，”班恩平淡地说，“爸爸的感觉该是什么？”

她没回答，所以班恩继续玩玩具车。他该剪头发了，泛着金色的红卷发已经长到衣领。他身上是埃莉诺的T恤，灯芯绒短裤还是妈妈拿长裤裁的。他已经十一岁了，不再适合在公园玩模型车了。同年纪的男孩晚上都在打篮球，或者成群结队在操场边晃。埃莉诺希望班恩是那种心智开窍晚的，这个家可容不下青春期孩子。

班恩说：“他喜欢我们叫他爸爸。”他仍在排模型车。

埃莉诺朝操场的游戏区望去，鼠鼠跟一群孩子在玩足球。梅西大概带着婴儿跟她的朋友在哪儿瞎混。

以前都是埃莉诺负责带婴儿。现在她也很乐意照顾他——至少有活可干，但是梅西不要她帮忙。

班恩问：“那是什么感觉？”

“什么感觉？”

“住在他们家。”

埃莉诺盯着太阳，它离地平面只剩一英寸了。

“还好。”她说。其实很糟、很寂寞，但还是比这里好。

“还有其他小孩吗？”

“有，很小，三个。”

“你有自己的房间吗？”

“算是有吧。”理论上是。她不用和别人共享希克曼家的客厅。

“他们对你好吗？”

“好……好啊。他们还不错，但不像你这么好。”

希克曼夫妇一开始很好。后来，他们厌了。

埃莉诺应该只是借住三五天，或者一星期。雷奇气消了，就会让她回家。

第一天晚上，希克曼太太帮她在客厅沙发铺床时说：“这就像睡衣派对一样。”希克曼太太——塔米，是妈妈的高中同学。他们家的电视上放了一张婚礼照片，埃莉诺的妈妈是伴娘，穿着深绿色的洋装，头上插了朵白花。

刚开始，妈妈几乎每天都在她放学后打电话来。几个月后，电话停了。原来雷奇没付电话费，被停机了。过了好一阵子埃莉诺才知道。

希克曼先生一直跟太太说：“我们应该打电话给政府部门。”他们以为埃莉诺听不到，但是客厅旁边就是他们的卧室。“塔米，这样不是办法。”

“安迪，这又不是她的错。”

“我没说这是她的错，但是我们没跟他们签约啊。”

“她又不麻烦。”

“可她不是我们的孩子。”

埃莉诺尽量不骚扰他们，努力不在待过的房间留下痕迹。她不擅自开电视或者用电话，吃晚饭时绝不再加饭。她绝不开口向希克曼夫妇要任何东西。他们也没有青春期的孩子，不知道这个年纪的孩子可能会需要点什么。她很高兴希克曼夫妇不知道她的生日……

班恩说：“我们以为你不回来了。”他推着泥地里的玩具车，看起来像是在努力压抑泪水。

埃莉诺说：“你也太没信心了。”腿一踢，荡起了秋千。

她左右张望，寻找梅西的踪影，发现她在大男孩们打篮球的地方。埃莉诺认出打球的多数跟她同校车。那个笨蛋亚洲男孩也在。埃莉诺没想到他可以跳得那么高。他穿一件超长的黑色短裤，搭配一件写有“疯狂”[①]的T恤。

埃莉诺对班恩说：“我要走了。”她起身离开秋千，压了班恩的脑袋一下：“但不是不回来哦，你可别小题大做。”

她回到屋里，趁妈妈还来不及说话便冲向厨房。雷奇已经在客厅了。埃莉诺直视着前方，从他和电视中间走过。她真希望有一件夹克。

① 疯狂（Madness），英国七八十年代的著名Ska乐队。

9

帕克

他本来要说“你诗读得不错”。

“不错”简直太轻描淡写了。她是班上唯一读诗不像是在应付的人。诗在她嘴里好像有了生命，好像某种发泄。她读诗时，你的眼睛简直无法移开。（帕克本来就没法不看她，这次更不得了。）当她朗诵完，不少人鼓掌，史岱斯曼老师拥抱了她，完全违反了教师行为准则。

帕克本来要说“嗨，你表现得真棒，英语课”。

或者，“我跟你在一个英语班。你读的那首诗很酷”。

或者，“你也在史岱斯曼老师的班上是吧？对啊，我想也是”。

星期三晚上完跆拳道课，帕克就拿到漫画了，但他要等到星期四上午再看。

埃莉诺

那个笨蛋亚洲男孩肯定知道她在偷瞄漫画。有时他要翻页，还会抬头瞄一下埃莉诺，他就客气到这种程度。

他绝对不是校车魔头那类人。他在车上不跟人交谈（特别是跟她）。但是他似乎又跟他们是一伙的，因为自从埃莉诺坐在他旁边，就连提娜也不来欺负她。埃莉诺真希望能整天都坐在他身边。

今早她踏上校车时，感觉他好像在等她，他拿着一本《守望者》漫画，丑到极点，埃莉诺决定不再偷听了，不，偷看。

（她最喜欢他看《X战警》，虽然她还搞不太清楚故事的来龙去脉，简直比《总医院》还复杂。好几个星期后，埃莉诺才搞清楚镭射眼和独眼巨人是同一个人，但还没弄明白火凤凰发生了什么。）

但是，埃莉诺没别的事可做，眼神只好飘到那本丑陋的漫画上……接着她就看起来了，接着学校就到了。真奇怪，因为他们连半本都还没看完呢。

糟透了。这代表他会在学校看完剩下的部分，到放学的车上，他就会掏出类似《宇宙骑士罗恩》之类的玩意。

但是他没有。

下午，埃莉诺踏上校车，亚洲男孩打开了《守望者》，翻到他们上午看的那一页。

到了埃莉诺该下车的那一站，他们还没读完，剧情太复杂了，每一格画面都要看上一分钟。埃莉诺起身时，男孩把漫画递给她。

埃莉诺大吃一惊，想把书还他，但他已经转开了脸。她把漫画塞在课本里，像是某个秘密，然后下了车。

那天晚上，她躺在上铺，连看了三遍，边看边抚摸那只皮包骨头的老猫。之后，她把漫画放进她的葡萄柚盒，以保证安全。

帕克

要是她不还书怎么办？

他把书借给了一个根本就没开口借，还可能根本不知道艾伦·摩尔[①]是何方神圣的女孩，因此，他永远没看完《守望者》的第一集，这怎么办？

如果她不还书，那就算扯平。算是抹消他对她说的“妈的，你就坐下来吧”。

天啊……不，不可能抹消。

要是她还了呢？他该说些什么？感谢她？

埃莉诺

她坐下时，他正望着窗外。她把书递给他，他收下。

① 艾伦·摩尔（Alan Moore），英国漫画家、短篇小说家、剧作家，以《守望者》《V字仇杀队》（V For Vendetta）和《来自地狱》（From Hell）等作品闻名。

10

埃莉诺

第二天早上埃莉诺踏上校车时，座位上已经摆了一摞漫画。

她捧起书坐下。他已经在看漫画了。

埃莉诺把漫画插在课本里，望着窗外。不知道为什么，她不想当着他的面翻这些漫画。这就像让他看见她吃东西的模样，就像……承认了某些东西。

但是她一整天都在想那些漫画，回到家，她马上爬上床，拿出漫画，全是同一个系列——《沼泽异形》。

埃莉诺盘腿坐在床上吃完晚餐，特别小心不让晚餐滴到漫画书上，因为每一本都保存得很完美，连书角折痕都没有。（愚蠢而完美的亚洲男孩啊。）那天晚上，孩子们都睡着后，她开灯读起了漫画。这些家伙连睡觉都吵得很，班恩会说梦话，梅西和小婴儿会打呼，鼠鼠会尿床，虽然不吵，但也破坏安宁。不过灯光倒不会干扰他们。埃莉诺隐约知道雷奇在隔壁房间看电视，因此，当他忽地拉开房门时，她差点摔下床。他一副要逮住他们半夜狂欢作乐的模样，发现只是埃莉诺在看书，便只嘟囔着要她关灯，免得孩子们睡不安稳。雷奇一关上门，埃莉诺马上下床关灯。（现在，她已经熟门熟路，下床时不会踩到他们了。算他们运气好，因为她永远是第一个起床的。）

不关灯或许也不会有事，但也没必要冒险。她可不想再看到雷奇那张脸。

他活脱脱就是鼠辈，贼眉鼠眼，像唐·布鲁斯[①]画的坏蛋。天知道她妈妈究竟看中他哪一点；埃莉诺的爸爸也是一脸落魄。

如果雷奇很罕见地洗了个澡，换上干净衣服，又正好一整天滴酒未沾，埃莉诺会隐约理解妈妈为什么觉得雷奇英俊。感谢老天，这种事不常有。偶尔发生时，埃莉诺就很想冲进浴室，把手指伸进喉咙催吐。

总之，反正，窗外有足够光线照进来，她还是可以继续看漫画。

帕克

他给得快，她读得也快。每当她第二天还书，都好像在送还某种易碎而珍贵的东西。要不是那股香味，简直看不出她已经读了那些漫画。

帕克借给她的每一本书，还回来时都有股香水味。不是他妈妈擦的艾玛莉，也不是那女孩身上的香草味。

她让漫画书散发着玫瑰香，像一整片玫瑰田。

不到三星期，她就看完了艾伦·摩尔的所有漫画。现在他每次给她五本《X漫画》，看得出她很喜欢，因为她会在课本上涂写书中人物的名字，在乐队名字与歌词间。

他们在校车上依然不交谈，却少了一股对抗的味道，堪称友善的沉默。（倒也不尽然。）

帕克今天非跟她说话不可——说今天没漫画可借她。他早上起晚了，忘了拿昨晚为她准备好的漫画。他没时间吃饭，连牙都没刷，想到坐得离她那么近，却没刷牙，他就很不自在。

但是当她上车，把漫画还给他时，帕克只是耸耸肩。她转过头。两

① 唐·布鲁斯（Don Bluth），美国著名动画师。

人目光低垂。

她又绑了那条丑陋的领带，今天是绑在手腕上。她的手臂和手腕布满金黄与粉红的雀斑，层层交叠，就连手背都不例外。这是他妈妈所谓的“小男孩的手”，短而又短的指甲，指尖不平整的皮肤。

她盯着着腿上的书。或许她以为帕克生气了。他也瞄了瞄她的书，那上面涂满了墨水与新艺术涂鸦。

“所以，”他还不知道下一句要说什么就开口了，“你喜欢‘史密斯乐队’[①]？”他小心翼翼，不把刚起床的口气喷往她的方向。

她惊讶地抬头，甚至有点困惑。帕克指了指她的书，绿色长体字写着“现在到底要多久？”[②]

她回答：“我不知道，我没听过。”

他无法掩饰语气里的不屑。“所以，你只是希望大家以为你喜欢‘史密斯乐队’？”

“是啊，”她看看校车上的人，“我想让本地人刮目相看。”

帕克不知道她是不是天生“嘴贱”，但显然，她也不想压抑这种天性。气氛瞬间变僵了。帕克移动身体靠着墙壁。她则把视线转向走道另一侧的窗外。

英语课上，帕克试图跟她眼神接触，她却转开了脸。帕克觉得她打定主意要漠视他，以至于整个心思都不在课上。

史岱斯曼老师则不断要凸显她，课堂上大家昏昏欲睡时，她就是史岱斯曼最爱的新目标。今天他们要讨论《罗密欧与朱丽叶》，但是没有人发言。“道格拉斯小姐，你似乎对他们的死无动于衷？”

“什么？”她眯起眼睛问。

史岱斯曼说：“你不觉得很悲情吗？两个年轻爱侣并肩而亡。见到这

① 史密斯乐队（The Smiths），八十年代英国重要的另类乐队。

② 《现在到底要多久？》（How Soon Is Now?），史密斯乐队的单曲。

样悲惨的离别，你不感动吗？”

“大概不会吧。”她回答。

“你就这么冷漠、这么冷酷？”他站在她的桌前，假装乞求。

“不……”她说，“我只是不认为这是悲剧。”

史岱斯曼说：“它正是悲剧无误。”

她翻了个白眼。她戴了两三串假珍珠项链，像帕克的奶奶去教堂会戴的那种。她边说话边扭动着那些珠子。“他显然是在取笑他们。”

“谁？”

“莎士比亚。”

“愿闻其详……”

她又翻了个白眼。她现在已熟谙史岱斯曼那一套。“罗密欧和朱丽叶只是两个有钱的孩子，想要什么就非要得到什么。他们只是认为自己想要对方。”

史岱斯曼捂着心口：“可是他们相爱了啊……”

她说：“他们根本对彼此一无所知。”

“那是一见钟情。”

“是‘天啊，他真可爱’的那种一见钟情吗？如果莎士比亚真的要让读者相信他们深爱彼此，就不会在第一幕指出罗密欧当时正迷恋罗萨兰……这是莎士比亚在嘲笑爱情。”

“那为什么这部戏会世代流传？”

“我不知道。可能因为莎士比亚是个好作家？”

“不！”史岱斯曼说，“来人啊！谁的心还在，来啊。谢里登先生，你胸腔里跳动的是什么？告诉我们，为什么《罗密欧与朱丽叶》可以流传四百年？”

帕克讨厌在班上发言。埃莉诺朝他皱皱眉，转头看别的地方。帕克觉得自己脸红了。

他低头看着书桌，安静地说：“因为人们都缅怀年轻的滋味，陷入爱河的滋味？”

史岱斯曼往后靠着黑板，摸着胡子。帕克问：“对吗？”

“噢，没错，”史岱斯曼老师说，“我不知道这是不是《罗密欧与朱丽叶》成为史上最受人喜爱的戏剧的原因。但是，谢里登先生，你说得没错，你说出了真理。”

历史课上，她表现得好像不认识帕克，不过她一向如此。

那天下午他上校车时，她已经坐下了。她起身让帕克坐进窗边的位置，突然开口说话了，让帕克吓了一大跳。虽然声音很小、很平静，但，毕竟她开口跟他说话了。

她说：“那应该算愿望清单。”

“什么？”

“都是些我想听的歌、我想听的乐队、我觉得会很有趣的东西。”

“如果你没听过‘史密斯乐队’，你是怎么知道他们的？”

她的语气略带防卫：“我不知道。听朋友说的，我以前的朋友……或者杂志看到的。我不知道。就是间接知道的啊。”

“那你为什么不直接听？”

她看他的眼神仿佛他是天字第一号笨蛋：“‘甜蜜98’电台可不会播史密斯。”

帕克不说话。她则把墨水般深邃的棕色双眸朝上一翻：“老天！”

接下来他们没再交谈。

那天晚上，帕克一边做作业，一边翻录磁带，是他喜欢的“史密斯乐队”的歌，加上几首“回声与兔人”“快乐分裂”的。

上床前，他把那盘磁带和五本《X漫画》一起放进背包。

11

埃莉诺

埃莉诺的妈妈问："你怎么这么安静？"埃莉诺在洗澡，妈妈在煮"十五豆方便汤"[1]。

早些时候，班恩还跟埃莉诺开玩笑："这么一来，我们每人只能分到三颗豆。"

"我没有很安静啊，我在洗澡。"

"平时你都会在浴室里唱歌。"

"我才没有！"

"就是有，你会唱《洛基浣熊》。"

"天啊！好吧，谢谢你告诉我。以后我不会唱了。天啊！"

埃莉诺迅速穿好衣服，想从妈妈身旁穿过。妈妈抓住了她的手腕："我喜欢听你唱歌。"她把手伸到埃莉诺背后的料理台，拿起一个瓶子，往埃莉诺双耳后各抹了一滴香草油。埃莉诺耸耸肩，好像被挠痒痒一样。

"你怎么老这样？搞得我闻起来像草莓松饼娃娃[2]一样。"

妈妈说："因为它比香水便宜，但是闻起来一样好。"她笑着在自己耳后也抹了点。

---

① 十五豆方便汤（Fifteen-bean soup），一种速溶的豆子汤品牌。

② 草莓松饼（Strawberry Shortcake）是美国卡片公司 American Greetings注册的卡通商标人物，原用在贺卡上，后来延伸出娃娃、海报等其他商品，还有电视节目。

埃莉诺跟着一起笑，她在那儿站了几秒钟，一直微笑着。她妈妈穿着老旧的软牛仔裤和T恤，头发向后梳成平滑的马尾，如同往日的模样。在一张梅西的生日派对照里，她妈妈正在挖冰淇淋，也绑了同样的马尾。

妈妈问："你还好吗？"

"呃……"埃莉诺说，"还好，只是累了，我要去做作业，然后上床睡觉。"妈妈似乎察觉到有什么不对劲，却没追问。以前，她都会让埃莉诺从实招来。她会敲敲埃莉诺的脑袋说，发生什么事啦？你又把自己逼疯了？埃莉诺搬回来后，她就没再说过这样的话。她似乎明白，自己已经失去了敲埃莉诺脑袋的权利。

埃莉诺爬上床，把猫推到床尾。今晚没东西可读。至少没有新的可读。他以后不再拿漫画给她了吗？那一开始他为什么要借她？她的手指滑过数学课本上那些让她丢脸的歌名——"迷人男子"[①]"现在到底要多久？"。她很想涂掉那些歌名，但是，他可能会注意到，并借此大大彰显他的优越感。

埃莉诺确实很累，那不是谎话。她几乎每晚都在熬夜读漫画。今天，吃完晚饭她就睡着了。

她被吼声吵醒了。是雷奇，埃莉诺听不清他在吼什么。

吼声之下是妈妈的啜泣。听起来已经哭了很久，让孩子们听到自己这样哭，她肯定是疯了。

埃莉诺知道房间里的人都醒了，她抓着床杆往下看，直到看清孩子们在黑暗中的形状。他们四个紧紧缩在地板上的毯子上。梅西疯了一样猛摇着小婴儿。埃莉诺无声地爬下床，拥抱他们。鼠鼠立刻抱住她的大腿。他在颤抖，还尿湿了裤子，像只猴子似的，用四肢紧紧抱着埃莉诺。隔着两个房间，她妈妈放声尖叫，他们五个马上跳起来，抱成一团。

如果是两年前，埃莉诺会马上过去敲他们的房门。她会大声叫雷奇

---

① 《迷人男子》（This Charming Man），史密斯乐队的单曲。

住手。最起码，她会打911求救。如今，这些看来是小孩或者笨蛋才会采取的行动。现在她脑海里的唯一念头是，小婴儿如果哭了该怎么办。幸好没有。仿佛他也知道，试图阻止雷奇只会让事情更糟。

第二天早上闹钟响时，埃莉诺根本不记得自己睡着了。她想不起哭闹是什么时候停止的。

不祥的预感闪过脑海，她跌跌撞撞跑过地上的孩子与毯子，打开卧室门，闻到了培根的味道。

这代表妈妈还活着。

而她的继父雷奇可能还在吃早餐。

埃莉诺深深吸了口气。天哪，她浑身尿味。而仅剩的干净衣服是昨天穿过的，提娜肯定会毫不客气地指出来，因为今天有该死的体育课。

她抓起衣服，坚定地走进客厅。她决定，如果雷奇还在，她绝不跟他有眼神接触。他果然在。（*这个魔鬼。这个混蛋。*）妈妈站在炉子前，腰杆比平日更直挺。你不可能不注意到她脸上的乌青，或者下巴上的吻痕。（*去死！去死！去死！*）

“妈，”埃莉诺急促低语，“我必须洗一下。”

妈妈的眼神缓缓聚焦到她身上：“什么？”埃莉诺指指衣服，它看起来只是皱了。“我昨晚跟鼠鼠睡在地板上。”

妈妈紧张地朝客厅望了望——如果雷奇知道了，他会惩罚鼠鼠的。她把埃莉诺推进浴室：“好啦，好啦。把衣服给我，我帮你守门。别让他闻到尿味。今早我可不想惹这个麻烦。”

这语气好像埃莉诺才是那个尿床的人。

她先洗上身，再洗下半身，这样才不至于全身赤裸。她穿过客厅，穿着昨天的衣服，努力不散发出尿味。

她的课本在卧室，但是她不想开门，免得臭气散出来。她就这样上学了。她比平时早了十五分钟到达校车站。她的模样狼狈惊惶。拜培根所赐，她的肚子还咕噜乱响。

12

帕克

帕克上了校车就把漫画和“史密斯乐队”的磁带放在旁边的座位上等她。这样他就不用说话了。

几分钟后她上车了，帕克马上看出事情不对。她一副迷路了才上车的模样。她的衣服和昨天一样，不算太怪，因为她的穿着总是同一主题的变奏。但是今天不同，她的脖子和手腕上没戴任何东西，她的头发乱七八糟，简直像一大坨红色毛球。

她站在座位前，盯着座位上的那堆东西。（她的课本呢？）一如平日，她小心翼翼地捡起每样东西，坐了下来。

帕克想看她的脸，但是看不到，只好改看她的手腕。她拿起那盘磁带。帕克用白色小贴纸写着“《现在到底要多久？》以及其他”。

她把磁带递给他。“谢谢你……”哇，他可从未听她说过这三个字，“但是我不能要。”

他没拿。

他低声说：“录给你的，收下吧。”他的视线从手腕移开，上升到她惊讶得快掉下来的下巴。

“不，”她说，“谢谢你，但是……我不能。”她再次把磁带递给他，他再次拒收。她为什么总是把一些小事搞得很麻烦?

他说：“我不要。”

她咬紧牙关，怒视着他，完全就是恨透了他。

“不，”她加大音量，几乎全车人都听得见，“我是说我不能。根本没法听。天啊，你拿回去吧。”

他收下了磁带。她双手捂脸。斜对座的一个叫朱尼尔[①]的高年级讨厌鬼正看着他们。

帕克朝他皱皱眉，直到他移开视线。然后他回过头看那女孩……

他从风衣口袋里掏出随身听，取出里面的“死亡的肯尼迪家族”[②]，把新磁带放进去，按下播放键，再把耳机小心地套在她的头发上。他是如此小心，一点都没碰到她。

他可以听见电吉他如潮水般涌出，还有第一句歌词：“我就是它的骨肉……我就是它的子嗣[③]。”

她微微抬起头，但是没看他，双手依然掩着脸。

到校后，她拿下耳机，还给他。

他们一起下车，一起往前走。这很奇怪。平时，他们一踏上人行道就立刻分开。帕克想，现在看来，以前的做法还真奇怪：他们天天往同一个方向，她的储物柜也跟他的在同一走廊，仅仅几步之遥。他们怎能每天早上各走各的，毫不相干？

帕克跟着她走向她的储物柜。他没靠近她，而是停下脚步。她也停下了。

帕克望向走廊尽头，说：“哦，现在你听过‘史密斯乐队’了。”

然后……

埃莉诺笑了。

---

① “朱尼尔”的英文是Junior，是“二世”的意思，以此为名，有点奇怪。

② 死亡的肯尼迪家族（Dead Kennedys），美国七十年代末的朋克乐队，后来成为硬核朋克（Hardcore Punk）的代表性乐队。

③ “I am the son and the heir”，是史密斯乐队单曲《现在到底要多久？》的前两句。

埃莉诺

她应该收下那盘磁带的。

她没必要让别人知道她有什么、没有什么。她没必要告诉那个亚洲怪小子任何事情。

亚洲怪小子。她很确定他是亚洲人，虽然不是很明显。因为他双眼碧绿，肤色就像阳光穿透蜂蜜。

或许他是菲律宾人？菲律宾是亚洲的吗？鬼知道。亚洲大得跟什么似的。

埃莉诺这辈子只认识一个亚洲人——保罗，是她旧学校的数学课同学。他的父母离开中国，搬到了奥马哈。（这个选择有点极端，就好像指着地球仪说："是，就是这里，离中国最远。"）

保罗也教埃莉诺说"亚洲"而不是"东方"。他说："东方这个词用在食物上。"

埃莉诺回他："随你怎么说吧，东方调味酱男孩[①]。"

埃莉诺搞不懂为什么一个亚洲人会住在佛列兹。这里每个居民都白得要命，简直像故意的一片白。直到搬来这里，埃莉诺才第一次听到人们大声说"黑鬼"两个字，跟她同校车的那些孩子都这么说，好像这才是称呼黑人的唯一方式。其他词都不管用。

埃莉诺远离这个词，连想都不去想。她已经够糟了，因为拜雷奇所赐，碰到任何人，她脑海里都不免浮现出"操你妈的"四个字。（真讽刺。）

学校里还有三四个亚洲孩子，可能是表亲吧。其中一人还写过一篇文章，描述身为老挝难民的感受。

---

① 此处原文用La Choy Boy，La Choy是一种著名的东方调味料品牌，商标上就有中文"东"字。

然后就是这个“老绿眼”啦[①]。

他显然将是埃莉诺倾诉生平故事的对象。或许就在回家的路上，她会告诉他：我家没有电话，没有洗衣机，我没有牙刷。

她考虑过跟辅导老师唐恩太太说她没有牙刷。埃莉诺第一天报到，她就对埃莉诺发表了一篇小演说，说她什么都可以谈。整段演说，她都死掐着埃莉诺胳膊最胖的部分。

如果她跟唐恩太太倾诉一切——雷奇，她妈妈，所有细节——埃莉诺不知道会发生什么。

不过如果她跟唐恩太太说牙刷的事，或许唐恩太太会帮她搞一把来。这样，埃莉诺就不必吃完午饭就溜到浴室，拿盐抹牙。（她在某部西部电影里看过用盐刷牙。可能根本没用。）

敲钟了，十点十二分。

还有两次课间休息就上英语课了。他会在课堂上跟她说话吗？或许，“说话”会变成他们的新模式。

她脑海里仍能听见那个声音——不是亚洲男孩，是“史密斯乐队”的主唱。即便是在唱歌，你仍可以听出他的英国口音。他听起来就像在大声哭泣。

我就是太阳……

我就是空气……[②]

一开始，埃莉诺没发现体育课的同学今天没那么恐怖。（她的心思

---

① 原文为“Ol’ Green Eyes”，Green Eyes是指帕克的眼睛是绿色的。Ol’ Green Eyes则是传说中出没于美国南北战争奇克莫加（Chickamauga）战地的鬼怪，半人半兽，有着一双绿眼。

② 此处是埃莉诺误把《现在到底要多久？》的歌词“I am the son and the heir”听成了“I am the sun and the air”。

还留在校车上。）今天是排球课，全程提娜只说了一次："轮到你发球了，贱货。"就这样。比起提娜平日的作风，这句话根本只能算玩笑。

埃莉诺回到更衣室，终于明白了提娜今天为什么如此低调：她正等着呢。提娜和她那伙人，还有黑人女孩们，全等在埃莉诺那一排储物柜的尽头，等着她走过来，不想错过好戏。

她的储物柜贴满了卫生巾。看起来大概有一整包。

一开始埃莉诺以为卫生巾上面是真血，走近一看才发现是红色签字笔画出来的。有的卫生巾上面写着"包巾头"或者"大号红发"。因为是高档卫生巾，签字笔墨水逐渐被吸收掉了。

要不是埃莉诺的衣服还在里面，要不是她还穿着这套运动服，她会掉头走开。

反之，她下巴抬得老高，经过那些女孩，有条不紊地剥下那些卫生巾。柜子里也有卫生巾，粘在了她的衣服上。

埃莉诺掉了几滴眼泪，她实在忍不住，但是她背对着她们，没人看见。反正恶作剧几分钟内就结束了，因为谁也不想错过午餐。多数女孩还没换衣服，也还没弄头发。

她们散去后，只剩两个黑人女孩。她们走向埃莉诺，帮忙剥掉卫生巾。一个女孩边小声说着"这不算什么"边把卫生巾揉成一团。这女孩叫狄妮丝，看起来很稚嫩，不像高年级的。她身材矮小，梳两条辫子。

埃莉诺摇摇头，没说话。

狄妮丝说："那些女孩根本就是太无聊了，微不足道，上帝看不见她们的。"

另一个女孩附和道："嗯嗯。"埃莉诺很确定她叫碧比。碧比是埃莉诺妈妈口中的那种"大块头女孩"，比埃莉诺胖多了，就连运动服颜色也跟大家不同，好像是特制的。她让埃莉诺惭愧自己居然以身材为耻，也让她怀疑为什么她会变成体育课上公认的大胖子。

她们把卫生巾丢进垃圾桶，埋在湿纸巾堆下，免得被人发现。

要不是狄妮丝和碧比在场，埃莉诺可能会带走那些没写字的卫生巾，天啊，扔掉多浪费啊。

她午餐吃晚了，英语课也跟着迟到了。如果她之前没察觉到自己喜欢那个愚蠢的亚洲男孩，现在她知道了。

因为尽管在过去的四十五分钟以及二十四小时里发生了那些事，她的脑海里却只有赶快见到帕克这个念头。

帕克

他们回到校车上时，她毫无异议地收下了那个随身听，帕克也用不着硬把耳机戴到她头上。在她家的前一站，她把随身听还给他。

他小声说："你可以带走，把磁带听完。"

"我不想弄坏它。"

"不会弄坏的。"

"我不想把电池用完。"

"我不在乎电池。"

她抬头看他，直视着他的眼睛，这可能是第一次。她的头发看起来比早上更蓬乱，与其说是卷，还不如说是毛茸茸，好像刻意要弄成一个大大的红色非洲爆炸头。但是她的眼神冷静而严肃。那些用来形容克林特·伊斯特伍德眼神的陈词滥调，恰恰指的就是她的那种眼神。

她问："你真的不在意？"

他说："不过就是电池而已。"

她取出随身听里的磁带与电池，把随身听还给帕克，下车，没回头看他。

天哪，她可真是个怪人。

埃莉诺

半夜一点，电池开始没电了。但是埃莉诺又听了一小时，直到乐声越来越慢，停下为止。

13

埃莉诺

今天她没有忘记带课本，也穿了干净衣服。昨晚，她不得不在澡盆里洗牛仔裤，所以现在还有点湿嗒嗒的。但是总体上，埃莉诺的心情比昨天好一千倍。就连她的头发也开始合作了。她把头发拢成了一个髻，用橡皮筋绑了起来。扯掉橡皮筋肯定会非常痛，但至少现在她的头发定住了。

最棒的是，帕克给她的音乐回荡在她脑海里，甚至胸怀里。

磁带里的音乐很有意思。与众不同，好像会搅动她的心肝肺，令人既兴奋又紧张不安。埃莉诺觉得眼前的整个世界都跟她原来想象的不同了。这是好事，是最好不过的事。

那天她一上校车就马上抬头寻找帕克。他也抬起头，似乎一直在等她。她微笑了，一秒钟而已。

她一坐下来就马上滑低身体，这样，后座的那些恶棍就不会看到她的头顶，知道她很快乐了。

她能感觉到邻座的帕克，虽然两人隔了六英寸。她把漫画还给帕克，紧张地拉扯着手腕上的绿色丝带，不知该说什么。她开始担心自己会说不出话，甚至没跟他道谢……

帕克的手安分地放在大腿上。那是一双完美的手。蜜色皮肤，泛着粉红色泽的指甲。他的身体看起来细瘦却强健。他的每个动作都干净利落。

快到学校时，他才打破沉默。“你听了吗？”

她点点头，眼神只敢爬到他的肩膀。

他问：“你喜欢吗？”

她转了转眼珠。“我的天。它简直……怎么说呢……”她张开手，“帅呆了。”

“你这是讽刺吗？我无法判断。”

她明知一旦抬头看他，自己的心肝肺就会被整个掏出来，但还是抬起头，看着他说：“不，是真的帅呆了。我真想一直听下去。那首——是叫《爱将再次撕裂我们》吗？”

“对，‘快乐分裂’的。”

“我的天，那首歌的开场真是全世界最棒的。”

他做出弹吉他和打鼓的动作。

“对对对，”她说，“我真想一遍又一遍地听开头那三秒。”

“你可以的。”他的嘴角只是微微上扬，眼睛却充满笑意。

她说：“我不想浪费电池。”

他摇摇头，仿佛她是个傻瓜。

“再说，”她说，“我也喜欢其他部分，高音的部分、旋律的部分，答——滴——答——答，滴——答，滴——答。”

他点点头。

“还有最后他的歌声，”她继续说，“飘得有点高……还有结束的部分，好像鼓声在跟他的声音战斗，好像这首歌不想结束……”

帕克嘴里发出鼓声：“嚓……嚓……嚓……”

埃莉诺说：“我真想把那首歌拆成一片片，每一个部分我都爱得要死。”

这说法让帕克笑了。“那‘史密斯乐队’呢？”

“我还分不清谁是谁呢。”

“我再写给你。”

“我全部都喜欢。”

他说：“很好。”

“我爱死了。”

他笑了，转头看着窗外。她则低下了头。

校车转进了停车场，埃莉诺不希望这种新形式的谈话——有来有往、彼此微笑的真正的聊天——结束。

她赶紧说：“还有啊……我喜欢《X战警》，但是讨厌独眼巨人。”

他立刻转过头来：“你不可能讨厌独眼巨人，他是队长。”

“他很无聊，比蝙蝠侠还无聊。”

“什么？你讨厌蝙蝠侠？”

“天啊，无聊得要命，简直看不下去。每次你带蝙蝠侠的漫画来，我发现自己不是望着窗外，就是在听史蒂夫讲话，真希望我陷入休眠状态。”校车停下了。

他站起身：“哦。”语气里带着不满。

“怎么？”

“现在我知道你看窗外时都在想什么了。”

“不，你不知道，”她说，“我的脑袋里混合了很多东西。”

大家走过他们的座位，匆匆下了车。埃莉诺也站起身。

他说：“我带《蝙蝠侠：黑暗骑士归来》给你看。”

“那是什么？”

“没什么。是史上最不无聊的蝙蝠侠。”

“啊？最不无聊的蝙蝠侠故事。他会耸起两道眉毛吗？”

他又笑了。他笑起来整张脸都变了。他脸上没有酒窝，但是两颊肉会包起来，几乎看不见眼珠。

他说：“你等着看吧。”

帕克

那天上午的英语课，帕克注意到埃莉诺的头发在后颈堆成了柔软的红点。

埃莉诺

那天下午的历史课，埃莉诺注意到帕克陷入沉思时会咬铅笔，也注意到他后面那个女孩——叫什么来着？琴恩吗——胸很大，用橙色的思捷牌包，显然很迷恋帕克。

帕克

那天晚上，帕克把“快乐分裂”那首歌录了一整盘，重复又重复。

他拿出游戏机的电池，把乔许遥控车的电池也都拿出来，打电话告诉奶奶，十一月，他的生日礼物只要电池。

14

埃莉诺

狄妮丝说："我觉得她不认为我跳得过那玩意儿。"

现在上体育课时，狄妮丝和那个大号女孩碧比都会跟埃莉诺说话。（因为惨遭卫生巾偷袭有助于你赢得友谊、增强影响力。）

今天的体育课上，柏特老师示范了如何跳过一个估计有一千岁的鞍马。她说下次每个人都要跳。

"她最好别这么想，"体育课结束时，狄妮丝在更衣室说，"我哪一点像玛莉·卢·雷顿[1]？"

碧比咯咯笑了起来："最好跟她说你没吃惠氏麦片[2]。"

老实说，埃莉诺认为狄妮丝小女孩式的刘海加上辫子，的确像体操选手，她看起来太小，不像高中生，穿着就更是雪上加霜了。她喜欢穿泡泡袖衬衫，搭配背带裤，马尾上绑着相配的珠珠发圈。她的运动服总是松松垮垮，像婴儿穿的连体衣。

埃莉诺不怕跳鞍马，但是也不希望全班看着她在体操垫上奔跑。简单来说，她不想跑，因为跑步会让她的大胸像要飞出去。

埃莉诺说："我要跟柏特太太说，出于宗教信仰，我妈不希望我做任

① 玛莉·卢·雷顿（Mary Lou Retton），十六岁代表美国获得1984年洛杉矶奥运女子体操全能金牌。

② 获得奥运金牌后，玛莉·卢·雷顿成为惠氏麦片代言人。

何有可能撕裂处女膜的运动。”

碧比问：“真的？”

埃莉诺笑起来：“不。呃，其实呢……”

狄妮丝一边拉扯背带裤一边说：“你好坏。”

埃莉诺套上T恤，用它遮身，然后从连身运动服里扭出来。

狄妮丝问：“你要来吗？”

“我大概不会因为体育课而逃课。”埃莉诺一边跳一边拉牛仔裤。

“我是说你要一起去吃午饭吗？”

“哦，要啊。”埃莉诺抬头。她们已经在更衣柜走道尽头等待。

“那就快一点，杰克森小姐[①]。”

她和狄妮丝、碧比照惯例坐在靠窗的桌子。下课换教室时，埃莉诺看到帕克走过。

帕克

凯尔问：“为什么你不能在校友返校日前拿到驾照？”

史岱斯曼老师把他们编成小组，他们要比较朱丽叶与奥菲莉亚的异同。

帕克说：“因为我没办法扭曲时空。”埃莉诺坐在教室那头靠窗的位子，和打篮球的艾略克编在一组。艾略克在讲话，埃莉诺皱着眉。

凯尔说：“你有车的话，我们就可以约琴恩。”

帕克：“是你可以约。”

艾略克是那种走路肩膀总是往后倾的高个子，肩膀比屁股还后斜个

---

① 杰克森小姐（Miss Jackson），为八十年代的流行语。来自珍娜·杰克森（Janet Jackson）1986年红极一时的单曲《下流》（Nasty）：No. My first name ain't baby, it's Janet—Miss Jackson if you're nasty.

一英尺左右，像整天在跳凌波舞，担心自己随时会撞到门边似的。

凯尔说："她要团体活动，而且我觉得琴恩喜欢你。"

"什么？我才不要跟琴恩去校友返校舞会。我根本不喜欢她。我的意思是……你明白的……喜欢她的是你啊。"

"我知道，这正是计划可行之处。我们一起去舞会。她发现你不喜欢她，伤心透了，你猜这时谁会站在她身边邀请她跳舞？"

"我不想让琴恩难过。"

"她不难过我就会难过。老兄。"

艾略克又说了什么。埃莉诺又皱起了眉。然后她望向帕克，眉头舒展开了。帕克笑了。

史岱斯曼说："还有一分钟。"

凯尔说："操！所以我们的结论是什么？奥菲莉亚是个疯婆子是吧？而朱丽叶才小学六年级？"

埃莉诺

"所以，灵蝶[①]是另一个有心电感应能力的女孩？"

帕克说："嗯。"

每天早上，埃莉诺一上校车，就会担心帕克不拿下耳机。又或者他会突然不跟她说话，就像他开始跟她说话那样突然。如果发生这样的事——她上了校车，而他根本不抬头看她——她不想让他知道她有多心碎。

目前为止，这种状况尚未发生。

目前为止，他们都聊个不停。真的，不停。只要坐在一起，他们的谈话就没一秒空当。几乎每次都是如此开场："你觉得……"

① 灵蝶（Psylocke），《X战警》中有心灵感应与预知能力的角色。

埃莉诺觉得那张U2的专辑怎么样？她很喜欢。

帕克觉得《迈阿密风云》如何？他觉得乏味透了。

观点相同时，他们就会说“对啊”。你来我往的“对啊”“对啊”“对啊”。

“就是这样！”

“一点也没错。”

“对吧？”

在重要的事上他们观点相同，其他的事则争论不断。那也不错，因为每次争论，埃莉诺总有办法让帕克哈哈大笑。

她问：“为什么《X战警》里要有另一个会心电感应的女孩？”

“因为这个是紫色头发。”

“完全是性别歧视啊。”

帕克的眼睛睁大了。嗯，有点大而已。有时她怀疑他的眼睛形状会不会影响到所见之物的形状。这可能是有史以来最具种族偏见的话。

帕克边说边摇头：“《X战警》不是性别歧视。那是隐喻，代表接纳和包容，他们发誓要保护一个仇恨、畏惧他们的世界。”

她说：“好吧，不过……”

他笑了：“没有‘不过’。”

埃莉诺坚持说：“不过，里面的女生都很脸谱化，而且很被动。半数都是那种用脑型的，好像‘思考’才是她们的超能力。幻影猫就更糟了，她的超能力是消失。”

“她是变成无形的了，无形跟消失不一样。”

埃莉诺说：“那只是适合下午茶派对的噱头罢了。”

“要是你手上捧了杯热茶就不行。还有，你别忘了暴风女。”

“我没忘。她是用脑袋来控制气候的，那还是思考型啊。就算穿上那双靴子，她大概也只能有这个本事。”

帕克说：“她还有很酷的朋克鸡冠头。”

埃莉诺说：“这无关紧要。”

帕克头靠回椅背，望着车顶微笑起来：“《X战警》一点都没有性别歧视。”

埃莉诺问：“你是在想《X战警》的哪个女生有超能力？眩光如何？她看起来就像闪亮的迪斯科炫光灯。或者白皇后？她穿洁白无瑕的内衣，用脑用得很厉害。”

他改变了话题：“你想要哪种超能力？”他转过头，脸颊靠着椅背顶，仍然在微笑。

埃莉诺移开视线：“我想飞，我知道没什么用处，但是……那毕竟是飞啊！”

他说：“没错。”

帕克

“妈的，帕克，你这是忍者在执行任务啊？”

“史蒂夫，忍者穿的是黑衣。”

“什么？”

帕克应该先进屋换掉跆拳道服，但是爸爸说他九点前得回家，这样一来，他能去找埃莉诺的时间不到一小时。

史蒂夫正在外面搞他那辆雪佛兰大黄蜂，他也还没拿到驾照，不过也快了。

他大声问帕克：“去找女朋友啊？”

“什么？”

“偷偷摸摸去找女朋友？‘血腥玛丽’？”

帕克说：“她不是我的女朋友。”然后咽了一下口水。

史蒂夫说：“简直像忍者一样偷偷摸摸。”

帕克摇摇头，跑着穿过小巷，心想：她，不是我的女朋友。

他不知道埃莉诺家的地址。他只知道她在哪一站上校车，知道她住在学校附近……

应该就是这一栋，他站在一栋白色小房子前。前院有几个破破烂烂的玩具，门廊上有一条巨大的罗威纳犬在睡觉。

帕克慢慢走向房子。那条狗抬起头，望了他一眼，又继续睡。帕克已经爬上阶梯敲门，它都没动。

开门的家伙看起来太年轻了，不像埃莉诺的爸爸。帕克很确定他在附近见过这人。他没想过开门的人该长什么样，或许会带点异国情调？像埃莉诺那样？

那家伙没出声，站在门口等帕克开口。

帕克问："埃莉诺在家吗？"

"你哪位？"那家伙的鼻子像刀一样尖，轻蔑地望着帕克。

"我们是一个学校的。"

那家伙又看了帕克一秒，关上了门。帕克不知道怎么办。他等了几分钟，正准备离开时，埃莉诺把门开了一条刚够她挤出来的小缝。

她的眼神充满警戒。黑暗的夜色里，看起来几乎没有虹膜。

帕克一看见她，就知道自己来错了——他早该知道才对。谁叫他一心只想给她看呢……

他说："你好啊。"

"你好。"

"我……"

"你这是要找我打架？"

帕克伸手到道服里掏出《守望者》第二部。她的脸一下子亮了起来。她的皮肤很白，在街灯的照射下几近透明，这绝不是夸张。

她问："你看了吗？"

他摇摇头："我想我们可以……一起看。"

埃莉诺回头看看房子，快步走下门廊。他跟着她跨过砾石车道，来到小学后门的台阶上。那里的门上有盏大大的安全照明灯。埃莉诺坐在最上面一级，他坐到她身旁。

读《守望者》本来就比其他漫画费力，至少得要两倍的时间，今天更慢，因为并肩阅读，却不是在校车上，很怪。就连在校外碰头都很怪。埃莉诺的头发湿漉漉地挂在肩头，卷曲的发丝贴在脸上。

他们看完了最后一页，帕克只想继续坐着聊这本漫画。（准确的说法是，他只想坐着和埃莉诺说话。）

但是她已经起身回望着屋子，说："我得回去了。"

帕克说："哦，好吧。我也得回去了。"

她留他一人在台阶上，帕克还没来得及说再见，她便消失在屋里了。

埃莉诺

她回到屋里，客厅是暗的，但是电视开着。埃莉诺可以看到雷奇坐在沙发上，妈妈则站在厨房门口。

她离房间只有几步……

她刚跨进房门，雷奇就问："你男朋友？"他依然盯着电视，头抬也没抬。

她说："不是，只是同校的。"

"他要干什么？"

"讨论作业。"

她在卧室门口站了一会儿。但是雷奇没再吭声，她转身进了房间，关上房门。

门关上的刹那，雷奇高声说："我知道你在搞什么，就是小母狗发情。"

这些话直冲着埃莉诺而来，她尽力承受它的力道。

她爬上床，紧闭双眼，紧咬牙关，紧握双拳，硬是压下一切，不让自己尖叫，直到能够再度呼吸。

在这之前，她一直把帕克放在脑海里的某个地方，一个雷奇碰不到的地方，一个完全隔开了这栋房子和这里发生的一切的地方。（那是个很棒的地方，是她脑海里唯一适合祈祷的净土。）

但是现在雷奇侵入了那个地方，破坏了一切。现在，埃莉诺所有的感受变得和雷奇一样发烂发臭。

现在，她无法想帕克了——

无法想他身穿白衣，像个超级英雄一样站在夜色里。

无法想他的气味，那种汗水融合着肥皂的气味。

无法想他喜欢某样东西时轻轻牵动嘴角的微笑模样。

现在这些都掺入了雷奇的鄙夷。她一脚把猫踢下床，纯粹出于泄愤。猫儿哀叫着，又跳回床上。

梅西在下铺低声问：“埃莉诺，那是你男朋友吗？”

埃莉诺从紧咬的牙关里挤出声音。“不，”然后她狠狠低语，“不过就是个同学。”

15

埃莉诺

第二天上午，埃莉诺准备出门时，妈妈挡在了卧室门口。她用梳子把埃莉诺的头发拢成一个马尾，连卷发都没梳开，就低语着："我说，埃莉诺啊……"

埃莉诺抽身："我知道你要说什么，我不想谈。"

"你听我说。"

"不用了，我知道。他不会再来了，行了吧？我根本没请他来，不过我会跟他说的，让他不要再出现。"

"好吧……很好，"妈妈双手抱胸，依然是低语，"真的，你还太年轻。"

"不，"埃莉诺说，"这不是重点。反正这些都不重要。他不会再来了，可以了吗？反正我们之间也不是那回事。"

妈妈离开了房间。雷奇还在屋里，埃莉诺听到他在给浴缸放水，赶紧冲出前门。

她边走向校车站边想，根本不是那回事。她忍不住想哭，因为她知道，事实就是如此。

而想哭令她愤怒。

因为就算她要哭，也是为自己狗屎一样的人生而哭，而不是为一个很酷的男孩喜欢她、但不是那种喜欢而哭。

何况，能够交上帕克这样的朋友已经是这辈子最棒的事了，她还想怎样呢？

她看上去肯定一脸怒气，因为她上车坐下来时，帕克也没打招呼。

埃莉诺面朝走道坐着。

几秒钟后，帕克伸手拉拉她手腕上的丝巾：“对不起啊。”

“为什么？”她语带愤怒，天啊，她真是个混蛋。

他说：“我也不知道，只是觉得昨晚好像给你惹麻烦了……”

他又拉了拉丝巾，所以埃莉诺转头看看他，尽量收起怒容——她真希望自己一脸怒气，而不是一副整晚都在想他的嘴唇有多好看的表情。

他问：“那是你爸爸？”

她猛地转头，说：“才不是，不是。那是……我妈的老公。不是我的什么人，非要说的话，算是我的麻烦吧。”

“你昨晚有麻烦？”

“算是吧。”她正打算把雷奇从她脑海里属于帕克的区域铲掉，不想多谈他。

他又开口了：“抱歉。”

她说：“没关系，又不是你的错。总之，谢谢你带来《守望者》，我看得很开心。”

“很酷对不对？”

“是啊，不过有点残暴，我是说关于笑匠那部分……”

“是啊，对不起。”

“不是这样。我不是这个意思。我想……我该重看一遍。”

“我昨晚又看了两遍。今晚可以给你看。”

“真的？谢谢。”

他一直拉着埃莉诺手腕的丝巾，无所事事地用食指和拇指摩挲着。她看着他的手。

如果他此刻抬头看她，肯定会发现她的样子蠢极了。她可以感觉到自己脸色柔和，一脸蠢样。如果他此刻抬头，肯定能看穿她。

但他没抬头，只是拿丝巾绕着手指，直到她的手悬在了两人之间。

然后他把丝巾和自己的手指一起滑进埃莉诺的手掌里。

埃莉诺溃不成军。

帕克

握着埃莉诺的手就像握着一只蝴蝶，或者一下心跳。像是握着某个完整的、活生生的东西。

一碰到她，他立刻责问自己为什么拖了这么久。他用拇指轻揉她的掌心，一直摸到手指，他能清楚地感觉到她的每一次呼吸。

帕克以前就握过女生的手。溜冰场的那些女孩，还有去年初三舞会里的一个女孩。（在等她爸爸来接时，他们还接吻了。）六年级时，他跟提娜在“交往”，也握过她的手。

那些握手的感觉，毫无例外，就是“还行”，跟小时候牵乔许的手过街，或者牵着奶奶的手去教堂感觉没什么两样。可能手汗多一些，也尴尬些。

去年他亲吻那女孩时嘴唇发干，眼睛基本全程睁开，帕克觉得自己大概有毛病。

吻那女孩时，他怀疑（真的很怀疑）自己是不是同性恋，不过他也没想过要吻哪个男生。当他想象女浩克或者暴风女，而不是他正在吻的女孩彤恩，那个吻就好一点。

当时他想，自己要么是不被真实的女孩吸引，要么就是动画片里的那种变态色鬼。

现在他则觉得，是自己无法辨识那些女孩，就像电脑无法识别某个盘的格式，驱动器就会把它吐出来。触摸埃莉诺的手时，他知道，就是她。他知道。

埃莉诺

碎了。

好像某个东西出错了。她整个人被一道光束送进了星舰进取号。

如果你想知道这是什么感受，那就像整个人融化了，只是比这要激烈得多。

即使已经碎成百万片，埃莉诺依然能感觉到帕克在摸她的手，他的拇指在摸索她的掌心。她一动也不敢动，她别无选择。她在想哪种动物在被捕食者吞食前会全身麻痹……

或许帕克是用他的忍术、瓦肯人[①]握手法麻痹了她，现在他就要吃了她……

这简直棒极了。

帕克

校车一停下，他们的手就分开了。现实感冲进帕克的脑海，他焦虑地东张西望，看是否有人在看他们，然后又紧张地看看埃莉诺，担心她注意到他在。

她拿起书站到走道上，眼睛依然看着地板。

如果刚刚有人在看，他们会看见什么？帕克不敢想象他触摸埃莉诺

---

① 《星舰迷航记》（VulcanStar Trek）里的外星民族，瓦肯人（Vulcan）在大约公元300年便已经发展出了曲速能力，是第一个与人类进行战斗巡航的外星种族。

时脸上是什么表情，一定像电视广告里喝下第一口百事可乐的样子——上天堂了。

他站在她后面，两人身高差不多。她的头发拢得很高，露出红润的、有着点点雀斑的脖子。他努力抑制住把脸贴上去的欲望。

他跟着她一路走到储物柜，她打开柜子时，他就靠着墙。她没说话，只是把几本书放进架子上，又拿下几本。

从触摸她的兴奋感中沉静下来后，他想起埃莉诺根本没有回应，没有回摸他，没有跟他手指交缠，甚至没有看他。现在还是没看他。天啊。

他轻敲储物柜的门，说："嘿。"

她关上门："嘿，干吗？"

他问："你还好吗？"

她点点头。

他问："那我们英语课见？"

她点头，走开了。

天啊！

埃莉诺

连续两三个小时，埃莉诺都在摩挲自己的手掌。

什么也没发生。

人体的某个部位怎么可能聚集这么多神经末梢？它们是一直都在那里吗？还是看情况，愿意启动才启动？如果那些神经末梢一直都在那里，为什么旋转门把手就不会让她晕倒？

或许这就是人们说开手动挡车比较爽的原因。

帕克

天啊，你有可能强暴一个人的手吗?

英语课和历史课，埃莉诺都没看帕克。下课后，他跑到她的储物柜前，她不在那里。

他上校车时埃莉诺已经就座，不过是坐在他的位置上，身体靠着车厢。他太尴尬了，不知该说什么。他坐到她身旁，双手悬在两腿间。

这代表她必须握住他的手腕，拉过来放在她的掌心。她跟他手指交缠，拇指抚摸着他的掌心。

她手指颤抖。

帕克转过身来，背向走道。

她低声问:“可以吗?”

他点头，深呼吸。两人都眼帘低垂，看着他们的手。

天啊。

16

埃莉诺

星期六最惨。

星期天，埃莉诺还可以整天想着星期一马上就到了。但是星期六的一天就像十年。

她已经写完了作业。有个变态在她的地理课本上写了“我让你湿了吗”，她花了很长时间才用黑色墨水笔盖住这行字，想把它画成一朵花。

她陪孩子们看动画片，直到高尔夫球比赛开始，然后跟梅西玩双纸牌接龙，玩到两人都觉得无聊为止。

接着她听音乐。她留下了帕克给她的两节电池，这样，今天最想念他的时候就可以听磁带。现在她已经有了五盘帕克帮她录的磁带。这代表着，如果电池撑得住，她可以握着帕克的手，在脑海里和他相处四百五十分钟。

说来可笑，即便在幻想世界里什么事情都可以发生，她跟他也还只是牵手。对埃莉诺来说，这表明了跟他牵手有多棒。

（何况，那不只是牵手。帕克摸她的手，就好像在摸什么罕有又珍贵的东西，好像她的手指跟身体其他部位紧密相连。事实上也如此，很难解释。帕克让她觉得自己的身体不仅仅是各个部位的总和。）

现在校车之旅的唯一缺点是，他们的谈话时间严重缩短。帕克抚摸她时，她几乎不敢正视他。而帕克似乎常常一句话都说不完整。（这表示他喜欢她，哈。）

昨天回家的路上，因为排水管道爆裂，校车必须绕道，多开了十五分钟。史蒂夫开始说脏话，念叨着他必须赶去加油站打工，那是他的新工作。帕克说："啊……"

埃莉诺问："怎么了？"现在她坐在靠窗的位置，感觉比较安全，不那么暴露于人前了。她可以假装校车是只属于他们的天地。

帕克说："我可以光凭意念就把排水管给炸了。"

她说："这个超能力很一般。他们是怎么叫你的？"

"他们叫我……哦……嗯……"然后他笑了，玩着她的小小波浪卷发。（抚弄她的头发是他们的最新进展，很棒。有时放学后，他会突然出现在她身后，抓一下她的马尾，或者拍打她的发髻。）

"我……不知道他们怎么叫我。"他说。

她说："公共设施？"她的手贴上他的手，手指对手指。她的指尖只到他手指的最后一节。这可能是她全身唯一比他小的地方。

他说："你真像个小女孩。"

"怎么说？"

"你的手啊。它们看起来……"他双手握住她的手，"我不知道怎么说……楚楚可怜。"

她低语着："水管大师。"

"什么？"

"那是你的超级英雄称号。不，等一下，叫'吹笛人'。像'该付钱给吹笛人了'[①]。"他笑了，扯了扯她另一撮小卷发。

这是他们两星期来谈话最久的一次。她正在给他写信——试写过一百万遍了——不过这好像是初一孩子才干的事。她能写些什么呢？

---

① 典故出自《斑衣吹笛人》（Pied Piper），意指要付出代价。Piper在此一语双关，指帕克的超能力是以意念扎破水管（Pipe），又是吹笛人（Piper）。

亲爱的帕克，我喜欢你。你的头发好可爱。

他的头发，真的、真的，很可爱。后面短，前面长，自由地垂散着。他的头发很直，几近全黑。黑色似乎是帕克的生活态度。他总是穿黑色衣服，从头黑到脚。黑色的朋克乐队T恤，内搭黑色长袖衬衫。黑色球鞋。蓝色牛仔裤。嗯，几近全黑。天天如此。（他倒也有一件白色的，但胸前也是黑色大字“黑旗乐队”[①]。）

每次埃莉诺穿黑衣服，妈妈就说她像是去参加葬礼——是躺在棺材里的那个。总之，那是妈妈以前会说的话，那时她还会偶尔注意埃莉诺的穿着。埃莉诺拿走妈妈针线盒里所有的安全别针，把碎丝缎、天鹅绒别到牛仔裤的破洞上，她也一句话都没有。

帕克穿黑色很好看，整个人像炭笔画成的。黑色的浓剑眉。短短的黑睫毛。高高的光洁的颧骨。

亲爱的帕克，我好喜欢你。你的两颊真漂亮。

关于帕克，只有一件事她不喜欢想象，那就是：帕克究竟看上她哪一点？

帕克

货车一直熄火。

爸爸没说话，但是帕克知道他快要爆炸了。

爸爸说：“再试一次，仔细听引擎的声音，然后换挡。”

---

① 黑旗乐队（Black Flag），美国硬核朋克乐队。

如果有所谓的“过度简化”，帕克爸爸现在说的就是。听引擎声音，踩离合器，换挡，踩油门，松开离合器，转方向盘，看后视镜，转弯打方向灯，多看两眼有没有摩托车……

最糟的是：帕克很确定，如果爸爸没有怒气冲冲地坐在身边，他应该是会开的。在他的想象中，自己开得很好。

学跆拳道有时也是这样的。如果是爸爸来教，他就什么新招式也学不会。

踩离合器，换挡，踩油门。

又熄火了。

爸爸厉声说：“你想太多了。”

爸爸总是这么说。小时候，帕克会跟爸爸争论，比如跆拳道课上，他会说：“可是我无法阻止自己想事情，我没法让脑袋关机。”

“如果你还是这样打，对手会帮你让脑袋关机。”

踩离合器，换挡，嘎嘎嘎。

“再发动一次……现在，别想，只管换挡……我说，别想。”

货车再度熄火。帕克双手放在两点钟和十点钟方向，头靠在方向盘上，努力振作自己。爸爸已经怒火中烧。

“该死的，帕克，我真不知道拿你怎么办了。我们已经练了一年，你看看你弟弟两星期就学会了。”

如果妈妈在场，就会说爸爸两句。*你不可以这样*，她会说，*两个儿子不一样的*。

爸爸就会气得牙痒痒。

帕克说：“看来让乔许脑袋空空并不难。”

爸爸说：“你尽管说他笨，可他就是会开手动挡。”

帕克面对着仪表板，轻声说：“可是，我只打算开那辆羚羊，它是自动挡。”

爸爸几乎叫了起来：“那不是重点。”如果妈妈在，就会说，*嘿，先*

生，你不可以这样。要叫就到外面去对着天叫。你脾气太大了。

帕克希望妈妈常在身边庇护他，可这又代表什么？

他是个娘娘腔。

这就是他爸爸的想法。此刻他很可能就是这么想的。他现在这么安静，一定是努力不大声说出这三个字。

“再试一次。”

“不。我练够了。”

“我说够才够。”

“不，”帕克说，“我现在就不练。”

“好啊，反正我不会带你回家。再试一次。”

帕克发动车子。熄火。爸爸的大手猛地一拍座位前的置物箱。帕克打开车门跳了出去。爸爸大叫他的名字，但帕克只顾着走。反正只有几英里路。

即使爸爸开车经过了他，帕克也没注意到。他走回街区时天色已晚。他没走进自己家那条街，反而绕到埃莉诺家的巷子。虽然天气已经有点凉了，她家的院子里还是有两个红金色头发的孩子在玩耍。

他看不到屋里的情况。如果他站得够久，或许她会站在窗口往外看。帕克只想看看她的脸，她大大的棕色双眼，她丰满的粉红色嘴唇。她的嘴有点像《蝙蝠侠》里的小丑（得看是出自哪个画家笔下），非常大，非常弯。但显然没有那种神经兮兮的感觉……这话可千万不能告诉她。这听起来绝对不是赞美。

埃莉诺没朝窗外看。两个孩子倒是盯着他，帕克只好回家了。

星期六啊，最惨了。

17

埃莉诺

星期一最棒。

今天她上校车时，帕克真的对她笑了。是那种她一路走过去，他都没收起来的笑容。

埃莉诺没法回应他的笑，当着一群人的面不行。但是她掩饰不住笑意，所以她对着地板笑，每隔几秒就抬头偷瞄，看他是不是在看她。

是。

提娜也在看，但是埃莉诺懒得理她。

她走到座位旁，帕克站起身，她刚坐下，帕克就握住她的手亲吻。一切来得太快，她没时间狂喜，也没时间尴尬。

她微微垂下头，靠在他肩上，靠着他黑色风衣的衣袖，几秒而已。他紧握她的手。

他低声说："我想你。"她感到自己双眼湿润，于是转头望着窗外。

去学校的路上，他们没再说话。帕克陪她走到储物柜，两人靠着墙静默地站着，直到钟响。

走廊空荡荡的，几乎没有人。帕克伸出手，蜜色的手指把玩着她的红色波浪卷发。

他放开手："继续想你咯。"

辅导课她迟到了，因此没听见萨毕老师说她有教师办公室通行证。他把通行证“啪”地摔在她桌上。

“埃莉诺，醒醒！你的辅导老师给了你通行证。”天啊，他真是个混蛋，埃莉诺真庆幸自己没有他的任何一门课。她走向教师办公室，指尖滑过砖墙，哼着帕克录给她的歌。

她实在幸福到上了天，进了办公室，居然对唐恩太太露出了笑容。

唐恩太太拥抱了她：“埃莉诺，你好吗？”唐恩太太是那种拥抱派，第一次跟埃莉诺见面就给了她一个大大的拥抱。

“很好。”

唐恩太太说：“你看起来不错。”

埃莉诺低头看着自己的毛衣（某个肥胖的男子可能在1986年买了它穿去打高尔夫），还有满是破洞的牛仔裤。天啊，她平时的样子到底有多糟啊？她回答：“谢谢您。我还可以。”

“我跟你的老师们谈过，”唐恩太太说，“你知道你几乎每门课都得了A吗？”

埃莉诺耸耸肩。她家没有电视，也没有电话，简直像住在地底……所以有大把做作业的时间。

唐恩太太说：“没错。我真为你骄傲。”

埃莉诺真庆幸她跟唐恩太太隔了一张桌子。她一副马上要熊抱埃莉诺的模样。

“不过，这不是我叫你来的原因。今早上课前，我接到一通找你的电话。是个男人——他说是你爸爸——他打到学校，因为不知道你家里的号码……”

埃莉诺说：“我没有电话号码。”

唐恩太太说：“哦，我明白了。你爸知道吗？”

埃莉诺说：“可能不知道。”她惊讶的是，爸爸居然知道她读哪个学校。

“你想打电话给他吗？可以用我办公室的电话。”

她想打电话给他吗？爸爸为什么打电话给她？或许发生了什么恐怖的事（真的很糟的事）。或许她奶奶死了。天啊。

“好的……”埃莉诺回答。

唐恩太太说：“只要有需要，你都可以来用我的电话。”她站起身，靠着桌边，手放在埃莉诺的膝盖上。埃莉诺差点就要开口跟她要一支牙刷了，但是她知道，这会带来马拉松式的拥抱。

因此，埃莉诺只说了句谢谢。

唐恩太太满脸笑容地说：“好的。我去补补口红，一会就回来。”

唐恩太太离开后，埃莉诺拨了爸爸的电话。响到第三声，爸爸接了。

“喂，爸，我是埃莉诺。”

“嘿，宝贝，你好吗？”

她考虑了一秒钟要不要说实话，然后回答：“好。”

“大家都好吧？”

“好。”

“你们都不打电话给我。”

跟他说他们没电话是没用的。指出他们有电话时爸爸从不回电也没用。他才该想办法跟他们通话，毕竟他是那个有电话、有车，还有自己生活的人。

跟爸爸说什么都没用。埃莉诺早就知道了，她都不知道自己是什么时候知道的。

他说：“我有个很酷的提议，或许你周五晚上可以过来。”埃莉诺的爸爸有电视人的声音，就是那种企图在电视上兜售唱片合辑，比如七十年代的畅销迪斯科舞曲，或者《时代生活杂志》推出的最新合辑的人。

“唐娜要我去参加婚礼，”他说，“我告诉她你或许可以照顾马特。你可能愿意赚点做临时保姆的钱。”

“谁是唐娜？”

“你知道的啊，唐娜——我的未婚妻唐娜。上次你们来的时候不是见过她吗？”

那是一年前的事了。埃莉诺问：“你的邻居？”

“是的，那个唐娜。你可以过来住一晚，帮忙看着马特，吃比萨，煲电话粥……会是你最好赚的十块钱了。”

事实上，是第一次赚的。

埃莉诺说：“好吧。你来接我们吗？你知道我们现在住哪里吗？”

“我到学校接你——只有你。我不希望留一屋子孩子给你照顾。你几点放学？”

“三点。”

“好。周五三点见。”

“好。”

“那么，好，我爱你，宝贝，用功读书。”

唐恩太太张着双臂等在门口。埃莉诺在走道上边走边想：一切都好。大家都没事。她吻了自己的手背，想知道手背在唇下是什么感觉。

帕克

帕克说：“我不参加校友返校舞会。”

凯尔说：“你当然不会来，我的意思是，现在才租燕尾服，已经来不及啦。”

他们早早到了英语课教室。凯尔坐在他后面两个位置，帕克得频频回头，才能看埃莉诺进教室没有。

帕克问：“你租了燕尾服？”

“是啊。”

“没有人会为了参加校友返校舞会租燕尾服的。”

“所以你猜猜谁会是整场最有格调的家伙？何况你又根本不参加舞会，知道个屁。要是换作橄榄球赛，那就是另一回事。”

帕克回头看着教室门：“我根本就不爱橄榄球。”

“你就不能帮帮我吗？就五分钟行吗？”

帕克抬头看钟：“好吧。”

凯尔说：“拜托，就帮我这一次忙，一大堆帅哥美女都要去，如果你参加，琴恩就会跟我们坐在一起。你简直是吸引琴恩的磁铁。”

“你没看出问题所在吗？”

“不。我是找到了最棒的琴恩诱饵。”

“你不要用那种口气说她的名字。”

“为什么？她又没来，对吧？”

帕克回头看着他：“你就不能去喜欢一个也喜欢你的女孩吗？”

凯尔说：“不会有女孩喜欢我，所以我干吗不干脆喜欢一个我真正想要的呢？来吧——为了我，周五来舞会吧。”

帕克说：“我不知道……”

“哇，她怎么啦？一副刚刚大开杀戒、乐坏了的样子。”

帕克立即转头。是埃莉诺，正朝他笑着。

她有那种牙膏广告式的笑容，就是整口牙全露。帕克认为她应该经常这么笑，让她的脸从诡异变成了美丽。他想让她每天都这样笑。

史岱斯曼老师一进教室就假装不支倒地，他身体倚靠着黑板，说：“老天爷！埃莉诺，别笑了。你快让我睁不开眼了。你总是不释放这种笑容，是因为凡人经受不了，是吧？”

她难为情地低下头，笑容僵住了，像假笑一样。

凯尔说：“拜——托。”

琴恩坐到了他们中间。凯尔双手合十做出祈求状。帕克叹了口气，点头同意。

埃莉诺

她等着爸爸的来电带来的酸楚。（和爸爸谈话就像挨鞭子，不会当场感到疼痛。）

但是并没有。没有任何事能让她低落。没有任何事能让帕克的话语从她脑海中消失……

他想念她……

天知道他究竟想念什么。她的肥胖？她的古怪？还是她没法像正常人一样跟他说话？不管了。不管他的喜欢出自哪种变态的癖好，那都是他的问题。他喜欢她，她确信。

至少眼前如此。

至少今天如此。

他喜欢她。他想念她。

她彻底分心了，忘了体育课不能逞强。打篮球时，埃莉诺接住球，跟提娜的朋友安妮特撞了个满怀。安妮特是个暴躁又壮硕的女孩，她把篮球推向埃莉诺的胸口，质问她："想挑衅是吧？好啊。来啊，咱们来啊！来啊！"埃莉诺往后退了几步，到边线外等柏特太太吹哨子。

接下来的球赛，安妮特都怒气冲冲。埃莉诺尽量不受她影响。

与帕克并肩坐在校车上的那种安全而无忧无虑的感觉，现在她随时可以召唤出来。就像力场，就像她是隐形女。

那么，帕克就是神奇先生[1]喽。

---

① 神奇先生（Mr. Fantastic），美国漫画《神奇四侠》（The Fantastic Four）里的角色。隐形女（Invisible Girl）是他的女友。

18

埃莉诺

妈妈不肯让她去当保姆。

她揉着墨西哥薄饼面皮，说："他是不是忘了他有四个小孩？"

埃莉诺笨到在弟妹面前脱口告诉了妈妈，说爸爸来电话了——搞得他们兴奋极了。埃莉诺只好说爸爸没邀请他们，她是去照顾小孩的，而且爸爸也不在家。

鼠鼠哭了起来，梅西很生气，跺着脚冲了出去。班恩问埃莉诺能不能打电话给爸爸，问他可不可以以跟着去帮忙。班恩说："跟他说，我一天到晚照顾小婴儿。"

妈妈说："你爸爸还真是奇葩。他每次伤透了你们的心，都希望我去捡起碎片。"捡起，扫到一旁，对妈妈来说都一样。埃莉诺不敢争辩。

她说："拜托，让我去吧。"

妈妈问："你为什么想去？你在乎他？他从没在乎过你。"

天啊！这是事实，但听起来还是刺痛心扉。

埃莉诺说："我不管。我真的需要透透气。两个月了，我除了上学，哪儿也没去过。拜托了，他说他会付钱。"

"如果他有那个闲钱，应该先付孩子的抚养费。"

"妈……十块钱啊，拜托。"

妈妈叹了口气："好吧。我跟雷奇说。"

“不！天啊！不要跟雷奇说。他肯定不答应。何况，我能不能见爸爸，也不是他说了算。”

妈妈说：“雷奇是一家之主。要不是他，饭桌上能有菜吗？”

埃莉诺很想问：什么菜？还有，什么饭桌？他们不是在沙发或地板上吃，就是端着纸盘吃。何况雷奇肯定会拒绝，只为了享受拒绝的快感，高傲得像西班牙国王一样。说不定就是为了这个，妈妈要给雷奇拒绝的机会。

埃莉诺捂着脸靠着冰箱：“妈，求你啦。”

妈妈语带不快：“唉，算了。不过他如果给你钱，你得跟弟弟妹妹分。最起码该这样。”

全部拿去也没关系。埃莉诺只想有机会给帕克打电话，好好和他交谈，不让那些近亲交配的佛列兹狗杂种听见。

第二天一早在校车上，帕克的手指摸索着埃莉诺手链的内侧时，她跟他要了电话号码。

他笑了起来。

她问：“有什么好笑的？”他悄声说：“因为啊，感觉好像你要追我。”尽管同车人总是喧闹不休，大概得用扩音器才能压过他们的脏话和蠢话，他俩讲话还是很小声。

她说：“或许我不该要你的电话，你就没要过我的。”

他抬起眼睛，透过刘海望着她，说：“我还以为上次你继父那件事后，他们会禁止你用电话。”

埃莉诺说：“或许会吧，如果我家有电话的话。”通常她不跟帕克讲这类事。讲她没有这个、没有那个。她等待着帕克的反应，但是他没有，只是用拇指滑过她手腕的血管。

“那你干吗要我的号码？”

*天哪，那就算了吧。*她说：“你不必给我。”

他翻翻白眼，从背包里摸出一支笔，伸手拿过她的书本。

她低声说："不，不行。我不想让我妈看到。"

他对着书本皱眉："我还以为你会比较担心她看见这个。"

埃莉诺低头看。该死！那个在她的地理课本留下脏话的家伙也攻陷了她的历史课本。

那是一行很丑的蓝色字——"吸我，让我射"。

她夺过帕克的笔，用力涂盖那句话。

帕克问："你写这个干吗？是歌名？"

她说："不是我写的。"她能感觉到红潮爬上了脖子。

"那是谁？"

她拼命摆出狠狠的眼神（注视着帕克，很难不露出甜蜜的神情）："不知道。"

"为什么会有人写这样的东西？"

她把书本抱在胸口："我不知道。"

"唉。"

埃莉诺没理他，看着窗外。她不敢相信，居然让他看到了课本上那个东西。每次让他看见一丁点她的疯狂生活，倒是没关系。比如……是啊。我有一个很糟的继父，我家没有电话，有时洗洁精用完了，我就用给宠物除跳蚤的洗发水……

但是，提醒他自己就是"那女孩"又是另一回事，那还不如带他去参观她的体育课，或者给他一张名单，按笔画顺序列出她的难听绰号。

屁——肥屁股

贱——红发贱货

他可能会问为什么她是"那女孩"。

他说："喂。"

她摇摇头。

跟他说她在以前的学校可不是“那女孩”，有用吗？是的，她以前就被嘲笑过。永远会有坏男孩，也永远会有坏女孩，但是在以前的学校，她至少有朋友，有人可以传字条，有人一起吃午饭。以前上体育课，总有人要跟她同一队，因为她善良又有趣。

他说：“埃莉诺……”

但是以前的学校没有帕克这样的人。

到哪里都没有。

她对着窗户说：“干吗？”

“如果你没有我的号码，要怎么打给我？”

她把书本抱得更紧：“谁说我要打给你？”

他靠近埃莉诺，肩膀偎着她，叹了口气：“别跟我生气啊，我要疯了。”

她说：“我从来不跟你生气。”

“是啊。”

“从来不会。”

“那肯定是靠近我让你常常抓狂。”

她用肩膀顶顶他，她不想笑，但还是忍不住笑了。

“周五晚上我要帮爸爸带小孩，他说我可以用电话。”

帕克迅速转过脸来，那距离近到让她心痛。她真的可以趁他来不及后退时亲他一下，或者跟他额头碰额头。

他问：“是吗？”

“是的。”

他笑着说：“好啊！但是你不需要我写下电话号码吗？”

她说：“你告诉我，我会背下来。”

“我写下来吧。”

“我会用歌曲的旋律来记住它，才不会忘记呢。”

他开始用唱歌的方式念出867-5309，她笑了。

帕克

帕克努力回想第一次见到她的情景。

因为他记得那一天，他和其他人都看到了同样的东西，他还想，真是自找的……

一头红色卷发已经够糟了，脸还圆得像巧克力盒。

不，他当时应该不是这么想的。他想的是……

一脸雀斑也就算了，两颊还肥嘟嘟的，像婴儿一样。

天哪，她的双颊可爱极了。雀斑之上是酒窝，圆得像山楂果，简直可爱得犯规。没人想捏她的脸颊，这还真是奇怪，要是他奶奶看见了，肯定要捏一下。

但是在校车上第一次见面时，帕克不是这么想的。他记得自己心想，她长成那样已经够惨了……

还有必要穿成那样吗？还要表现得那样？她一定要搞得这么与众不同吗？

他记得自己还替她感到难堪。

但是现在……

现在，只要想到有人嘲弄她，想打人的感觉就直冲喉头。

想到有人在她的课本写下那种脏话……他简直就像快要变身绿巨人浩克前的比尔·贝克比那样愤怒。

在校车上装作事不关己实在很难。他不想让她处境更艰难，只好双手插在口袋里，紧紧握拳，如此，一整个上午。

一整个上午，他都特别想找个什么东西狠揍或者踹一通。午饭过后就是体育课，练习跑步时，他冲得飞快，鱼片三明治都吐了出来。

柯宁老师让他提前离开去冲澡："你走吧，谢里登，你以为是电影《火战车》[①]啊。"

帕克希望自己的愤怒是正义之火，他希望他对埃莉诺的保护捍卫之情就仅仅是如此，而不是……混合了其他感情。

而不是觉得大家嘲笑她就是嘲笑他。

有时——应该说是他们认识以来——埃莉诺会让他变得过度自觉，当他看见别人说话，就很确定是在说他们。大家在校车上哄闹时，他就确定每个人都在嘲笑他们。

那种时候，帕克想过要跟她保持距离。

不是分手。这词根本不适用于他们的关系。是……退回到他们原本的六英寸距离。

他的脑海里会不断翻滚这些念头，直到再度见到她。

不管她是在课堂上、坐在课桌前、在校车上等他，还是独自坐在学校餐厅读书。

他一看见埃莉诺，保持距离的念头就飞走了。他脑海里什么念头都没有了。

只想碰触她。

只想做他唯一能做或者该做的事——让她快乐。

凯尔问："什么意思？今晚你不来了？"

他们在自习室，凯尔正在吃奶油布丁，帕克让他小点声，说："突然有事。"

"有事？"凯尔把汤匙重重地摔进布丁里，"你是说你废了？这种事最近倒是常有。"

---

① 《火战车》（Chariot of Fire），1981年英国电影，奥斯卡获奖影片，描写两个英国短跑选手得到奥运金牌的故事。

“不，有事，女孩的事。”

凯尔靠近他：“怎么，你有女朋友了？”

帕克感觉自己脸红了：“算是吧。唉，我还不能说。”

凯尔说：“但是我们都计划好了。”

帕克说：“你是计划好了，但是计划得糟透了。”

凯尔说：“你这也太不够朋友了。”

埃莉诺

她实在太紧张了，没怎么碰午餐，把奶油火鸡肉给了狄妮丝，水果沙拉给了碧比。

回家的路上，帕克一直让她练习背电话号码。

最后，他还是把电话留在她的课本上，隐藏在歌名里。

“《永远年轻》。”

“这是‘4’[①]，”他说，“你记得住吧？”

“不用啊，”她说，“我早就熟记在心了。”

“然后，这是‘5’，”他说，“我想不起任何跟‘5’有关的歌。这个《六九年的夏天》，记住，代表的是‘6’，不是‘9’。”

“我讨厌那首歌。”

“天哪，我知道……唉，我找不到有‘2’的歌。”

她说：“《我们俩》。”

“《我们俩》？”

“披头士的歌。”

“哦……难怪我不知道。”他记下歌名。

---

① “永远年轻”（Forever Young）的for与四（four）同音。

“你的号码我已经牢牢记住啦。”

他悄声说：“我只是怕你会忘记。”他用铅笔把她的头发轻轻地挑离眼睛。

她说：“我不会忘记的。”永远。说不定死前她还会在病床上大叫帕克的电话号码。或者当帕克终于厌倦她了以后，她会把号码文上心头。她说：“我很擅长记数字的。”

他说：“要是周五你因为记不住我的号码而没打电话给我……”

“要不这样吧，我把我爸爸的号码给你，要是我九点以前没打电话给你，你就打给我。”

他说：“好主意。”

“但是你不能说打就打。”

他开始笑了，转头望着别的地方：“我觉得啊……”

她用手肘顶顶他：“什么？”

他说：“我觉得我们好像在约会一样。这样是不是很蠢？”

她说：“不。”

“可是我们每天都在一起……”

她说：“我们并没有在一起。”

“只是有五十个护花使者围绕。”

埃莉诺低语：“充满敌意的护花使者。”

帕克说：“是啊。”

他把笔放回口袋，牵起她的手，放在自己的胸膛上。

这真是世界上最美好的事，她都想帮他生孩子了，两个肾脏都割给他也没关系。

他说：“这是个约会啊。”

她说：“真的是。”

19

埃莉诺

早上醒来，她有种今天是她生日的感觉——是以前的生日，那时她还有一点能吃到冰淇淋的机会。

也许爸爸那里会有冰淇淋。不过就算有，可能也会在她去之前扔掉。他总是暗示她太胖了。至少以前他是这样。或许等到他完全不关心她，也就不再关心她的体重了。

埃莉诺穿上老旧的男式条纹衬衫，请她妈妈帮她打领带，是那种真正的领带结。

妈妈在门口跟她吻别，叫她好好玩，如果跟爸爸发生不愉快，就打电话给邻居。

埃莉诺心想，*是啊，要是爸爸的未婚妻骂我小母狗，强迫我使用没有门的浴室，我就打电话给你。咦，等等……*

她有点紧张。她至少一年没见过爸爸了，上次见也隔了很久。她住在希克曼家时，爸爸一个电话也没打过。或许他不知道她在那里，她没说过。

雷奇刚来家里时，班恩恨死了他，吵着要搬去跟爸爸住，但那也只是过过嘴瘾，大家都知道。连还在学走路的鼠鼠都知道。

她爸爸只要跟孩子们待上几天就要发疯。以前，他来妈妈家接走他们，就直接送到他们奶奶家，然后拍屁股走人，干他周末想干且常干的事。（应该涉及很多很多大麻。）

帕克一看见埃莉诺的领带就开起了玩笑，这比让他微笑还棒。

埃莉诺坐下后，他说："我可不知道我们还得盛装约会。"

她轻声说："我以为你会带我去个好地方。"

"我会的，"他正了正埃莉诺的领带，"总有一天。"

去学校的路上他会说这种话，回家路上就不会，有时埃莉诺会怀疑他是不是还没睡醒。

他半转过身子："所以你下课后就去？"

"嗯。"

"你一到就打电话给我……"

"不。小孩睡了我再打给你。我可是得带小孩的。"

他靠过来："我可是要问你一大堆私人问题的，我准备了清单。"

"我不怕你的清单。"

他说："非常长的清单，非常私密的问题哦。"

"你该不会期望我有问必答吧……"

帕克靠回椅背，望着她低声说："我真希望你已经走了，那样我们就可以好好聊天。"

放学后，埃莉诺站在校门前的台阶上，希望能在帕克上校车前瞄到他一眼，但是肯定已经错过了。

她不知道该张望哪一型的车子，她爸爸总是买古董车，手头一紧就卖掉。

她开始担心爸爸不会出现——他可能跑错学校，或者改变主意——就在这时，爸爸朝她按了按喇叭。

一辆古董敞篷卡曼奇亚靠近了，很像詹姆斯·狄恩死时开的那种车。爸爸手垂在车门外，夹着一根烟，喊："埃莉诺！"

她走向车子，钻进去。座位上没有安全带。

爸爸看看她的书包，说："你只带这点东西？"

她耸耸肩："就过一晚而已。"

爸爸说："好吧。"他倒车出停车场，车速很快。埃莉诺都忘了他是个多差的司机。他永远单手开车，永远在超速。

埃莉诺盯着仪表板，努力保持镇定。外面很冷，车子加速后就更冷了。她大声喊："可以把车篷装起来吗？"

爸爸笑着说："还没修好呢。"

他还住在当年跟妈妈分手时住的公寓，是结实的砖房，离埃莉诺的学校不到十分钟车程。进屋后，爸爸才好好打量了她一番。

他问："现在的酷小孩都这么打扮吗？"

埃莉诺低头看了看：宽大的白衬衫，宽版的迷幻图案领带，以及半新不旧的紫色灯芯绒裤子。

她平淡地说："是啊，差不多算制服了。"

爸爸的女朋友，不，未婚妻唐娜要到五点才下班，之后她会去托儿所接小孩。这段时间，埃莉诺跟爸爸窝在沙发里看体育节目。

爸爸一根接一根抽着烟，不断啜饮矮杯里的威士忌。偶尔电话响起，他会跟对方说笑半天，聊车子、生意或者赌博。你会以为打电话来的都是他最要好的朋友。她爸爸有着淡金色的头发、孩子气的圆脸。他笑起来时（几乎是时刻不停地笑），整张脸就会像告示牌般点亮。埃莉诺如果太注意他，肯定会觉得不舒服。

屋子跟她上次来时不同。不光是客厅地板上的费雪牌玩具盒，也不光是浴室里的化妆品。他们刚开始来拜访爸爸时——爸爸妈妈离婚后，雷奇到来之前——这个公寓简直是家徒四壁，连喝汤的碗都不够，有一次爸爸还用高脚杯给埃莉诺盛蛤蛎海鲜浓汤。毛巾也只有两条，爸爸说："一条用来洗澡，一条用来擦干。"

现在，埃莉诺为屋内四处可见的小奢侈品目眩神迷。一包包的香烟、报纸、杂志、品牌玉米片、卷筒卫生纸……他的冰箱塞满那种你到了超市想都不想，只因为名字好听，就丢进购物车的玩意儿。蛋奶口味奶酪、葡萄柚汁、用红色蜡纸分装的小粒干酪。

她迫不及待地想让爸爸快走，这样她就可以大吃特吃，每样都吃点了。食品柜里有成排的可口可乐，今晚，她要把可乐当水喝，说不定还要拿来洗脸。她还要叫比萨。除非爸爸坚持比萨钱要从保姆费里扣除。（她爸爸就是这样，光凭补充条款部分，就可以把你扣个精光。）埃莉诺不在乎吃光这里的食物会不会激怒爸爸或者唐娜，反正说不定以后也是老死不相往来。

现在，她真希望带了过夜的袋子，这样就可以摸走几罐波巴第大厨罐头和金宝鸡汤面罐头，带给家里的孩子们吃，她进家门时感觉肯定像圣诞老人……

但是，此刻她不想去考虑孩子们或者圣诞。

她想换台到MTV频道，但是爸爸对她皱了皱眉，他还在打电话。

她低声问："我可以听唱片吗？"

他点点头。

她有一盘旧的合辑磁带，打算用它重录新的内容给帕克。但是爸爸的音响上就有一大盒崭新的麦克斯韦牌空白录音带。埃莉诺抽出一盘给爸爸看，爸爸点头说好，把烟蒂丢进一个非洲裸女形状的烟灰缸里。

埃莉诺坐在塞满唱片的板条箱前。

那是她爸妈的收藏，不光是爸爸的。大概妈妈不想要了，或者爸爸没问就全拿走了。

妈妈以前特别喜欢这张邦妮·芮特[1]，她爸爸在听吗？

翻弄父母的唱片让她觉得好像回到了七岁。

在他们还不准埃莉诺把唱片拿出封套前，她会把唱片摆一地，欣赏封面。到她够大了，爸爸就教她怎么用木柄天鹅绒刷清洁唱片。

---

① 邦妮·芮特（Bonnie Raitt），美国著名蓝调女歌手、吉他手。

她还记得妈妈打扫房间时会点起香，播放她最爱的茱蒂·席尔、茱蒂·柯琳丝、“柯斯比·史提尔和奈许乐队”。她也还记得爸爸邀请朋友来家里，玩到很晚，他会放吉米·亨德里克斯、“深紫乐队”“杰叟罗图乐队”的唱片。

埃莉诺也记得自己趴在老旧的波斯地毯上，用果酱瓶喝葡萄汁，研究一张张唱片。她很安静，因为婴儿弟弟在隔壁房间里睡觉。她反复看着那一个个乐队名字：“鲜奶油乐队”“香草奶油软糖乐队”“烈酒乐队”。

这些唱片闻起来跟当年完全是一个味儿，像爸爸的卧室，也像雷奇的外套。埃莉诺知道，那就是大麻的气味。呃。她现在翻唱片比较有目标了，就像在执行任务。她要找出《橡皮灵魂》和《左轮手枪》这两张专辑[1]。

有时她觉得自己送给帕克的东西永远无法跟他送的等值。每天早上，他都想也没想地随意扔给她各式珍宝，她不知道它们的价值，想都没想。

她无法回报，甚至无法像样地道谢。你如何感谢一个人介绍你认识“疗愈乐队”[2]和《X战警》？有时她觉得自己一辈子都还不清。

然后她想到，帕克居然不知道披头士。

---

① 披头士（The Beatles）的第六与第七张专辑。

② 疗愈乐队（The Cure），英国新浪潮与哥特摇滚乐队。

帕克

下课后，帕克到公园打篮球打发时间。但是他没法专心打球，一直在抬头看埃莉诺家的后院。

回家时，他大叫："妈！我回来了！"

妈妈回叫："帕克，我在这儿，车库里。"

他从冰箱拿出樱桃棒冰，往车库走去，一打开门，就闻到烫发剂的味道。

乔许还在上幼儿园时，帕克妈妈去上美容学校，爸爸就把车库改装成了美容院，还做了一个小招牌挂在侧门旁——"敏蒂美发美甲院"。

她驾照上的名字是"敏子"。

有钱做头发的邻居都来找帕克的妈妈。要是碰到校友返校日或者毕业舞会的周末，他妈妈几乎整天待在车库，是不是还要请帕克和乔许帮忙拿烫发卷。

今天妈妈的顾客是提娜，她的头发紧紧盘在发卷上，帕克妈妈拿着塑料瓶，往发卷上滴着溶液，刺鼻的味道让帕克眯起了眼睛。

他说："嘿，妈，嘿，提娜。"

妈妈说："嘿，舔心。"她把第二声发成了第三声。

提娜朝他露出灿烂的笑脸。

帕克妈妈说："闭上眼睛，提——娜，闭紧。"

提娜用白色的布遮住眼睛："哎，谢里登太太，您见过帕克的女朋友了吗？"

他妈妈没抬头，咂舌说："没，没有女朋友，帕克没有。"

提娜说："呃，呃，帕克，你告诉她，那女孩叫埃莉诺，今年新来的。在校车上，没人可以分开他们。"

帕克瞪着提娜，不敢相信她就这样出卖了他，他惊讶于她所描述的校车时刻是那样浪漫，更惊讶于她居然注意到了他和埃莉诺。妈妈抬头看帕克，目光没有停留很久——烫发正进入重要阶段。

妈妈说："我不知道什么女友。"

提娜用坚定的口气说："我打赌，您一定在附近见过她。她有一头非常漂亮的红头发，自然卷。"

他妈妈问："是这样吗？"

帕克气愤地回答："才没有。"他感到心里一阵翻搅。

提娜躲在白布后面说："帕克，你可真不是个男子汉。我很确定那是自然卷。"

帕克对妈妈说："不是。她不是我的女朋友。我没有女朋友。"

妈妈对帕克说："够了，够了，说了太多女孩的事，提——娜，你也是。帕克，你去帮我看一下晚餐。"

他退出车库，还想继续争辩，感觉还有许多否认的话就梗在他的喉咙。他用力甩上门跑进厨房，能甩的他都甩——烤箱门，橱柜门，垃圾桶盖子。

爸爸走进厨房："你搞什么啊？"

帕克呆住了，今晚他可不想惹麻烦。他说："没什么。对不起。对不起。"

"老天，帕克，你去找沙袋发泄吧……"他家车库里有个老式的拳击沙袋，高挂在帕克够不到的地方。

他爸爸大叫："敏蒂！"

"在这儿呢！"

晚餐时，埃莉诺没打电话来。很好，不然他爸爸可能会发疯。

晚餐后，还是没电话。帕克满屋乱逛，随手拿起什么东西又放下。他毫无理由地认为，埃莉诺不打电话是因为知道他刚刚背叛了她。她就是知道。她能感觉到力场的紊乱。

七点半，电话响了，是妈妈接的。他马上听出电话那头是奶奶。

他敲了敲书架。爸爸妈妈干吗不装内线电话？现在家家都装。连他爷爷奶奶都有。如果奶奶想聊天，干吗不自己过来，她就住在隔壁啊。

“不，应该不是，”妈妈说，“《六十分钟》都是星期天播……你是不是记成《20-20》了？不是？……约翰·史托索[①]？吉奥列朵·弗瑞拉[②]？戴安·索耶[③]？”

帕克的脑袋轻轻撞着客厅墙壁。

爸爸厉声说：“该死的，帕克，你什么毛病？”

爸爸和乔许要看《天龙特攻队》。

帕克说：“没事，没事。对不起，我只是在等电话。”

乔许说：“你女朋友要打来吗？帕克在跟那个大号红发交往。”

帕克双拳紧握，大喊：“她才不是……你再这样叫她，我就杀了你。真的杀了你，我下半辈子都会坐牢，妈妈会为此心碎，但是我——真——的——会——杀——了——你。”

爸爸又用那种眼神看着帕克，一脸搞不懂这小子在搞什么的表情。他问乔许：“帕克有女朋友了？为什么大家叫她大号红发？”

乔许说：“或许是因为她一头红发，胸又大。”

他妈妈赶紧捂住电话听筒。“不准说这么下流的话，”她指着乔许说，“你给我回房间。快点。”

“可是妈，《天龙特攻队》要播了。”

爸爸说：“你听见你妈说的了，在我们家，不准说这种话。”

乔许慢吞吞地从沙发上爬起来，说：“可是你也这么说话啊。”

---

① 约翰·史托索（John Stossel），美国著名记者。

② 吉奥列朵·弗瑞拉（Geraldo Rivera），美国知名作家、脱口秀主持人、作家、律师、记者。

③ 戴安·索耶（Dianne Sawyer），美国电视女主播。

爸爸说："我已经三十九了，还是个受勋老兵，我他妈爱说什么就能说什么。"

妈妈用尖尖的指甲指指爸爸，盖住听筒说："小心我也勒令你回房间。"

爸爸朝妈妈丢了个椅垫："宝贝，我真巴不得这样呢。"

妈妈对着听筒说："那，是休·唐斯[①]吗？"椅垫掉到了地上，她捡起来："不是？……好吧。我继续想。好吧，爱你，好，再见。"

电话刚一挂上，马上又响了。帕克立刻从墙边冲过来。爸爸朝他撇了撇嘴。妈妈接起了电话。

"你好？是的。请等一下。"她看着帕克，"找你的。"

"我可以回房间接吗？"

妈妈点点头。爸爸张着嘴，悄声说"大号红发"。

帕克冲回房间，还得停下来喘口气。他还上气不接下气，就拿起了话筒。

他说："我接了，妈。"然后他听到了挂电话的"咔哒"声："你好？"

"嗨。"听到埃莉诺的声音，他感到全身紧绷的张力一下子泄光了，几乎站不住。

他低语："嗨。"

埃莉诺笑了。

他问："怎么了？"

她说："我不知道。嗨。"

"我以为你不会打来了。"

"根本还没到七点半啊。"

"也是，不过……你弟弟睡啦？"

---

① 休·唐斯（Hugh Downs），美国著名电视主播。

“他不是我弟弟，”她说，“我是说还没成为我弟弟。他妈妈跟我爸爸好像订婚了。但是……不，他还没睡。我们正在看《飞哥岩》[①]。”

帕克小心翼翼地拎了电话走到床边，再小心翼翼地坐下。他不希望埃莉诺听到任何声音。他不希望她知道他睡双人水床，他的电话是法拉利跑车造型。

他问：“你爸几点回来？”

“我希望会很晚。他们几乎没找过临时保姆。”

“太棒了。”

她又咯咯笑了。

他问：“怎么了？”

她说：“不知道，感觉好像你对着我耳朵在说悄悄话。”

他往后靠着枕头：“我一向都是对你说悄悄话。”

“也是，不过通常都说些万磁王[②]什么的。”她的声音在电话里比较高亢，也厚实些，就像耳机传出来的声音。

他说：“今晚我不讲那些在校车上或者英语课上可以讲的话。”

“我呢，也不会说那些不适合在三岁小孩面前讲的话。”

“好。”

“开玩笑的。他在另一个房间，而且完全不理我。”

帕克说：“所以……”

埃莉诺说：“所以……说我们在校车上没法说的话。”

“在校车上没法说的话——开始。”

她说：“我讨厌那些人。”

帕克笑了，然后他想到了提娜，很庆幸埃莉诺看不见他此刻的表情。他说：“有时我也是。我的意思是，我大概太习惯他们了，认识他们

---

① 《飞哥岩》（Fraggle Rock），电视布偶剧。

② 万磁王（Magneto），《战警》中的大反派，拥有磁力。

一辈子了。史蒂夫是我邻居。”

“怎么回事？”

“什么意思？”

“我的意思是你不像本地人。”

“因为我是韩国人？”

“你是韩国人？”

“一半。”

“我不太懂。”

“我也是。”

“什么意思？你是养子？”

“不是。我妈是韩国人。不过她很少谈这些事。”

“她怎么会来到佛列兹？”

“因为我爸。他在韩国服役，两人相爱了，他就把她带过来了。”

“哇，真的？”

“真的。”

“好浪漫哦。”

埃莉诺根本什么也不知道。他说：“是啊。”

“我不是那个意思，我是说……你跟本地人很不一样，你知道吗？”

他当然知道。这话他听了一辈子了。小学时，提娜喜欢的是帕克而非史蒂夫，史蒂夫说：“我觉得她跟你在一起比较有安全感，因为你就像半个女孩。”帕克讨厌橄榄球。爸爸带他去打猎，他就哇哇大哭。万圣节时，邻居都分辨不出他在扮谁。（“我是超时空博士[①]”“我是哈波·马克思[②]”“我是佛洛德伯爵[③]”）此外，他还希望妈妈帮他挑染金

① 超时空博士（Doctor Who），BBC广受欢迎的科幻电视剧主角。

② 哈波·马克思（Harpo Marx），美国喜剧演员，“马克思兄弟”搭档之一。

③ 弗洛伊德伯爵（Count Floyd），美国恐怖电视秀的主持人。

发。帕克知道自己跟别人不一样。

“不，”他说，“我不知道。”

她说：“你呀，你好……酷。”

埃莉诺

他说：“酷？”

天啊！她不敢相信自己竟脱口而出，还真是不酷啊。简直就是酷的反义词，简直就是你翻字典查“酷”的定义，会出现一张酷的人物的照片，对你说：“妈的，埃莉诺，你别胡扯。”

他说：“我不酷，你才酷。”

她说：“嘿，我真希望我在喝牛奶，而你在我旁边看到我鼻子喷奶，这就是我的反应。”

他说：“你在开玩笑吗？你就像痞子警探哈利[①]。”

“我是痞子警探哈利？”

“你知道的，就是像克林特·伊斯特伍德那样。”

“不。”

他说：“你完全不在乎别人的想法。”

她说：“瞎说，我在乎别人怎么看我，每一个都在乎。”

他说：“我看不出来。不管身边发生什么事，你都是那样。我奶奶可能会说你太习惯你那一身皮囊了。”

“她为什么会这样说？”

“她讲话就是这样。”

---

① 痞子警探哈利（Dirty Harry），电影《紧急追捕令》（Dirty Harry）里克林特·伊斯特伍德饰演的警察。

埃莉诺说：“我是困在皮囊里。我们为什么一直在说我？我们明明是在谈你呀。”

他说：“我倒更想谈你。”他的声音降低了些。耳朵里只有他的声音，没有别的，真好啊。（虽然隔壁房间还有《飞哥岩》的声音。）埃莉诺没想到帕克的声音如此低沉，带着一丝温暖，让她联想起彼得·盖布瑞尔[①]。当然不是他的歌声，当然也没有英国腔。

他问：“那你来自哪里？”

“未来。”

帕克

每个问题，埃莉诺都有答案，但她依然逃避了多数问题。

她不肯谈家人和家里的事，不肯谈搬到这里前的事，也不肯谈下了校车之后的事。

九点左右，那个快要能称为她弟弟的孩子终于睡着时，她叫帕克十五分钟后再来电，她先把弟弟弄上床。

帕克飞快地冲向浴室，希望不会碰见爸妈。目前为止，他们都还没打扰他。

他回到卧室，看了一下钟——还有八分钟。他把磁带放入音响，换上睡裤和T恤。

他回电给她。她说：“根本还不到十五分钟啊。”

“等不及了。你想让我晚点再打吗？”

“不用。”她的声音更加温柔了。

---

① 彼得·盖布瑞尔（Peter Gabriel），英国摇滚歌手，创世纪乐队（Genesis）的前主唱。

“他还在睡吧？”

“是的。”

“你在哪里？”

“你是问我在房间哪里吗？”

“是的，哪里？”

“问这个干吗？”她的语气只比“不屑”稍微温和点。

他喘着气回答：“因为我在想你。”

“所以呢？”

他说：“我希望觉得自己就陪在你身边。你为什么总是这么麻烦？”

她说：“可能因为我酷吧。”

“哈。”

她轻声说：“我躺在客厅的地板上，就在音响前面。”

“在黑暗中？听起来很暗。”

“是的，在黑暗中。”

他躺回床上，用手臂遮住眼睛。他脑海里能够浮现出她的模样。他想象音响上面的绿灯，以及窗外的街灯。他想象埃莉诺的脸蛋发光，是整栋屋子最酷的光。

他问：“那是 U2的歌吗？”他能听到背景的《坏》。

“是的。这是我现在最喜欢的歌，不断倒带回放，一遍又一遍。不用担心电池用光，真好。”

“你最喜欢哪个部分？”

“曲子吗？”

“是的。”

“全部，尤其是副歌，我想我最喜欢副歌。”

他半哼半唱：“‘我清醒无比。’”

她温柔地说：“是的……”

他继续哼唱，因为不知道接下去该说什么。

埃莉诺

“埃莉诺？”

她没应声。

“你还在吗？”

她完全就是懵了，但还是忙不迭地镇定自己，点头回应，大声说：“是啊。”

“你在想什么？”

“我在想——在想——什么也没想，放空。”

“是好的那种放空，还是不好的那种？”

“我不知道，”她翻身，脸贴着地毯，“都有。”

帕克沉默了。埃莉诺聆听着他的呼吸声。她想叫他把电话再贴近嘴边一点。

她说：“我想你。”

“我就在这里。”

“我希望你在这里，或者我在你那里，我希望过了今晚，我们还有这样谈话，或者见面的机会。我的意思是真正的见面，只有你跟我，在一起。”

他问：“为什么不可能？”

她笑了。直到此时她才发现，她在流泪。

“埃莉诺……”

“别这样。别这样叫我的名字，这样只会让事情更糟。”

“什么事更糟？”

“所有事。”

他不说话。埃莉诺坐起身，用衣袖抹鼻涕。

帕克问："你有昵称吗？"这是他的伎俩，每当埃莉诺不开心或者生气，他就用最甜蜜的方式转移话题。

她说："有啊，埃莉诺。"

"不是'诺拉'？'爱拉'？或者……'妮娜'，你该叫'妮娜'。或者'兰妮'，或者'艾儿'……"

"你想帮我取昵称？"

"不，我喜欢你的名字。我才不想上当，拿两个字换三个字呢。"

她抹抹眼睛："你还真是个书呆子。"

他问："埃莉诺，为什么我们不能交往？"

她说："别这样，我好不容易才不哭了。"

"告诉我，跟我说。"

她说："因为我继父会杀了我。"

"他为什么在乎这个？"

"他不在乎。他只是想杀我。"

"为什么？"

"不要再问为什么了。"这下，眼泪挡不住了。她愤怒地说："你总是问为什么，好像所有事情都有答案。你知道，不是所有人都拥有你那样的生活、那样的家庭。在你的生活里，事出必有因，人们都讲道理。但我的生活不是。我生命里的人都超乎常理。"

他问："包括我在内？"

"呵，尤其是你。"

"你为什么这样说？"他听起来很受伤。*他有什么好受伤的？*

"为什么，为什么，为什么……"

"是啊，"他说，"为什么？为什么你总是对我生气？"

"我从来不对你生气。"她忍不住啜泣。*这人怎么笨得要死？*

"你会啊，"他说，"你现在就在生气。每当我们有点进展，你就开始翻脸。"

“什么进展？”

“进展啊，”他说，“就是你和我啊。比如几分钟前，你才说你想我。这说不定还是你第一次说话不带讽刺，或者自我防卫，或者把我当笨蛋。但是现在你却对我大吼大叫。”

“我没有大吼大叫。”

“你在生气，”他说，“你为什么生气？”

她不想让他听见哭声。她屏住呼吸，却变得更糟了。

他说：“埃莉诺……” 这下是糟透了。

“别这样叫我。”

“那你要我说什么？你知道，你可以问我为什么。我保证，我都会回答。”

他的口气听起来充满挫败，倒不是生气。印象中，帕克只对她发怒过一次，就是第一天在校车上。

他又说：“你可以问我为什么。”

她吸吸鼻子：“是吗？”

“是的。”

“好吧。”她低头看唱片，她的倒影映在肮脏的塑料唱片盖子上，看起来像个大胖脸幽灵。她闭上眼睛：“你到底为什么会喜欢我？”

帕克

他睁开眼睛。

他坐起身，下床，开始在小小的房间里踱步。他站到窗前，窗子面对着她家的方向，虽然中间隔了一条街，虽然她不在家。他把汽车造型电话的机座贴近肚子。

她这是要求他解释他自己都说不明白的事。

他说："我不是喜欢你，我是需要你。"

他等着埃莉诺嘲笑他，比如"哈"，或者"天哪"，或者"这听起来像是'面包合唱团'的歌"。

但是她沉默不语。

他爬回床上，不在乎她是否会听见窸窣声。

他低语："你可以问为什么我需要你。"他其实无需低语。在漆黑的房间里，他只要对着话筒动动嘴唇吐气即可。他说："但是我不知道，我只知道我需要……

"我想你，埃莉诺。我希望每天跟你在一起。你是我认识的最聪明、最幽默的女孩，你的一举一动都令我惊奇。我真希望我能说理由就是这些，这会让我听起来像是个高度进化的人类……

"不过喜欢你的理由，有一大部分是你的红色卷发、你柔软的双手……还有你闻起来像自制的生日蛋糕。"

他等着她说话。但她没有。

有人轻敲房门。

他对着话筒轻声说："你等我一下。什么事？"

他妈妈把门打开一条缝，刚好够把脑袋挤进来："别搞太晚。"

他说："不会太晚。"妈妈微笑着关上了门。

"我回来了，"他说，"你还在吗？"

埃莉诺说："还在。"

"那你说点什么呀。"

"我不知道该说什么。"

"随便说点什么。我才不会觉得自己像个傻瓜。"

她说："别觉得自己像个傻瓜，帕克。"

"真好啊。"

两人都不说话了。

终于，埃莉诺说："你问我为什么喜欢你吧。"

他感到自己绽开了笑容，好像有什么暖和的东西在心窝漾开。他叫了声“埃莉诺”，只因为他喜欢叫她的名字：“埃莉诺，你为什么喜欢我？”

“我不喜欢你。”

他等着，等着……

然后他笑了：“你很坏哦。”

他可以听见她也在笑，脑海中能浮现她的笑容。

她再度开口。“我不喜欢你，我……”然后她停住了，“我办不到。”

“为什么？”

“太丢脸了。”

“到目前为止，只有我在丢脸。”

她说：“我怕我会说太多。”

“不会的。”

“我担心我会说出实话。”

“埃莉诺……”

“帕克。”

他把电话机座放在肋骨下面，开始引导她说话。“你并不喜欢我……”她开始说了，“我不喜欢你，帕克。”乍听之下好像真的。然后她继续说，声音几近飘渺：“我想我是为了你而活。”

他闭上眼睛，脑袋压回枕头上。

她低声说：“我们不在一起时，我甚至不觉得自己在呼吸。这代表周一上午看到你时，我已经六十个小时没呼吸了。我很可能因此脾气不好，对你发火。不在一起时，我都在想你，当我们真的在一起，我又只会惊慌。因为在一起的分分秒秒都那么重要，因为我已经完全失去自制力，管不住自己。我不再属于自己，因为我属于你，万一你不要我怎么办？你渴望我的程度怎么比得上我渴望你？”

他静默无声。他希望这是他最后听到的话语，他希望带着那些“我渴望你”入梦。

“天哪，”她说，“早说过我不该说话的。我根本没回答你的问题。”

埃莉诺

她没说他哪一点好，她没说他比女孩还好看，他的皮肤像古铜色的阳光。

这正是她没说的原因，她对他的所有感觉——美丽而炽热——只要从嘴里冒出来，就变成了胡言乱语。

她把磁带翻面，按下播放键，等到罗伯特·史密斯[①]的歌声出来，才爬上爸爸的棕色皮沙发。

帕克问：“为什么我们不能交往？”他的声音质朴又纯净，好像刚刚孵化的生命。

“因为我继父是个疯子。”

“他一定会知道吗？”

“我妈会告诉他。”

“她一定会知道吗？”

埃莉诺的手指滑过茶几的玻璃边缘：“什么意思？”

“我不知道什么意思。我只知道我需要见你。像今天这样约会。”

“他们甚至不准我跟男生说话。”

“不准到什么时候？”

“我不知道。永远吧。这就是我说的不合常理的事情之一。我妈不

---

① 罗伯特·史密斯（Robert Smith），疗愈乐队（The Cure）的主唱。

会做一丁点惹恼我继父的事，而他只要发火就非常可怕，尤其是对我。他恨我。”

“为什么？”

“因为我恨他。”

“为什么？”

她很想转移话题，但是办不到。

“因为他是坏人。相信我吧，他是那种看不得别人一点好的坏人。如果他知道你，一定会想尽办法把你从我身边弄走。”

帕克说：“他不可能把我从你身边弄走。”

她心想，当然可以。她说：“他可以把我弄走。上次他气疯了，把我踢出家门，整整一年不准回家。”

“天啊。”

“真的。”

“真抱歉。”

“别抱歉，”她说，“别去惹他就对了。”

“我们可以在操场碰头。”

“我的弟弟妹妹会打小报告。”

“那我们去别的地方碰面。”

“哪里？”

“我家，”他说，“你可以来我家。”

“你的父母会怎么说？”

“‘很高兴见到你，埃莉诺，要留下来吃晚饭吗？’”

她笑了。她想说这招行不通，但或许可以。或许。

她问：“你确定要让他们认识我？”

“是的，”他说，“我希望每个人都认识你。你是我这辈子最最喜欢的人了。”

他总是让她觉得她可以自在地笑，很安全。她说：“可我不希望丢你的脸。”

“不会的。”

车灯的光闪进起居室。

“糟了，”她说，“我爸好像回来了。”她连忙起身朝窗外望。

她爸爸和唐娜踏出卡曼奇亚轿车，唐娜的头发乱七八糟。

埃莉诺说：“糟了，糟了，糟了。我都还没告诉你我为什么喜欢你，现在我得挂电话了。”

他说：“没关系。”

她说：“因为你很善良，因为你听得懂我的所有笑话……”

他笑了：“好吧。”

“因为你比我聪明。”

“我没有。”

“因为你看起来就像男主角，”她想得多快，说得就有多快，“你像那种会赢得最后胜利的人。你又好看又善良。你有一双神奇的眼睛。”她低语：“你让我想吃了你。”

“你疯了。”

“我得挂电话了。”她弯下身，让话筒贴近机座。

帕克说：“埃莉诺，等等……”

她听见爸爸走进厨房，听到自己的心脏剧烈跳动，四处回响。

“埃莉诺——等一下——我爱你。”

“埃莉诺？”爸爸轻手轻脚地走到门口，试探她是否已经睡下。她挂上电话，假装睡了。

20

埃莉诺

第二天一塌糊涂。爸爸抱怨她把奶酪吃光了。

“我没吃，我给马特吃了。”

爸爸钱包里只剩七美元，所以就给她这么多。他要送埃莉诺回家时，她说得去浴室一趟。她直奔走道的橱柜，找到三把全新的牙刷，塞到前裤袋里，还塞了一块多芬香皂。

唐娜或许看见了（她就在卧室），但是没说话。

埃莉诺为唐娜感到可怜。因为别人讲笑话，她爸爸从来不笑，只会捧场自己讲的。

爸爸在她家门口放下她时，孩子们都跑出来看他。他开着新车，载他们在附近兜了一圈。

埃莉诺真希望家里有电话能报警。*有个家伙开敞篷车带一堆孩子在佛列兹闲逛，我很确定他们都没系安全带，而这家伙整个上午都在喝威士忌。噢，既然你们来了，我还要检举后院有个家伙在抽大麻，这里是学校区呀。*

她爸爸终于走后，鼠鼠还一直在说他。几个小时后，雷奇叫他们穿上外套，说：“我们去看电影。都去。”他眼睛直瞪着埃莉诺。

埃莉诺和孩子们爬上货车的后车厢，挤靠着车厢板，对坐在最中间的小婴儿挤眉弄眼。雷奇开出小区时，经过帕克的家，帕克没在外头，感谢老天。提娜跟她那个尼安德特人男朋友站在门外，埃莉诺根本就懒得躲。有什么用呢？史蒂夫朝她吹了个口哨。

看完电影《霹雳五号》，回家的路上下雪了，雷奇开得很慢，这意味着有更多的雪落在他们身上，但至少他们没从车上摔出去。

埃莉诺心想，*呃，我居然没在想怎么被抛出车外。真奇怪。*

他们在黑夜中经过帕克家时，她不禁想，哪一扇窗子是他的房间？

帕克

他后悔说了“我爱你”。那不是谎言。他的确爱她。当然啊，否则怎么解释他感觉到的一切？

但是他没打算用这种方式告诉她。太快了。还是通过电话。特别是，他知道埃莉诺对《罗密欧与朱丽叶》的评价。

帕克在等弟弟换衣服。每个星期天，他们都会盛装，换上好裤子和毛衣，跟爷爷奶奶共进晚餐。但是乔许还在玩“超级玛丽”，不肯关机。（他快要碰上那个可以无限加命的乌龟了，这还是第一次。）

帕克大声对父母说：“我先过去了！我去那边等你们。”

他快步跑过院子，没穿外套。

爷爷奶奶的房子传来鸡排的味道。他奶奶只有四种周日晚餐：鸡排、牛排、炖锅、盐渍牛肉。每样都很好吃。

爷爷在起居室看电视，帕克走过去，随意抱了抱他，就走进厨房拥抱奶奶。奶奶个头非常小，就连帕克都比她高了整整一个头。他家的女性都身材纤小，男性则都十分魁梧。只有帕克的基因被漏写在备忘录里。或许是韩国基因搞乱了一切。

但是乔许又高又大，好像韩国基因完全跳过了他的身体。他的眼睛是棕色的，有点丹凤眼。发色虽暗，却完全不是黑色。他看起来像壮硕的德国或者波兰小孩，笑起来眼角微微眯起。

奶奶则是彻彻底底的爱尔兰人。或许这只是帕克的错误想法，因为爸爸的家族对爱尔兰血统非常自豪。每年圣诞节，帕克都会收到一模一样的T恤，写着“吻我，我是爱尔兰人”。

不用奶奶开口，他就主动帮忙摆碗筷，这是他的工作。妈妈到了后，帕克就待在厨房，听她跟奶奶闲聊邻里家常。

奶奶说：“我听杰米说，帕克跟雷奇·曹特家的某个女孩在稳定地交往。”

如果爸爸已经告诉奶奶，帕克一点也不惊讶，他爸爸从来就守不住秘密。

妈妈说：“大家都在谈论帕克的女友，只有他自己不说。”

奶奶问：“我听说她一头红发？”

帕克假装看报纸：“你不该听信八卦的，奶奶。”

奶奶说：“要是你介绍她给我们认识，我就不必听别人八卦。”

帕克翻翻白眼。这让他想起埃莉诺。他突然有股冲动要跟她们说埃莉诺的事，只为给自己说她名字的理由。

他奶奶说：“我真是可怜住在那屋里的孩子啊。那个曹特啊，从来就不是好孩子。你爸爸还在当兵时，他曾弄坏我们家的信箱。我知道是他，因为全小区只有他开艾尔卡米诺车。他就出生在那栋小房子里，直到他父母搬去更乡下的地方，好像是怀俄明州吧，应该是。他们说不定是为了逃离他才搬家的。”

妈妈说：“嘘。”奶奶的言词有时太过尖刻了。

奶奶说：“我们以为他也会搬去西部，现在倒娶了个明星架势般的老女人，还养了一屋子红头发的孩子。吉尔跟你爷爷说，他们家还有一只很大的老狗。我从来……”

帕克觉得自己该帮埃莉诺说话，却不知道该怎么说。

奶奶说："你啊，会喜欢红发女孩，我一点也不吃惊。你爷爷以前就爱过红发女郎，幸好那姑娘不想跟你爷爷有任何瓜葛。"

要是介绍埃莉诺给奶奶认识，她会说什么？她会怎么跟邻居说？

他看着妈妈用手臂一样粗的杵捣着土豆泥。她今天穿水洗牛仔裤，搭配粉红色V字领毛衣、流苏皮靴，脖上挂了金天使坠子，耳环是金十字架。她肯定会是校车上最受欢迎的女孩，天生就该住在这一区，帕克无法想象她住在别处。

埃莉诺

她从不跟妈妈说谎。至少大事不会。但是星期天晚上，雷奇还在混酒吧，埃莉诺跟妈妈说，明天下课后她要去朋友家。

妈妈问："谁家？"

"提娜，"这是埃莉诺第一个想到的名字，"就住在这附近。"

妈妈心不在焉。雷奇晚归了。牛排正在烤箱里变老。如果她把牛排拿出来，雷奇会发火，怪牛排太冷；如果一直放在烤箱里，他也会发火，怪牛排变硬变老。

妈妈说："好吧，我很高兴你终于交了朋友。"

21

埃莉诺

他看起来会不同吗?

现在她知道他爱她。(或者至少在星期五那个晚上,他爱过她一两分钟,足够让他说出口。)

他看起来会不同吗?

他会转过头不看她吗?

他看起来果然不同,比以往更好看了。她踏上校车,看见他坐得笔直,好让她能一眼看见。(或者他可以一眼看见她。)他起身让她坐进去,然后马上坐下靠近她。两人躲得低低的。

他说:"这是我这辈子最长的一个周末。"

她笑着贴近他。他问:"你对我感到厌倦了?"埃莉诺真希望能说这样的话,或者问帕克这样的问题,即便是开玩笑的口气。

"是啊,"她说,"结束了,结束了,结束了。"

"真的?"

"是啊,才怪呢。"

她把手伸进他的夹克,把披头士的磁带放进他的T恤口袋。他抓住她的手放到心口,另一只手拿出磁带,问:"这是什么?"

"史上最棒的歌曲合辑。不客气。"

他拿着她的手拂过胸膛。轻轻地,只够让她一阵脸红,然后他说:

“谢谢。”

一直到储物柜前，她才告诉他其他事。她不希望有人听见。他就站在她身边，故意用背包碰撞她的肩膀。

“我跟我妈说，下课后要到同学家。”

“真的？”

“真的，但不一定是今天。她应该不会改变心意。”

“不，就今天。你今天就来。”

“你不用先征求你妈同意吗？”

他摇摇头：“她才不管呢。如果我把房间打开，我甚至可以带女孩们回房间。”

“女孩——们？你带过很多女孩回家，多到必须设定家规吗？”

“哦，那是自然，”他说，“你最了解我了。”

她想，*并不，其实并不。*

帕克

几个星期来，帕克第一次在回家的校车上不觉得胃部躁动，好像只有大力把埃莉诺吸到体内才得以支撑自己到第二天一样。

不，他的焦虑是另一种。现在他真的要介绍埃莉诺给他妈妈了，他不由得从妈妈的角度来看埃莉诺。

他妈妈是美容师，贩卖雅芳化妆品，没涂睫毛膏绝对不会出门。帕蒂·史密斯[①]上《周六夜现场》时，他妈妈看了很不爽，说：“她干吗要穿得像个男人？真悲哀。”

今天，埃莉诺穿着雪克金丝呢猎装夹克，搭配老旧的牛仔格子衬

① 帕蒂·史密斯（Patti Smith），美国女诗人、歌手，素有朋克教母之称。

衫，看起来像他爷爷多过像他妈妈。

问题还不光在穿着。是在埃莉诺这个人。

埃莉诺不够……和善。

她是好人，值得尊敬，为人诚实正直，是那种绝对会搀扶老太太过街的女孩。但是没有人——包括被搀扶的老太太——会说“你认识那个埃莉诺·道格拉斯吗？真是个和善的女孩啊”。

帕克妈妈喜欢和善。她喜欢笑容满面，对话时注视对方的双眼，乐于跟人琐碎闲聊……这些，埃莉诺通通不及格。

此外，他妈妈还不爱嘲讽。跟语言程度无关。她就是无法理解。她曾说戴维·赖特曼是“那个接棒钱宁·卡森的丑恶坏胚[①]”。

帕克发现自己手心冒汗，他放开埃莉诺的手，改放在她的膝盖上。这是全新的感受，很棒，让他好几分钟没想妈妈的事。

校车到了他那一站，他站到走道，等候埃莉诺起身。她摇摇头：“我在那里跟你碰头。”

他如释重负，接着是一阵愧疚感。校车一开动，他就飞奔回家。弟弟应该还没到家。好极了。他大叫：“妈！”

妈妈在厨房回应：“在这儿呢。”她正在涂珍珠红指甲油。

“妈，”他说，“呃，埃莉诺马上要来我们家。呃，就是我的埃莉诺。现在就来，可以吗？”

“现在？”他妈妈摇摇指甲油瓶。咔。咔。咔。

“是啊。不要小题大做好吗？就……轻松点。”

“好啊，”她说，“我很轻松。”

帕克点点头，然后环顾厨房与客厅，确保没什么碍眼的东西。又检查了自己的房间。妈妈已经帮他铺好了床。

---

① 戴维·赖特曼（David Letterman）、钱宁·卡森（Johnny Carson），都是美国著名脱口秀主持人。

埃莉诺还没敲门，他就开了。

她说："嗨。"表情很紧张。呃，应该说有点愤怒。不过帕克确定那是紧张所致。

他说："嗨。"今天早上，他只想着如何能让生活里多点埃莉诺，现在，她就站在眼前……他恨不得自己深思熟虑些。他说："请进。"然后抓住最后一秒对她低语："还有，微笑，行吗？"

"什么？"

"微笑。"

"为什么？"

"算了。"

他妈妈已经站在厨房门口。

他说："妈，这是埃莉诺。"

妈妈露出灿烂的笑容。

埃莉诺也微笑。完全失败。她看起来像是被强光闪到了眼，或者打算告诉对方什么不幸的消息。帕克仿佛看见妈妈瞳孔放大，可能只是他的想象。

埃莉诺向前，要握手致意，他妈妈狂舞双手，意思是：对不起，我的指甲油没干。埃莉诺似乎不能理解。

"很高兴认识你，埃——拉——娜。"

埃莉诺也说："很高兴认识您。"她眼睛仍眯着，表情诡异。

妈妈问："你住得很近啊，走路过来的？"

埃莉诺点点头。

妈妈说："很好。"

埃莉诺又点点头。

"你们想喝点可乐吗？吃零食吗？"

"不用，"帕克打断妈妈的话，"我的意思是……"

埃莉诺摇摇头。

"我们只想看一下电视，"帕克说，"可以吗？"

他妈妈说："当然可以啊。需要我时，你知道我在哪里。"

她转身回厨房，帕克走向沙发。他真希望他们家是上下层，或者有装潢过的地下室。每次他去凯尔位于西欧马哈的家，他妈妈都打发他们去地下室，随他们怎么玩。

帕克坐在沙发上，埃莉诺坐在另一头。她盯着地板，咬指甲旁的皮。

帕克调到MTV频道，深呼吸。

几分钟后，他挪到沙发的中间说："嗨。"埃莉诺盯着茶几，那上面摆了一大盆玻璃做的葡萄。他妈妈喜欢葡萄。他又说："嗨。"挪得更近了些。

她低声说："你为什么叫我微笑？"

"我不知道，"他说，"因为我太紧张了。"

"干吗紧张？这是你家啊。"

"我知道。我从没带过像你这样的人回家。"

她抬头看电视，正在播"王钟乐队"[①]的音乐录像带。

突然，她站起身："明天见。"

他也连忙站起身："不。什么？为什么？"她说："就是我们明天见啊。"

帕克抓住她的手肘："别这样。你才刚来啊，究竟是怎么了？"

她望着他，难过地说："'像你这样的人'？"

帕克说："我不是这个意思，我是说我在乎的人。"

她深深吸气，摇了摇头。她脸颊上挂着泪，说："没关系。我不该来的。我只会让你丢脸。我要回家了。"

他把埃莉诺拉近身："别这样。你冷静一下好吗？"

"要是你妈看见我在哭怎么办？"

---

① 王钟乐队（Wang Chung），英国的新浪潮乐队。原来叫黄钟（Huang Chung）乐队。

“这……当然不好，但是我不希望你走。”他担心埃莉诺现在走了，就永远不会再回来。他说：“来，坐在我旁边。”

帕克坐下，拉着埃莉诺坐在身边，现在他挡在埃莉诺和厨房之间。

埃莉诺低声说：“我讨厌认识新的人。”

“为什么？”

“因为他们从不喜欢我。”

“我喜欢你。”

“才不，你一开始并不喜欢，是我慢慢瓦解你的。”

“我现在喜欢你。”他搂住她。

“别这样，要是你妈走进来看见怎么办？”

“她不在乎的。”

“我在乎，”埃莉诺推开他说，“这样太过分了。你搞得我紧张兮兮的。”

“好吧，”他挪出空间，“但是别走。”

埃莉诺点点头，看着电视。

过了约莫二十分钟，她又站起身。

帕克说：“再多留一会儿。你不想见我爸吗？”

“我特别特别不想见你爸。”

“那你明天还会来吗？”

“不知道。”

“真希望能陪你走回家。”

“你可以陪我走到门口。”他照办了。

“帮我跟你妈说再见，我不希望她觉得我很没礼貌。”

“好啊。”

埃莉诺走到门廊。

帕克突然用生硬而挫败的口吻说：“我刚刚叫你笑，是因为你笑起来很漂亮。”

她走到台阶底，回头看他说："我倒宁可你认为我不笑时漂亮。"

帕克说："我不是这个意思。"但是她已经走了。

帕克进入家门，妈妈从厨房出来，对他笑着说："你的埃莉诺很和善啊。"

他点点头回房，心想，才不，她一点都不和善，才不。然后一头栽到床上。

埃莉诺

明天，他可能就要分手。管他呢，至少她不用见他爸爸。天哪，他爸爸又会是什么模样？埃莉诺看见电视柜上的全家福照片，他爸爸像汤姆·塞立克[①]。照片里的帕克大概还是小学生，不得不说，特别可爱。

是韦布斯特那种等级的可爱[②]。他们全家都可爱。就连他那个白种弟弟都可爱。

他妈妈看起来就像洋娃娃。《绿野仙踪》的原著里（电影没有），多萝西到了一个名为纤小瓷器村的地方，那里每个人都小巧完美。埃莉诺小时候，妈妈念这本书给她听，埃莉诺还以为纤小瓷器村里的人是中国人。原来是瓷器[③]。如果你想把他们偷偷带回堪萨斯州，他们就会变成瓷器。

埃莉诺想象帕克的汤姆·塞立克爸爸把他的纤小瓷器娃娃塞在防弹背心里，偷偷带出韩国。

帕克妈妈让埃莉诺觉得自己像巨人。埃莉诺不可能比她高那么多，顶多三四英寸，但是整个大了一圈。如果外星人来到地球研究这里的生物，绝对不会以为她们是同类。

---

① 汤姆·塞立克（Tom Selleck），美国电影明星。

② 韦布斯特（Webster），八十年代的美国情境喜剧影集，韦布斯特是个被收养的孤儿。

③ "瓷器"与"中国"英文相同。

当埃莉诺跟这类女生——帕克妈妈、提娜，以及附近多数女孩——在一起时，她都怀疑这类女孩的内脏藏在哪里。你怎么可能有胃、大小肠、肾脏，还能塞进这么小的牛仔裤里？埃莉诺知道自己胖，但是并没有那么胖，在丰润的皮肉之下，她还是可以摸到自己的骨头和肌肉，她是骨架大、肌肉壮。光是埃莉诺的肋骨就足够给帕克妈妈当一件宽大的背心。

帕克很可能明天就要跟她分手，不是因为她胖，而是因为她就是一团糟，彻底的糟，她根本无法跟常人相处而不出岔子。

这一切都太过分了。认识他完美的妈妈，认识他完美的家。在此之前，埃莉诺根本不知道这个破烂街区还有这样的房子——整栋房子都铺了地毯，到处都摆着一篮篮的干花。她根本不知道还有这样的家庭。住在这个糟糕的区的唯一优点就是，大家的人生也都很糟。其他孩子可能会因为埃莉诺又胖又怪而讨厌她，却不会因为她家庭破碎、屋子破烂而讨厌她。这是不必明说的规则。

帕克的家庭显然跟这个区格格不入，简直就是克莱佛一家[①]。他还说爷爷奶奶就住在隔壁，老天爷，门外还挂着花盆呢！帕克家根本就是华登斯家族[②]。

埃莉诺家原本就是一团糟，雷奇的出现更是让他们直坠地狱。

她根本不属于帕克家的客厅。老实说，不管置身何处，她都觉得自己格格不入。唯一的例外是躺在自己的床上，假装置身别处。

① 克莱佛一家（The Cleaver），典故出自美国情景喜剧《天才小麻烦》（Leave It to Beavers），是典型的美国郊区中产家庭。

② 华登斯家族（The Waltons），美国剧集，描写乡村地区三代同堂的一家。

22

埃莉诺

第二天，埃莉诺走到校车座位旁，帕克并没有起身让她进去，只是挪开身体，好像不想正眼看埃莉诺。他把几本漫画书递给埃莉诺，就转开了脸。

史蒂夫在后面吵得要命。或许他原本就是这么吵，只是当帕克握住埃莉诺的手，她根本连自已脑海里的思维都听不见。

校车后面那些人都在唱内布拉斯加大学橄榄球队的战歌。周末有重要比赛，好像是对俄克拉荷马还是俄勒冈之类的。本周只要穿红色衣服，史岱斯曼老师就会给你加分。你以为史岱斯曼老师应该不会是内布拉斯加大学队的球迷，但是显然，没人不喜欢他们。

除了帕克。

帕克穿了U2乐队的T恤，胸口是一个小孩的照片。埃莉诺整晚没睡，想着帕克可能要跟她分手，现在她只想结束痛苦。

她拉拉帕克的袖口。

“你跟我分手了吗？”她问。听起来不像玩笑话，因为的确不是。

他摇摇头，依然望着窗外。

她问：“你生气了？”

帕克十指轻轻交叉放在膝上，好像要祈祷。他回答：“有一点。”

她说：“我很抱歉。”

“你根本不知道我为什么生气。”

“我还是抱歉。”

他抬头看她，微微笑了。“你想知道吗？”

“不想。”

“为什么？”

“因为可能是我无法控制的一些事。”

他问：“比如？”

她说：“比如我是怪胎，或者我在你家冒冒失失的。”

“我觉得我也有错。”

“对不起。”

“拜托你，埃莉诺，听我说。我生气是因为我觉得你似乎一到我家就决定要走，说不定还更早。”

她说：“我觉得那不是我该去的地方。”她声音不大，盖不过后面那些家伙。（真的，他们唱歌比吵闹还恐怖。）她稍稍提高了声音说：“我觉得你不希望我在那儿。”

从帕克咬着下嘴唇、看着她的模样来看，埃莉诺知道她至少有一点点是对的。

她多希望她错了。

她希望帕克说“我要你来我家”，“我要你再来，我们再试一次”。

帕克说了些什么，埃莉诺听不见，因为后面的人开始大声喊口号了。史蒂夫站在走道后面，挥舞着大猩猩般的手臂，活像乐队指挥。

“加油！大号——红发。”

“加油！大号——红发。”

“加油！大号——红发。”

“加油！大号——红发。”

她转头张望，每个人都在喊。

“加油！大号——红发。”

“加油！大号——红发。”

埃莉诺手指开始发凉。她再度张望，发现每个人都在看她。

“加油！大号——红发。”这才明白是冲着她来的。

“加油！大号——红发。”

她看看帕克，他也明白了，直直瞪着前方，双拳在身侧握紧，完全像个陌生人。

她说：“没关系的。”

他紧闭双眼，摇了摇头。

车停在校门前，埃莉诺迫不及待想要下车，但她硬逼自己安坐在位置上，直到校车停好，才冷静地往前走。喊口号的众人大笑起来。帕克跟在她身后，一下车立刻停下脚步，把背包扔在地上，脱下外套。

埃莉诺也停下脚步：“喂，等一下，别这样。你想干什么？”

“我要制止他们这种行为。”

“不要。拜托。不值得的。”

“你值得的，”他望着她，狠狠地说，“你值得的。”

她说：“你这么做并不是为了我。”她想拉走帕克，却觉得无力。她说：“我不想你这样。”

“我厌倦了他们取笑你。”

史蒂夫正踏下校车，帕克再度握拳。

“是让我丢脸，还是让你丢脸？”帕克望着她。埃莉诺再度明白她又对了。妈的，为什么帕克总是让她在这些烂事上一语中的呢？

她也用最尖利的语气说：“听我说，如果是为了我的话，我不要你这样。”

他们四目相对。他的眼珠澄绿。他呼吸粗重，金色的阳光下，脸色几近暗红。

她问：“你这是为了我吗？”

他点点头，双眼直探埃莉诺的眼底，仿佛在乞求什么。

“没关系的，”她说，“拜托！我们去教室吧。”

他闭上眼，终于点点头。埃莉诺弯腰捡起他的外套，这时史蒂夫说：“就是这样，大号红发，接着装啊。”

帕克不见了。

她转过身时，帕克已经把史蒂夫推向校车。他们就像戴维与巨人，但是戴维可能从未那么接近巨人，让巨人可以狠狠揍他。

同学们大叫“打架了”，然后从四面八方跑过去。埃莉诺也是。

她听到帕克说：“我受够了你那张嘴。”

然后她听到史蒂夫说：“你这是玩真的？”

他用力推帕克，帕克没有倒下，只是往后退了几步，他压低肩膀，在空中抡了一圈，一脚踢上史蒂夫的嘴。所有人倒吸一口凉气。

提娜尖叫起来。

帕克一站稳，史蒂夫便冲向前，朝帕克的脑袋猛挥他巨大的拳头。

埃莉诺觉得自己好像要目睹帕克死掉了。她冲到两人中间，提娜已经在那儿了，接着某个校车司机冲过来，副校长也来了。他们一起把两人推开了。

帕克低垂着头，大声喘气。

史蒂夫捂住嘴，下巴不停地滴血。“我操，帕克，你他妈搞什么？你踢断我的牙了！”

帕克抬起头，满脸是血。他蹒跚向前，副校长拦住了他。帕克说：“你……少惹……我的……女朋友。”

史蒂夫大叫起来：“我不知道她真的是你女朋友！”更多的血从他嘴里喷出。

“天哪，史蒂夫，这不是重点。”

“这就是重点，”史蒂夫吐着血水说，“你是我的朋友。我根本不知道她是你的女朋友。”

帕克双手扶着膝盖，摇头，血水溅到了人行道上。“嗯，她是。”

史蒂夫说：“真是的，好吧！”

大人们聚拢过来，多到足够把观看打架的男孩们赶回大楼。埃莉诺拎着帕克的外套和背包到自己的储物柜，不知道该拿它们怎么办。

她也不知道自己该怎么办。不知道自己的感受该是怎样的。

帕克说她是女朋友，她应该高兴吗？他没给埃莉诺选择的机会，他说这话的模样也不是开开心心，而是低垂着头，脸上冒血。

她该担心帕克吗？尽管他开口说话表明他的脑部没有受创？还是他有可能晕倒，陷入昏迷？每次她家有人打架，妈妈总喊叫“别打头，别打头”。

还有，担心帕克的脸受伤有错吗？

史蒂夫的那张脸有牙没牙都没关系。他的笑容如果有几条大缝，也只会让他平日骄傲的蠢脸更蠢一点罢了。

但是帕克的脸是艺术品，还不是那种丑恶诡异的艺术品。帕克有一张你想要用画笔留下，以免被历史遗忘的脸。

埃莉诺该继续对他生气吗？她该愤怒吗？等会在英语课碰到他，她该大喊“你是为了我，还是为了你自己”吗？

她把帕克的外套挂进储物柜，靠近深深地闻着。有爱尔兰之春牌肥皂的香味，还有一点百花香料的味道，她没法解释，总之是男孩的味道。

英语课和历史课上，帕克没有出现，他也不在放学的校车上。史蒂夫也不在。提娜昂头走过埃莉诺的座位，埃莉诺转头看别的地方。大家都在谈论那场架，“那可是功夫啊，是他妈的戴维·卡拉定[①]”。还有，“操，戴维·卡拉定；操，查克·罗礼士[②]”。

---

① 戴维·卡拉定（David Carradine），电视剧《功夫》的主角。

② 查克·罗礼士（Chuck Norris），著名打手。

埃莉诺在帕克那站下了车。

帕克

帕克被学校禁课两天。

史蒂夫则是禁课两周，因为这已经是他今年第三次打架。帕克有点难过，因为是他先动手的，但是他又想起，史蒂夫整天说些乱七八糟的话，却从没被抓住过。

帕克的妈妈气疯了，不肯到学校接他回家。她打电话到帕克爸爸的办公室。他现身时，校长还以为他是史蒂夫的爸爸。

他爸爸指着帕克说："哦，那个才是我儿子。"

护士说帕克不必去医院，但是他的样子惨极了，双眼乌青，鼻子可能还断了。

而史蒂夫得送医院，他牙齿松动，护士也很确定他手指断了。

爸爸和校长谈话时，帕克在办公室等着，拿冰块敷脸。校长秘书从教职员休息室拿了一罐雪碧给他。

直到车子启动，他爸爸才开口说话。

他很严肃地说："跆拳道是用来自卫的。"

帕克没回答。他整张脸都痛。护士没给他止痛药。

爸爸问："你真的踢了他的脸？"

帕克点头。

"跳踢？"

帕克呻吟道："后旋跳踢。"

"不会吧？"帕克很想猛瞪爸爸，但是此刻无论做什么表情，他的脸都像被石头猛砸那样痛。

爸爸说："他该庆幸，尽管是大冬天，你还是只穿了这种薄薄的网球鞋。说真的，后旋跳踢？”帕克点头。

“哈。不过，你妈妈看到你，肯定要掀翻屋顶。她打电话给我时正在你奶奶家哭呢。”没错。帕克踏进门时，妈妈简直语无伦次。

她抓住帕克的肩膀，抬头看他的脸，猛摇头。“打架！”她用食指猛戳帕克的胸膛，“像那些垃圾白人一样打架……”

帕克见过妈妈对乔许发火，比如拿一整篮缎带花去砸他的脑袋，但是她从来不对帕克发火。她说：“不像话，不像话！打架！我根本没法相信你可以好好保护你的脸。”

帕克爸爸搭着她的肩安慰她，被她挣脱了。奶奶说：“哈洛德，拿块冰牛排来。”她让帕克坐到厨房，仔细检查他的脸。

爷爷说：“我才不把我的牛排浪费在那张脸上。”

爸爸去橱柜拿了些止痛药和一杯水给帕克。

奶奶问：“你能呼吸吗？”

帕克说：“用嘴可以。”

“你爸断过好几次鼻梁，现在只能用一个鼻孔呼吸，所以鼾声才会像运货火车一样大。”

妈妈说：“不准再练跆拳道，不准再打架了。”

爸爸说：“敏蒂。不过一场架而已，他只是替大家欺负的一个女孩出头而已。”

帕克呻吟着，说话让他脑袋里的每根骨头都跟着震动，传来阵阵剧痛。“她不是哪个女孩，她是我的女朋友。”

至少他希望如此。

奶奶问：“那个红头发的？”

他说：“埃莉诺，她叫埃莉诺。”

妈妈双手抱胸：“不准见女朋友。不准。你，给我关禁闭。”

埃莉诺

埃莉诺按了门铃，夏威夷神探来应门[①]。

她努力挤出笑容，说："你好，我跟帕克同校。他的课本和一些东西在我这儿。"

帕克爸爸把她从头看到脚，不是品头论足那种，谢谢老天。有点像是打量她一番。（但也让她很不舒服。）他问："你是海伦？"

她说："埃莉诺。"

"哦，对，埃莉诺……你等一下。"

她还来不及说她只是送东西来，他就已经转身走了。门没关，她听见他在跟人说话，可能在厨房，大概是跟帕克的妈妈。"别这样，敏蒂……"，还有"几分钟而已……"。快走到门前时，埃莉诺又听到他说："绰号叫'大号红发'，我还以为她应该更壮才对。"

他推开纱门，埃莉诺说："我只是把东西送过来。"

他说："谢谢你，进来吧。"

埃莉诺举起帕克的背包。

他说："说真的，孩子，进来吧，你自己拿给他。我很确定，他现在想见你。"

她心想，别进去。但是她已经跟着帕克爸爸穿过客厅，走过短短的走道，到了帕克的房间。

他爸爸轻轻敲门，往里探望。"喂，蜜糖雷[②]，有人来看你。你要不要先补个妆啊？"

---

① 《夏威夷神探》（Magnum P. I.），美国剧集，主角为汤姆·塞立克（Tom Selleck），前文提到埃莉诺觉得帕克爸爸长得像塞立克。

② 蜜糖雷（Sugar Ray），美国黑人拳王，帕克爸爸此处是在打趣。

他替埃莉诺开了门，然后走了。

帕克的房间很小，但是塞满了东西。一堆堆书、磁带、漫画、模型飞机、模型汽车、桌上游戏板，床上方还挂了一个旋转的太阳系，好像婴儿床上面挂的玩具。

帕克躺在床上，看到她进门，撑着手肘想起身。

埃莉诺看到他的脸，倒抽了一口气。比先前糟多了。

他的一只眼睛根本睁不开，鼻子青肿。埃莉诺想哭，又想亲他。（显然，不管帕克做什么，她都想亲。就算他说身上有阴虱、麻风，或者嘴里有寄生虫，她还是想把涂满润唇膏的嘴亲上去。天啊。）

她问："你还好吗？"帕克点点头，坐起身，靠着床头。她放下帕克的背包与外套，走到床边。帕克挪动身子让她坐下。

"哇。"她往后倒，撞到帕克侧面。他呻吟着抓住她的手臂。她说："对不起，我的天啊，对不起，你没事吧？我没想到这是水床。"光这两个字就让她咯咯笑。

帕克也笑了一下，听起来像鼾声，他说："是我妈买的，她认为这个对背好。"

他差不多双眼都闭着，包括没肿的那只，说话也没张嘴。

她问："讲话会痛？"他点点头。虽然埃莉诺已经坐稳，帕克依然没放开她的手，反而握得更紧了。

她用另一只手轻摸他的头发，从脸上拂开。他的头发柔顺又清爽，在她指尖下丝丝分明。

他说："我很抱歉。"

她没问为什么。

他的左眼角泛起泪光，泪水从脸颊滑下。她抹去他的泪水，她并不想碰他的脸。

她把手放在大腿上，说："没关系的。"

埃莉诺不知道帕克是不是还想分手。如果是，她也不会反对。

他问："我是不是破坏了一切？"

埃莉诺说："什么一切？"她的声音很低，似乎帕克光是"听"都会疼痛。

"我们的一切。"她摇摇头，虽然帕克未必看得见，她回答："不——可——能。"

帕克的手在她的胳膊上滑动，然后握紧她的手。她能看见他的前臂肌肉凸起，还有其他的肌肉。

她说："我想你的脸毁了。"

他呻吟起来。

"不过，没关系，"她说，"反正，你对我来说最可爱。"

他拉拉埃莉诺的手，声音混浊地说："你认为我可爱？"

她真庆幸帕克没看到她的脸，说："我认为你……"

是漂亮。是美得令人喘不过气。是希腊神话里让神祇都不再想当神的美物。

不知怎的，淤青与红肿让帕克显得更漂亮了，那张脸好像就要破茧而出。

她脱口而出："反正他们还是会取笑我，这场架不会改变什么。不能每次有人觉得我是怪胎或者丑八怪，你就去打架。答应我，你不会。答应我你不会这样了。"

他又拉拉埃莉诺的手，小心地摇摇头。

她说："因为我一点都不在乎，帕克。我跟上帝发誓，只要你喜欢我，其他事都不重要。"

他靠回床头，把她的手拉近胸膛。他透过牙缝说："埃莉诺，我得说多少次，我并不是喜欢你……"

帕克被停课，要到周五才能回学校上课。

但是第二天的校车上，没人骚扰埃莉诺。一整天都平安无事。

上完体育课，她发现化学课本上出现了更变态的话，有人用紫色墨水笔写了“戳破你的处女膜”。埃莉诺没涂掉那行字，而是撕掉书封扔了。她家或许破败，但她还是能弄得到一张棕色包书纸的。

埃莉诺回到家，妈妈跟在她屁股后面进了房间。上铺床上摆了两条新的慈善二手店牛仔裤。

妈妈说：“我洗衣服时找到一些钱。”这意味着雷奇忘了掏出裤袋里的钱。如果是喝醉酒才回家的，他不会问这钱的去向，会以为是喝酒喝掉的。

每当妈妈找到这种钱，她会花在雷奇不会注意的地方。比如给埃莉诺买衣服、给班恩买内裤、几罐鲔鱼罐头、几袋面粉、可以藏在柜子里的东西。

她妈妈自从跟雷奇在一起后，变成了天才的双面间谍，她仿佛是背着雷奇偷偷养活他们。

埃莉诺趁大家还没回来，赶快试穿牛仔裤。有点大，不过比她现有的都好。她的每条裤子都有问题，不是拉链坏了，就是裤裆破了，得猛拉衬衫遮住。能有两条除了尺寸之外没有更大问题的裤子，真好。

梅西的礼物是一袋几近半裸的芭比娃娃。梅西回到家后，把所有娃娃都摆在下铺，企图凑出一两套完整的衣服。

埃莉诺爬上她的床，帮着梳理芭比娃娃的乱发，给她们扎辫子。

梅西说：“真希望这里面有一个肯尼。”

星期五上午，埃莉诺到校车站时，帕克已经在等她了。

•

23

帕克

他的眼圈从紫色到淤青色到绿色，再变成黄色。

他问妈妈：“我要被关禁闭到什么时候？”

她说：“直到你后悔打架为止。”

他说：“我后悔了啊。”

其实并不。这场架改变了校车上的氛围。帕克现在比较不焦虑、比较放松了。或许是因为他挺身挑战史蒂夫，或许是他已经不必隐瞒了。

何况，大家还没在真实生活里见过那种跳踢。

就在帕克返校几天后，埃莉诺在上学的校车上问：“那还挺酷的，你哪儿学来的？”

“从幼儿园开始，我爸爸就逼我上跆拳道课。那一踢其实有点笨，太耍酷了。如果史蒂夫稍想一下，就能抓住我的腿，或者推倒我。”

她说：“如果史蒂夫有思考能力的话。”

他说：“我以为你会觉得我很差劲。”

“没错。”

“又差劲又酷？”

“这两个都是你。”

“我想再来一次。”

“什么再来一次？再来一次《小子难缠》？应该不会再那么酷了。

你该知道见好就收……”

“不是。我希望你再来我家。你愿意吗？”

“跟我愿不愿意无关，”她说，“你已经被关禁闭了。”

“说的也是。”

埃莉诺

学校每个人都知道了帕克·谢里登踢了史蒂夫·莫菲的嘴是因为埃莉诺。

现在她走在学校走廊，能听到新的耳语。

地理课上，有人问他们是为了争夺埃莉诺才打架，真的吗？埃莉诺说：“拜托，老天，不是啊！”

稍后，她真希望自己的回答是“是的”，只为了报复提娜，天啊，提娜听到了一定会暴跳如雷。

打架那天，狄妮丝和碧比要埃莉诺讲所有细节，特别是血腥的部分。狄妮丝甚至还买了甜筒给埃莉诺庆祝。

狄妮丝说：“能够揍史蒂夫·莫菲的人都该获得勋章。”

埃莉诺说：“我可没靠近史蒂夫。”

狄妮丝说：“但你是他被揍的原因，我听说你男朋友踢得狠极了，史蒂夫大叫，还流血了。”

埃莉诺说：“这不是事实。”

狄妮丝说：“小姐，你该好好学学，别伤了自己的声誉。要是我的琼西踢了史蒂夫的屁股，我可要在学校大摇大摆，边走边唱《洛基》里的歌，哪——哪——哪——哪——哪耶。”

碧比笑了起来。狄妮丝说什么碧比都会笑。她们小学起就是密友，认识她们越久，埃莉诺就越觉得能被纳入这个小团体真是光荣。

尽管那是个怪圈子。

今天狄妮丝穿连身裤，配粉色T恤，头上绑了粉红色和黄色的丝带，腿上则绑了粉色头巾。她们排队买冰淇淋时，一个男孩路过，说狄妮丝看起来像黑人版庞姬·布鲁斯特[①]。

狄妮丝一点也没退缩。她告诉埃莉诺："我没必要烦恼这些乱七八糟的事，我有男人了。"

琼西跟狄妮丝已经订婚。琼西毕业了，在沙普柯零售连锁店做副经理，狄妮丝一到法定年龄，他们就会结婚。

碧比笑起来："而且你的男人很不错。"

碧比笑，埃莉诺也跟着笑。她的笑声就是这么有感染力。她的双眼有一种疯狂的光彩——是那种不正经的人才有的眼神。

狄妮丝开着玩笑："埃莉诺不会认为琼西不错，她只对冷酷杀手感兴趣。"

帕克

帕克问爸爸："我要被关禁闭多久？"

爸爸正在沙发上读《佣兵》杂志，他说："决定权不在我，在你妈妈。"

帕克说："她说永远。"

"那就是永远咯。"

快要到圣诞假期了。如果整个假期帕克都被关禁闭，那就三个星期见不到埃莉诺。

---

① 庞姬·布鲁斯特（Punky Brewster），美国情景喜剧女主角，是个绑两根辫子的小女生。

"爸……"

爸爸放下杂志说："我有个点子，你只要学会开手动挡，禁闭马上解除。你可以开车带女朋友兜风。"

妈妈正巧抱着买的一堆东西进前门，问："什么女朋友？"帕克起身去帮妈妈。爸爸则给了妈妈一个欢迎回家的热吻。

"我跟帕克说如果他学会开车，我就解除禁闭。"

帕克在厨房大叫："我会开车啊！"

爸爸说："开自动挡不算会开车。"

妈妈说："不准见女孩。给我关禁闭。"

帕克走回起居室："关多久？"他的父母坐在沙发上，帕克说："你不可能永远关我禁闭。"

爸爸说："当然可能。"

帕克问："为什么？"

妈妈有点气恼，说："在你对那个麻烦女孩彻底死心以前，都要关禁闭。"

帕克与爸爸呆呆地看着她。

帕克问："什么麻烦女孩？"

爸爸问："大号红发吗？"

妈妈坚定地说："我不喜欢她。她跑来我们家，还哭，真是个怪女孩，没过多久，你就跑去打架了，学校打电话给我，你还破了相……还有啊，所有人，注意，是所有人，都跟我说他们那家子就是麻烦。麻烦。我不要麻烦。"

帕克深深吸了口气，屏住。他感到内脏滚烫，不敢呼气。

爸爸对帕克举起手，示意他等一等，然后说："敏蒂……"

妈妈说："不行，不行。我们家不准白人怪女孩进门。"

帕克用力提高嗓门："你可能没注意到，我只选择白人怪女孩。"尽管已经气疯了，他还是没法对妈妈大嚷。

妈妈说：“还有其他女孩，其他好女孩。”

帕克说：“她是好女孩，你根本不了解她。”

爸爸还站着，把帕克推出门，果断地说：“走走走，出去打打篮球什么的。”

妈妈说：“好女孩不会穿得像个男孩。”

爸爸说：“走啊。”

帕克不想打篮球，而且他没穿外套，外面太冷了。他在门口站了一会儿，然后跑去爷爷奶奶家，敲了一下门便推门进去。他们从不锁门。

他们都在厨房，看《家庭大对抗》①。奶奶在做波兰香肠。

她说：“帕克！我就知道你肯定要来，你看，我做了太多土豆煎饼了。”

爷爷说：“我以为你被关禁闭了。”

“别乱说，哈洛德！关禁闭不包括不准去爷爷奶奶家……宝贝，你还好吗？你的脸很红。”

帕克说：“只是冷。”

“你要留下来吃晚饭吗？”

“嗯。”

晚饭后，他们看《麦特洛克》②。他奶奶正在织毯子，好像是给某人的派对礼物。帕克盯着电视，却什么也没看进去。

他奶奶在电视背后的墙上挂满十英寸照片，有他爸爸和伯伯的照片，后者死于越战；也有帕克和乔许的小学照片，每个学年都有。一张小点的是他爸爸妈妈的结婚照，爸爸穿全套正式军服，妈妈穿粉色迷你裙。照片角落写着“1970年，首尔”。那年他爸爸二十三岁，妈妈十八岁，只比现在的帕克大两岁。

---

① 《家庭大对抗》（Family Feud），美国游戏节目。

② 《麦特洛克》（Matlock），美国法庭电视剧。

帕克的爸爸曾告诉他，当时大家都以为他们肯定是生米煮成了熟饭。其实没有。他说："跟怀孕也没两样。不过这是两码子事……我们就是相爱。"

帕克没指望妈妈会一眼就喜欢上埃莉诺，但是也没料到她会排斥她。妈妈对任何人都是和和气气。奶奶总说他妈妈真是个天使，别人也都这么说。

《山街蓝调》[①]播完后，奶奶就打发他回家。

妈妈已经上床，爸爸在沙发上等他。帕克只想溜过去。

爸爸说："坐下。"

帕克坐下了。

爸爸说："你已经不用关禁闭了。"

"为什么？"

"不重要。就是结束了。而且你妈很抱歉，你知道的，她很抱歉说了那些话。"

帕克说："这都是你在说吧？"

爸爸叹勒口气："唉，或许，但是这也不重要。你妈只是为你好，是吧？她不是一向如此吗？"

"我想是……"

"所以她只是担心你。你却以为她帮是在你挑女友，就像她帮你选课或者挑衣服一样。"

"她没帮我挑衣服。"

"天哪，帕克，你就不能闭嘴好好听吗？"

帕克安静地坐在蓝色安乐椅上。

"你知道，对我们来说，这是全新的经验。你妈很抱歉，抱歉她伤了你的心，她希望你邀请那女孩来吃晚饭。"

---

① 《山街蓝调》（Hill Street Blues），美国警探剧。

“好让她有机会让埃莉诺难过，自觉是个怪胎？”

“她的确有点怪，不是吗？”

帕克没力气生气，把头往椅背上一靠。

爸爸继续说：“这难道不是你喜欢她的原因？”

帕克知道自己应该继续愤怒。他知道整个状况还是很不对劲，完全不酷，完全失控。

但是禁闭已经解除，他有更多的时间和埃莉诺相处……或许还有办法独处。帕克等不及要见她，简直等不到天亮。

24

埃莉诺

她实在羞于承认。不过，有时尖叫呐喊也吵不醒埃莉诺。

尤其是，她已经回家几个月了，总不可能每次雷奇大发雷霆，她就惊醒吧……或者一听到他在后面咆哮，就开始心惊肉跳吧。

有时梅西会吵醒她，他会爬到上铺。白天，梅西绝不会让埃莉诺看见她掉泪，但是晚上她会像个小婴儿一样瑟瑟发抖，吸吮起手指。他们五个都学会了不哭出声。埃莉诺会搂住梅西说："没关系，没事的。"

今晚，埃莉诺醒来，感觉事情有点不一样。

她听到有人用力撞开后门，她尚未完全清醒，就听到屋外有男人的声音在咒骂。

又有人摔厨房门，然后是枪声。埃莉诺虽然从未听过枪响，但她知道那就是枪声。

是帮派分子，毒贩，强奸犯。或者又贩毒又强奸的帮派分子。最起码有上千个恐怖人物跟雷奇有过节，想要崩了他的脑袋，就连他的朋友看起来都很恐怖。

她应该是一听到枪声就马上爬下床的，因为她已经在下铺，弯身对梅西低声说："别动。"她不确定梅西醒了没有。

埃莉诺把窗户打开一点点，刚好够她侧身出去。她家的窗子没有纱窗。她爬出后，轻手轻脚地小跑过门廊，跑到邻居家。那家主人是吉尔老先生，总是穿T恤配背带裤，每次清扫人行道时，都会轻蔑望着埃莉诺他们。

吉尔过了好久才应门，他打开门时，埃莉诺才发现，敲门已经用光她的肾上腺素。

她软弱地说："你好。"

吉尔看起来凶恶又愤怒。他的眼神非常凶狠，好像能瞪死人。

她问："可以借用下电话吗？我得报警。"

吉尔咆哮着："什么？"他抹了发油，睡衣还配着背带裤。

她说："我得报警。"她的语气好像是来跟他借糖的。她说："或者你可以帮我打911？有几个男人闯入了我家，还带了枪……求你了。"

吉尔不为所动，但还是让她进了门。他的家真不错。埃莉诺不知道他以前有没有老婆，为什么会这么爱发脾气。电话在厨房。埃莉诺对接线员说："我们家闯进一群男人，我听到了枪声。"

吉尔没叫她离开，所以她待在厨房等警察来。他的料理台摆了一大盘布朗尼蛋糕，但没请她吃。冰箱上贴满各州形状的冰箱贴，他还有一个小鸡造型的煮蛋定时器。他坐在厨房桌旁点烟，也没请她抽。

警车停在吉尔家旁边，埃莉诺连忙走出去，突然觉得自己赤着脚很可笑，吉尔在她身后关上门。

警察根本没下车，其中一个问："是你打的电话？"

她颤抖着说："我想我们家有人闯进来了，我听到有人吼叫，还有枪声。"

那人说："好的，等一下，我们跟你一起进去。"

跟我？埃莉诺根本不打算回去。她要跟客厅里的那些飞车党说什么？

两个穿长筒黑靴的大块头警察停好车，跟她一起走到前廊。

其中一个说："去啊，去开门。"

"没办法，锁上了。"

"那你是怎么出来的？"

“我从窗子爬出来的。”

“那就从那个窗户回去。”

下次她再打911报警，她要请他们派遣不会要求她只身回被占领房子的警察。消防员也会这样吗？“喂，孩子，你先进去，帮我们开门。”

她爬回窗里，越过仍在熟睡的梅西，跑进客厅，打开前门，跑回房间，坐在下铺。

她听到“我们是警察”。

然后，她听到雷奇在咒骂：“搞什么鬼？”

妈妈说：“怎么回事？”

“我们是警察。”

弟弟妹妹都醒了，惊慌地爬向彼此。有人踩到小婴儿，他放声大哭。

埃莉诺听到警察大步穿过屋子，听到雷奇在大叫。卧室门忽然被打开，妈妈像罗彻斯特[①]的老婆一样冲进来，穿着破旧的白色长睡袍。

她问埃莉诺：“是你报的警？”

埃莉诺点头说：“我听到枪声了。”

妈妈冲到床边，用力按住埃莉诺的嘴：“嘘。什么也别说。如果他们问，就说你搞错了。误会一场。”

门开了，妈妈移开手。两只手电筒扫射着房间。孩子们全醒了，哇哇大哭。他们的眼睛像小猫一样闪烁着。

妈妈说：“他们只是吓到了，不知道发生了什么事。”

一个警察把手电筒照向埃莉诺的方向：“没人啊，我们检查过后院，地下室也查过了。”

她说：“对不起，我以为我听到了什么。”手电筒灭了，埃莉诺听到三个男人在客厅说话。她听到警察厚重的皮靴踏在前廊的声音，然后是车子开走的声音。窗子仍开着。

---

① 罗彻斯特（Mr. Rochester），《简爱》的男主角，其妻精神异常。

雷奇走进他们的房间。他从来不踏进这个房间。埃莉诺感到肾上腺素再度激增。

他轻声说："你到底在想什么？"

她没说话，妈妈紧握着她的手，因此，埃莉诺嘴唇紧闭。

妈妈说："雷奇，她并不知道，她只是听到了枪声。"

"操！"雷奇用力捶门，薄薄的门板裂了。

"她是在保护我们，是误会。"

"你是想赶我走吗？你以为你赶得走？"

埃莉诺把脸藏在妈妈的肩后。那也称不上什么保护。那可是雷奇最可能挥拳的对象。

妈妈轻声说："就是误会，她只想帮忙。"

雷奇对埃莉诺说："你永远不该叫警察来。"他眼神透着疯狂，声音逐渐变小，"以后绝对不准。"

然后他突然怒吼："我可以把你们通通赶走！"用力甩门走了。

妈妈说："上床，全部睡觉去。"

埃莉诺低声说："可是，妈……"

"上床去，"她妈妈把埃莉诺推上床铺的梯子，然后靠近，贴着埃莉诺的耳朵说，"那是雷奇开的枪。有几个小孩在公园打篮球，太吵了……他只想吓唬他们。但是他的枪没有执照，屋子里还有其他东西。他很可能被捕。今晚到此为止，不准再说话。"

她弯下身，陪了孩子们一会儿，轻拍他们，安慰他们，然后离开了卧室。

埃莉诺发誓她能听见五个急促的心跳，每一个都伴着压抑的呜咽。那是从内到外的啜泣。她爬下床，钻进梅西的床铺。

她低声对屋里的人说："没事的，现在没事了。"

25

帕克

今早，埃莉诺看起来魂不附体。等车时她一言不发，上车后，她颓然坐下，靠着车厢。

帕克拉拉她的袖口，她连笑容都懒得挤出一个。他问："你还好吗？"

埃莉诺抬眼望着他："现在还可以。"

他不相信，又拉了拉她的袖子。

埃莉诺靠着他，脸靠在他的肩膀上。

帕克把脸埋入她的头发，闭上双眼。

他问："现在好了吗？"

她说："差不多了。"

校车一停，她马上坐直。只要下了车，她都不准帕克握她的手，在走廊也不肯碰他。她老说大家会看见。

他不敢相信她还在意这些事情。不爱被人注视的女孩不会把绑窗帘的流苏挂子绑在头发上，不会穿男人的高尔夫鞋，连鞋钉都不拔。

因此，今天他站在她的储物柜旁，满脑子只想碰触她。他想跟她说禁闭解除的消息，但是她看起来很遥远，他不确定她能不能听得见。

埃莉诺

这次她会被送去哪里？

送回希克曼家？

嗨，还记得上次我妈问能不能借住几天，结果她一年后才来接我吗？我很感激你们没把我送到儿童保护机构。真是太有基督徒精神了。请问那张折叠式沙发还在吗？

操！

跟雷奇一起住以前，埃莉诺只在书本以及厕所墙上看过这个字眼。操女人。操小孩。操你个小婊子。操他妈的哪个家伙乱碰我的音响。

上次雷奇把她踢出门时，埃莉诺丝毫没想到。

她当然想不到，因为她根本没想过这种事会发生。她没想过他敢，也没想过妈妈会附和。（雷奇显然比埃莉诺早一步看出她妈妈的忠心已经转移。）

光是回想事情发生的那一天，她就觉得丢脸。真的很丢脸，错在埃莉诺自己，她简直是自找的。

当时她在房间里，用一台老式打字机打歌词，那是妈妈帮她从二手店弄回来的。它需要新色带（埃莉诺有一大盒色带，但都不适用），但还可以用。她很爱那台打字机，键盘的触感，以及敲下去时那种黏乎乎又脆生生的声音。她甚至喜欢它的味道，好像金属混合着鞋油。

事情发生的那天，她很无聊。

天气太热，什么都做不了，只能躺着看书，或者看电视。雷奇在客厅。他一直到两三点才起床，每个人都看得出来他情绪很差。她妈妈焦虑地在屋里打转，一会儿给雷奇倒柠檬水，一会儿送三明治和阿司匹林。埃莉诺很讨厌她妈妈这样无止境地臣服。跟她待在同一个房间，看了都替她丢脸。

因此，埃莉诺待在楼上，打《斯卡保罗集市》的歌词。

她听到雷奇抱怨：“那是什么鬼声音？”然后，“操，莎宾娜，你就不能叫她别吵吗？”

妈妈蹑手蹑脚地上楼，朝房内探头：“雷奇不舒服，你可以把那个收起来吗？”她脸色苍白又焦虑。埃莉诺讨厌她那种模样。

她等妈妈下楼，没想为什么，就故意按下字母键。

A

按键弹起，下去。

她放在键盘上的手指发抖。

RE

弹起，弹起，啪，啪。

没事。没惊动任何人。房子又热又沉滞，安静得像地狱里的图书馆。埃莉诺闭上眼，翘起下巴。

你要去斯卡保罗集市吗？

香芹、鼠尾草、迷迭香与百里香。

雷奇冲上楼，在埃莉诺的脑海里，他速度快如飞，并用火球炸开了房门。

她还来不及镇定自己，雷奇就朝她冲过来，夺过她手中的打字机，用力扔向墙壁，砸破了灰泥，一下子卡在墙壁上的板条里。

埃莉诺吓坏了，她听不清雷奇在吼什么。“死胖子”。“操”。

“婊子”。

他从未离她如此之近。埃莉诺的恐惧让她全身一软，她不想让雷奇看见她眼中的恐惧，双手蒙着脸，埋进枕头里。

“死胖子。操。婊子。我警告过你，莎宾娜。”

埃莉诺低声对枕头说：“我恨你。”她听见摔东西的声音，听见妈妈站在门口低声劝说，好像在哄小孩上床睡觉一样。

“死胖子。操。婊子。你自找的。你简直他妈自找的。”

埃莉诺大声说：“我恨你。我恨你。我恨你。我恨你。”

“操操操！”

“我恨你。”

“操你们这些人。”

“操你。”

“蠢婊子。”

“操你，操你，操你。”

她刚刚说什么？

在埃莉诺的脑海里，整栋房子都震动了。

妈妈猛拉她，要把她拉下床。埃莉诺想跟她走，却吓得站不起身。她想瘫在地上，假装屋里起火，都是烟，然后爬出去。

雷奇大声咆哮着。妈妈把埃莉诺拉到楼梯口，推她下去，雷奇跟在后面。

埃莉诺撞到了栏杆，几乎是连滚带爬到前门。她跑出门，一路跑到人行道尽头。班恩坐在前廊，正在玩风火轮小汽车。他停下，看着埃莉诺从眼前跑过。

埃莉诺不知道是否该继续跑，但是她能去哪里？还是小女孩的时候她都没想过离家出走，没想过要跨出后院的围篱。她能去哪里？又有谁会要她？

前门再度打开，埃莉诺往前跨了几大步，走上街头。

妈妈抓住埃莉诺的臂膀，迅速往邻居家去了。

如果埃莉诺知道接下来要发生什么事，她会跑回去跟班恩说拜拜，她会去找梅西与鼠鼠，用力亲吻他们的脸颊，或许还会要求回屋子看小婴儿一眼。

如果雷奇在屋里等她，或许她会双膝一跪，恳求让她留下来。让她说什么都行。

如果这一次他要她乞求原谅，恳求慈悲，如果这是她待在这个家必须付出的代价，她会这么做的。

她希望雷奇没看出这点。

她希望没人看出她只剩一具空壳。

帕克

英语课，她没理会史岱斯曼老师。

历史课，她看着窗外。

回家的车上，她没发怒。她什么情绪也没有。

他问："你还好吗？"

她靠在他的肩膀上点点头。

到了她家那站，帕克还没有机会对她说。因此他起身，跟她一起下车，尽管他知道她不喜欢这样。

走在她家那条街上，埃莉诺表情焦虑："帕克……"

他说："我知道，我只是想告诉你……我不用再关禁闭了。"

"真的？"

"对啊。"

"那很棒。"

"是啊……"

她转头看着自己的房子。

他说："这表示你可以再来我家了。"

她说："哦。"

"我是说如果你想来的话。"事情没有按他想象的那样发展。就算埃莉诺看着他，其实也不是真的在看他。

她说："哦。"

"埃莉诺。你没事吧？"

她点点头。

他抓住胸前的背包背带："你还……我是说，你还愿意来吗？你还想我吗？"

她点头，看起来像是要哭了。如果她还愿意来他家，帕克希望她可不要再哭了。他觉得埃莉诺似乎越来越远了。

她说："我只是太累了。"

26

埃莉诺

她想他吗?

她想整个人迷失在帕克的身体里，希望他的双臂像止血带一样紧紧缠住她。

如果他知道她有多需要他，一定会逃之夭夭。

27

埃莉诺

第二天早晨，埃莉诺觉得好多了。早晨通常会决定她的情绪。

今早她醒来时，那只笨猫又盘在她脚边，不知道她压根儿不喜欢它，基本上，她不爱猫。

然后妈妈给她一个雷奇不要的炒蛋三明治，又把一朵破损的老旧玻璃小花别在埃莉诺的夹克上。

妈妈说："我在二手店找到这个，梅西想要，但是我留给你。"她在埃莉诺的耳后抹上香草油。

埃莉诺说："放学后我可能去提娜家。"

妈妈说："好，好好玩。"

埃莉诺希望帕克已经等在校车站，但如果没有，也不能怪他。

他在。在树荫下，穿着灰色风衣，黑色高帮帆布鞋，正在寻觅她。

她跑过最后几栋房子，跑向他，两手推着他："早啊。"

他笑了，往后退了一步："你是谁啊？"

她说："你可以去打听，我是你的女朋友。"

"不是……我的女朋友忧伤又不说话，让我担心得一夜没睡。"

"真差劲。听起来你需要一个新女朋友。"

他笑着摇了摇头。

天很冷，有点阴暗，埃莉诺可以看到帕克嘴里吐出的气，她努力压抑着张口吞下那些气的欲望。

她说："我跟我妈说下课后要去同学家……"

"真的？"

她认识的人当中，只有帕克把背包挂在两肩，而不是斜背着，而他永远握着背带，好像随时打算跳伞似的，特别可爱。他害羞时，脑袋还会往前低垂。

她扯扯帕克的刘海："真的。"

"真棒啊。"他满脸笑容，两颊发亮，嘴唇丰满。

埃莉诺提醒自己别咬他的脸。这种行为太过侵扰、太过索取，就算是情景喜剧或者电影都不会出现这种场景。

她说："昨天很抱歉。"

他拉住背包背带，耸耸肩："难免会有昨天那种日子。"

天哪！他简直是在邀请她啃掉他整张脸。

帕克

他差点对埃莉诺和盘托出妈妈对她的评语。

对埃莉诺保密似乎不对。

但是分享这类秘密好像更不对，那只会让埃莉诺更紧张，甚至拒绝去他家。

而且她今天很开心，和之前判若两人。她不断捏他的手。下校车时还咬了一下他的肩膀。此外，如果跟埃莉诺说了，她肯定会想先回家换衣服。她穿的橘色菱形图案毛衣非常肥大，搭配绿色丝质领带，和宽松的画家裤版型牛仔裤。

帕克不知道埃莉诺有没有女孩的衣服，也不在乎，甚至希望她没有。或许这是一种同性恋特质，但应该不是，因为就算你剪掉埃莉诺的头发，给她画上胡子，她也不像男人。她穿的那些男人衣服只是让人更注意她有多么女性化。

他不打算说他妈妈的事，也不打算提醒她要笑。不过她如果再咬他，他肯定是要少掉一块肉的。

她到了英语课仍然满脸笑容时，帕克问："你是谁啊？"

她说："你可以去打听哦。"

埃莉诺

西班牙语课上，他们要用西班牙文写信给朋友。写信时，波左先生放了一集《什么事，美国？》[①]给他们看。

埃莉诺写给帕克，没能写多少。

亲爱的谢里登先生（Estimado Senor Sheridan）：

我想要吃你的脸（Mi gusta comer su cara）。

吻（Besos）。

埃莉诺（Leonor）

那天的其余时间，每当埃莉诺感到焦虑或恐惧，便告诉自己要快乐。（这没让她感觉好一点，但至少防止了她情绪变坏。）

她告诉自己，他们是正派人家，否则养不出帕克这样的孩子。虽然这个原则完全不适用于她们家。何况，她也不必单独面对帕克的家人，

① 《什么事，美国？》（Que Pasa, U.S.A.），美国西班牙语情景喜剧。

帕克会在她身边。重点就在这里。世上会有她不愿与帕克同行的恐怖地方吗?

七个小时后，她在一个从未碰到过帕克的地方看到了他，他捧着显微镜站在三楼走廊。这比在平时会遇见他的地方遇见他，好了不知道多少倍。

28

帕克

午休时他打电话给妈妈，说埃莉诺要过来。辅导老师让他用她的电话。（唐恩太太特别喜欢在别人有难时做好人，所以帕克只要暗示她事出紧急即可。）

他跟妈妈说：“我只是要跟你说埃莉诺下课后会过来。爸爸说可以的。”

妈妈说：“好吧，”她根本懒得假装她接受此事，“她要留下来吃晚饭吗？”

帕克说：“我不知道，可能不会吧。”

妈妈叹了口气。

“你知道，你得对她客气点。”

妈妈说：“我对任何人都客气，你知道的。”

回家的校车上，他看得出埃莉诺很紧张。她很安静，不断咬着下嘴唇，搞得嘴唇发白，帕克因此看到她嘴唇也有雀斑。

帕克跟她谈《守望者》，他们刚读完第四章。他问：“你怎么看海盗故事？”

“什么海盗故事？”

“你知道的啊，里面有一个角色总是看跟海盗有关的漫画书，故事里的故事，叫做海盗故事。”

她说：“我都跳过那个的。”

“跳过？”

“无聊，废话连篇——海盗！啰里啰嗦的。”

帕克严肃地说：“怎么可能？艾伦·摩尔写的任何东西都不可能是啰里啰嗦的。”

埃莉诺耸耸肩，咬起了嘴唇。

他说：“我现在开始觉得，你看的第一本漫画不该是一本完全解构这个类型五十年史的作品。”

“我只看到废话连篇。”

校车停靠在埃莉诺家那一站。她抬头看他。

帕克说：“不如到我那一站下车吧？”

埃莉诺又耸耸肩。

到了帕克那一站，他们跟着史蒂夫、缇娜，以及校车后座那些人一起下车。史蒂夫不打工的日子，后座那些人就到他家车库玩，冬天也不例外。

帕克和埃莉诺走在他们的后面。

她说：“很抱歉我今天看起来很蠢。”

他说：“你看起来就跟平常一样。”她的背包挂在手臂下方，帕克想帮她拿，她扯了回去。

“我看起来一直很蠢？”

“我不是这个意思……”

她喃喃自语：“你是这么说的。”

他想叫她别选这时候生气。任何时候都可以，就是不要现在。只要她想，明天可以对他发一整天脾气。

埃莉诺说：“你可真懂怎么让女孩觉得自己很特别。”

他回答：“我从没假装自己懂女孩。”

她说："我听到的可不是这样，我听说女孩——们都可以进你的房间。"

他说："她们的确是，但是我什么也没学会。"

他们在帕克家门廊停下脚步，帕克接过她的袋子，努力保持镇定。埃莉诺低头看着人行道，好像准备随时溜走。

为防妈妈就站在门后，帕克低声说："我的意思是，你跟平常看起来没两样，你一向好看。"

"我从来没好看过。"言下之意，帕克是个白痴。

他说："我喜欢你的样子。"听起来像是争辩，而不是赞美。

她也低声回答："那也不表示我好看。"

"好吧，那你看起来像流浪汉。"

她眼睛一亮："流浪汉？"

他说："是的，吉卜赛浪人，像刚刚在《上帝的魅力》[①]里客串了一把。"

"我不知道那是什么意思。"

"糟透了。"

她靠近一步："我看起来真的像个流浪汉？"

他说："比流浪汉更糟，像个哀伤的流浪小丑。"

"但是你喜欢？"

"喜欢极了。"

他话音刚落，埃莉诺就绽出了笑容。埃莉诺笑时，帕克身体里好像有个东西裂了开来。

总是如此。

---

① 《上帝的魅力》（Godspell），百老汇歌舞剧改编的电影，演员服装五彩缤纷。

埃莉诺

帕克妈妈开门的时机正好，因为埃莉诺正想亲帕克，那绝对不会是好主意——埃莉诺对接吻一无所知。

当然她在电视上看过几百万次接吻（谢谢你，方兹[①]），但是电视从没播出过接吻的实际操作过程。如果埃莉诺吻帕克，会像小女孩让她的芭比娃娃吻肯尼，两张脸对撞。

此外，要是这个拙劣之吻进行到一半，帕克妈妈正好打开门，她会更讨厌埃莉诺。

帕克妈妈的确讨厌她，一清二楚。或许她只是痛恨想到埃莉诺（这样的女孩）引诱她的孩子，还就在她的客厅。

埃莉诺跟着帕克进客厅坐下，努力表现得有礼貌。帕克妈妈问他们要不要吃点心，她回答："好极了，谢谢。"帕克妈妈看她的眼神就好像她是某人泼在他家沙发上的污渍。她端来饼干，让他们独处。

帕克看起来很开心。埃莉诺努力地专心想着"跟他在一起真好"——但光是保持镇定就已经耗尽了她所有专注力。

帕克家那些小玩意儿让她受不了，比如到处挂了玻璃葡萄，比如窗帘跟沙发是成套的，还跟桌灯下面的小桌布相配。

你会以为这么美好又平淡的家庭绝对养不出什么有趣的人，帕克却是她见过最聪明最有趣的人，而且居然和她出生在同一个星球。

埃莉诺试图以高傲的姿态来看待帕克的妈妈，还有她这个宛如雅芳销售小姐的家，却不断想，如果能住在这样的房子多好啊。有自己的房间，有亲生的爸爸妈妈，橱柜里摆着六种不同口味的饼干。

① 方兹（Fonzie），美国电视剧《快乐时光》（Happy Days）的角色。

帕克

埃莉诺说对了：她从来没有“好看”过。她看起来像艺术，艺术不该“好看”，艺术应该让你有感觉。

当他和埃莉诺坐在沙发上，就好像有人在房间中央开了一扇窗。又好像有人抽掉屋内的空气，换上全新、更好的空气（加倍新鲜的）。

埃莉诺让他觉得随时有刺激的事要发生，虽然他们只是坐在沙发上而已。

她不肯让他握手，在这间屋里不行。她也不肯留下来吃晚饭。但是她说明天放学会再来，如果他的父母没问题的话。当然没问题。

到目前为止，他妈妈表现得很和善。她并没有使尽浑身解数，像她对待顾客与邻居那样，但也没失礼。如果每次埃莉诺过来，她都要躲在厨房里，那也是她的特权。

周四与周五下午，埃莉诺都去他家。周六，他们跟乔许打游戏，他爸爸请埃莉诺留下来共进晚餐。

埃莉诺说“好”时，帕克简直不敢相信自己的耳朵。他爸爸打开餐桌的折叠桌面，埃莉诺坐在帕克旁边。他看得出埃莉诺很紧张，几乎没动盘里的面包夹肉酱，而且才一会儿工夫，她脸上的笑容已经僵在嘴角，简直要变成鬼脸了。

晚饭后，他们全家一起看《回到未来》，他妈妈做了爆米花。埃莉诺和帕克坐在地板上，靠着沙发，帕克偷偷握住埃莉诺的手，她没抽开。他按摩着她的掌心，因为她喜欢，这让她眼皮略微下垂，好像要睡着了。

电影播完，帕克爸爸坚持他送埃莉诺回家。

她说：“谢谢您邀请我，谢里登先生。谢谢您的晚餐，谢里登太太，很好吃。今晚很愉快。”语气毫无讽刺意味。

他们走到门口，她还回头说：“晚安！”帕克关上门。埃莉诺的焦虑、客气和善良顿时跑光了，他想拥抱她，帮她挤到一点也不剩。

埃莉诺用惯常的尖锐语气说：“你不能陪我回家，你知道的，对吧？”

“我知道，我陪你走一半吧。”

“我不知道呀……”

他说：“拜托，天黑了，没人看得见。”

她说：“好吧。”然后把手插进口袋，两人慢慢走着。

过了约莫一分钟，她说：“你的家人很棒，真的。”

他握住埃莉诺的胳膊：“嗨，我带你去看个东西。”他拉着她走进隔壁的车道，躲进松树和露营车之间。

“帕克，你这是私闯民宅。”

“不算，是我爷爷奶奶住在这里。”

“你要带我去看什么？”

“其实没有。我只想跟你独处一会儿。”

他拉着她走到车道后面，一整排树、露营车，加上车库，完全遮掩住了他们。

她说：“真的？这很差劲啊。”

他转身对埃莉诺说：“我知道。下次我会直接说‘埃莉诺，跟我一起到暗巷，因为我想吻你’。”

她没有翻白眼，而是深吸一口气，闭紧了嘴巴。他正学习如何出其不意。

她的双手在口袋里插得更深了，因此帕克抓住她的手肘说：“下次，我会直接说‘埃莉诺，跟我一起躲在树丛后面，如果不吻你，我真的会疯了’。”

她没动，所以帕克想，摸她的脸应该没关系。她的皮肤就像看起来那么细嫩，白洁平滑，好像有雀斑的瓷器。

“我会直接说：‘埃莉诺，跟我一起滑下这个兔子洞①……’”

他的拇指放在埃莉诺的嘴唇上，看看她会不会抽身。她没有。他靠得更近了些。他想闭上眼，却不知道埃莉诺会不会丢下他跑开。

他的嘴快碰上埃莉诺的嘴时，她摇摇头。鼻子摩擦到了他的鼻子。

她说：“我从没这么做过。”

他说：“没关系的。”

“不，肯定会很糟的。”

他摇头：“不会的。”

她又摇头，轻轻一下。她说：“你会后悔的。”

这话让他笑了，他得等一秒才能亲她。

不坏。埃莉诺的嘴唇柔软温热，他还能感觉到她两颊的脉动。她很紧张，这很好，因为这样帕克就不会紧张。她的颤抖让帕克觉得稳定。

他还不想停下，就不得不分开，因为他经验不足，不知道怎么边接吻边换气。

当他离开埃莉诺的嘴唇，她的双眼仍近乎紧闭。帕克爷爷家的前廊亮着灯，埃莉诺的脸庞映着灯光，看起来就像该嫁给月亮上的男人。

她的脸微微低垂，帕克双手放在她肩上。

他低声问：“还好吗？”

她点点头。他把她搂进怀里，吻她的头顶，摸索隐藏在头发下的耳朵。

他说：“来，我想让你看个东西。”

她笑了。他抬起她的下巴。

这一次的吻就美妙多了。

---

① 典故出自《爱丽丝梦游仙境》，爱丽丝跟着兔子滑入洞里，进入完全不同的世界。

埃莉诺

他们一起从帕克爷爷家的车道走到巷子，帕克站在阴影处，目送埃莉诺独自走回家。

她告诉自己不要回头看。

雷奇在家，除了她妈妈，大家都在看电视。不算很晚，埃莉诺努力表现出天色已晚才回家很正常的样子。

雷奇问："你去哪儿了？"

"朋友家。"

"什么朋友？"

妈妈走进房间，一边擦碟子一边说："埃莉诺在这附近有个女朋友。叫莉萨。"

埃莉诺说："是提娜。"

雷奇说："女朋友？你已经放弃男人了？"他自以为很幽默。

埃莉诺回到卧室，关上房门。她没开灯，穿着便服就上了床，打开窗帘，抹掉窗户上凝结的水气。她看不见巷子外面有什么动静。

窗户又开始起雾。埃莉诺闭上眼，额头靠着玻璃。

29

埃莉诺

星期一上午看见帕克站在校车站台时，她咯咯笑了起来。笑得很用力，像个卡通角色——两颊通红，耳旁会飞出小小爱心的那种。

这感觉真荒谬。

帕克

星期一上午看到埃莉诺朝他走来，帕克就想奔向她，抱住她。就像他妈妈看的肥皂剧人物一样。他抓住背包带，努力控制自己。

这感觉真美好。

埃莉诺

帕克身高和她差不多，看起来却比较高。

帕克

埃莉诺的睫毛和雀斑同色。

埃莉诺

去学校的路上，他们讨论《白色专辑》[①]，那不过是借口，让他们可以看着彼此的嘴巴。在外人看来，他们似乎在读唇语。

帕克不断笑着，虽然他们聊的是《旋转滑梯》，这首在杀人魔查尔斯·曼森[②]迷上之前都称不上有趣的歌。

① 《白色专辑》（White Album），披头士的经典专辑。

② 《旋转滑梯》（Helter Skelter），是披头士《白色专辑》里的歌曲，杀人魔曼森（Charles Manson）相信这首歌的意思是世界将掀起种族战争，而他将是这场战争的发动者，唯有信他者才得生存。曼森与他的信徒（曼森家族）一共谋杀了七个人，受害者包括导演波兰斯基已怀有身孕的妻子。

30

帕克

凯尔咬了一口烤肋排三明治："嘿，这个星期四，你该来看我们的比赛。可别告诉我你不喜欢篮球，史巴德[①]。"

"我不知道……"

"琴恩也会去。"

"凯尔……"

凯尔说："琴恩会跟我坐一起，因为我们真的在约会哦。"

帕克用手捂住嘴，以免三明治碎屑飞出去："等等，真的？我们说的是同一个琴恩吗？"

"有那么难以置信吗？"凯尔把牛奶盒整个打开，像杯子一样捧起来喝，"你知道的，她已经不迷恋你了。以前她纯粹是出于无聊，而且以为你很神秘，很安静——就是啊，'静水不见底'，深藏不露。我跟她说，有时候啊，静水就是死水一潭。"

"我真是谢谢你啊。"

"现在啊，她已经完全爱上我了，如果你愿意，可以跟我们一起。那场比赛很厉害哦，现场有卖墨西哥玉米片，还有其他东西。"

帕克说："我考虑一下。"

---

① 史巴德（Spudspud），俚语，特指不擅长运动的人。

他才不会考虑呢。没有埃莉诺，他哪儿也不去。她不是喜欢篮球那一类的。

埃莉诺

体育课后，她们在更衣室换回便服，狄妮丝说："嘿，小姐，我在想，这星期你非得跟我们去雪碧之夜不可，琼西的车子修好了，周四休假。我们可要整晚、整晚、整晚地，找乐子、找乐子、找乐子。"

埃莉诺说："你知道我不能出门。"

狄妮丝说："我知道你也不能去男朋友家。"

碧比说："我听说了。"

埃莉诺根本不该跟她们说她去了帕克家，但是她不找个人说，肯定会憋死。（这就是为什么有人进行了完美犯罪，最后还是被抓进牢里。）她说："天啊，你们少瞎起哄了。"

碧比说："你该来。"她的脸是个完美的圆，笑起来，深深的酒窝让她看起来像是配上缨球饰的椅垫。她说："肯定很好玩的，我猜你从来没跳过舞吧。"

埃莉诺说："我不知道……"

狄妮丝问："是因为你的男人吗？他也可以来啊，多一个人又占不了多少空间的。"

碧比笑起来，埃莉诺也笑了。她根本无法想象帕克跳舞。说不定他也会跳得很棒，要是那些流行金曲不会让他的耳朵受不了的话。帕克做什么都很厉害。

但是……她无法想象跟碧比、狄妮丝，或者任何人一起出去。与帕克一起现身公众场所，就好像人在太空却想把面罩摘掉。

帕克

妈妈说如果他们每天下课都要混在一起（完全没错），不如从现在开始一起做作业。

埃莉诺在校车上说："她说得可能没错，上星期的英语课，我都假装做了作业。"

"真的？你是装的？看起来不像。"

"我去年在以前的学校就上过莎士比亚……数学课就装不了了，就算……喂，假装的反义词是什么？"

"唉，我可以帮你补习数学。我已经上完代数了。"

"哇，威利·韦斯特[①]，这简直像梦一样。"

他说："也不一定，可能我根本帮不上忙。"

就算她那种恶意嘲讽的笑容都让他为之疯狂。

他们想在客厅做作业，但是乔许要看电视，因此他们去了厨房。

妈妈说没关系，她在车库还有活儿干。随便她吧。

埃莉诺读书时，会不出声地跟着念。

帕克在桌底下轻踢她，朝她的头发扔纸团。他们几乎没机会独处，现在可以了，他疯狂地想要吸引她的注意力。

他用笔合上她的代数课本。

她再次翻开课本："你真要闹啊？"

他把课本拉向自己："不。"

---

① 威利·韦斯特（Wally West），第三代闪电侠，超级英雄，拥有高速行走、高速奔跑、超越所有物理定律等能力。

“我以为我们要做作业呢。”

他说：“我知道，只是……现在只有我们两个人哦。”

“勉强算是吧……”

“所以我们该做独处的事。”

“你现在听起来很变态……”

“我是说聊天。”帕克不确定自己想说什么，就低头看着桌子。埃莉诺的代数课本写满了字，一首歌的歌词绕着另一首歌的歌名。他看见自己的名字，弯曲的小字，躲在“史密斯乐队”某首歌的副歌里。人总是会一下子找到自己的名字。

他能感觉到自己的笑容。

埃莉诺问：“什么？”

“没什么。”

“什么？”

他又低头看书。他要等晚点埃莉诺回家后，再来回味这件事。他要回味埃莉诺在课堂上想着他，小心翼翼在课本某处写下他的名字，以为只有她看得到。

然后他看到了另一个东西。同样写得很小心，同样小小的，全部小写：我知道你是荡妇，你闻起来像臭虫。

埃莉诺想抢回书本：“什么？”

帕克拉住课本。感觉布鲁斯·班纳[①]的血涌上他的脸：“你干吗不告诉我这事还没完？”

“什么事？”

他不想说出口，不想指出来。他不想让两个人的眼睛一起注视那些

---

① 布鲁斯·班纳（Bruce Banner），绿巨人浩克变身前的本尊。

字眼。

他指指那些字：“就这个。”

她看了——立刻开始用笔涂盖那些坏话。她的脸苍白得像脱脂牛奶，脖子上泛起片片红晕。

“你为什么不告诉我？”

“我也不知道有这个。”

“我还以为这事已经停了。”

“你为什么会这样认为？”

他为什么这么想？因为他们现在在一起了？

“我只是……你干吗不告诉我？”

她仍在涂，反问他：“为什么要告诉你？它又粗俗又丢人。”

他摸着她的手腕：“我帮得上忙吗？”

“怎么帮？”她把书推回给他。

他咬牙。她收回课本，放进书包。

他问：“你知道是谁干的吗？”

“你要去揍他们吗？”

“或许……”

她说：“这样啊，我已经把范围缩小到了不喜欢我的人……”

“不可能是随便哪个人，这人一定有机会趁你不知道的时候接近你的课本。”

十秒钟前，埃莉诺看起来像只凶恶的猫。现在她看起来认命了，趴在桌上，指尖按着太阳穴。她摇摇头：“我不知道，这事好像都发生在有体育课的日子。”

“你把课本放在更衣室了？”

她双手揉揉眼：“我觉得你这是在故意问些蠢问题，简直是史上最糟的侦探。”

“体育课上有谁不喜欢你？”

她依然遮着脸："哈！'体育课有谁不喜欢我。'"

他说："你得认真点。"

她两手握拳，坚定地说："不。这正是我不该认真的事。这会正中提娜那伙人的下怀。如果她们知道这事让我难过，就会搞个没完。"

"提娜干吗这么做？"

"提娜是我们体育课的女王，她和她的臣民不喜欢我。"

"提娜不会干这么差劲的事。"

埃莉诺瞪着他："你开玩笑吧？提娜可是魔鬼。如果魔鬼与女巫结合，然后把他们生下的小孩扔在一碗切碎的恶毒里用力搅拌，得到的就是提娜。"

帕克想起提娜在车库里出卖他的那一次，还有她在校车上取笑别人……但是他又想到，有好多次史蒂夫想揍他，都是提娜拦着。

他说："我从小就认识提娜，她没那么坏。我们以前是朋友。"

"看起来不像。"

"呃，现在她在跟史蒂夫交往。"

"那又怎样？"

帕克不知道该怎么回答。

"那又怎样？"埃莉诺的眼睛像两个黑色裂口，如果他说谎，她肯定不会原谅他。

他说："现在已经不重要了。说起来很蠢……提娜六年级时跟我交往过一阵子。不过我们没一起出去玩，也没干过什么。"

"提娜？你跟提娜交往过？"

"没什么，六年级时的事。"

"但你们曾是男女朋友？你们牵过手吗？"

"我不记得了。"

"你亲过她吗？"

"这不重要啊。"

但这显然很重要。因为埃莉诺现在看他的眼光仿佛他是个陌生人。他也觉得像个陌生人。他知道提娜品行不好，但他也确知她不可能这么过分。

他又了解埃莉诺多少？不多。她也不想让他知道太多。埃莉诺的每件事都牵动着他，但是他真的了解埃莉诺吗？

话一出口，他就知道那是上一秒钟觉得很棒、下一秒钟就要后悔的话，但他还是继续说了下去："你也都只用小写字体，那些话是你自己写的吗？"

埃莉诺的脸色从苍白变成了死灰，好像血液瞬间全冲往心脏，长着雀斑的嘴唇大开。

然后她立即反应过来，开始收拾课本。

她用实事求是的口吻说："你说得没错，如果我要写字条骂自己是肮脏荡妇，可能不会用大写字体，但是我会记得用动词，还会加标点。因为我极其在意标点符号。"

他问："你干吗？"

她摇摇头，站起身。他就算命悬一线，也想不出该怎么阻止她。她冷淡地说："我不知道谁在我的课本上写了这些东西，不过我想你刚刚解开了提娜为什么这么恨我的谜题。"

"埃莉诺……"

"不，我不想再谈了。"她说得掷地有声。

她走出厨房，帕克妈妈正好从车库进来。从妈妈看他的神色，帕克终于有点了解了：你究竟看上这个白人怪女孩哪一点？

帕克

那天晚上，帕克躺在床上，想着埃莉诺在课本上写他的名字时，是多么想他。

现在，他的名字可能也被涂掉了吧。

他思索着自己为什么在为提娜说话。

提娜是好人还是坏人，究竟和他有什么关系？埃莉诺说得没错：他跟提娜根本不是朋友。没一点像朋友，就连六年级时都不是朋友。

提娜开口要跟帕克交往，帕克说好——因为大家都知道提娜是班上最受欢迎的女孩。跟提娜交往就像拥有了强势的社交货币，帕克至今都还受益。

成为提娜第一任男友让帕克免于沦落到底层。尽管大家都觉得帕克是黄种人，又怪怪的，和大家格格不入……但是不会叫他“怪胎”“小眼睛”“同性恋”。第一，他爸爸身材魁梧，又是退伍军人，本地出生。第二，如果这样骂他，那也相当于骂提娜。

提娜也从不背弃帕克，或者假装他们什么都没发生过。事实上……呃，好几次，他都觉得提娜渴望跟他来点什么。

比如，有这么几次，她故意记错做头发的日期，跑到他家，混到帕克的房间，没话找话说。

校友返校舞会日，她来做头发，跑到帕克的房间，问他对她那件蓝色无肩洋装的想法，还要他帮忙解开后背缠住头发的项链。

对这些机会，帕克都视而不见。如果他跟提娜勾搭上，史蒂夫会杀了他。

此外，帕克也不想跟提娜勾搭。他们没有共同点，半点都没有。这不是那种可以带来兴奋与奇特情趣的零交集，而是——彻底的乏味。

他不认为提娜内心深处真的喜欢他，反而比较像是要让他永远忘不了她。而他呢，无需往内心深处探索，也知道自己也不想让提娜完全忘记他。

街区里最受欢迎的女孩时不时就会自动送上门来，这感觉不错。

帕克翻身趴在床上，脸埋进枕头里。他自认为早就不在意人们怎么看他了。爱上埃莉诺就是证明。

但他不断发现自己的肤浅之处。他总是能找到新的方式来背叛她。

31

埃莉诺

再过一天就是圣诞节假期，埃莉诺不想上学，跟妈妈说她病了。

帕克

星期五，帕克到了校车站，已经准备道歉。但埃莉诺没出现，这让他歉意顿减……

他对着埃莉诺家的方向说："现在算怎么回事？"他们要为这种事分手吗？接下来三个星期，她都不打算跟他说话吗？

他知道埃莉诺家没电话，不是她的错，她家就像超人的"孤独堡垒"。但是……唉。这正好让她想消失就消失。

他又对着埃莉诺家的方向说："对不起。"声音太大了。后院一只狗对着渐行渐远的他大吠，他也对那只狗低语："对不起。"

校车转过街角，靠站停下。透过后车窗的倒影，帕克能看见提娜在看他。

我很抱歉。帕克没再回头。

埃莉诺

雷奇今天上全天班，所以埃莉诺不必待在卧室，但她还是如此，就像小狗不想离窝。

电池用光了，也没东西可读……

她躺得太久了，因此周日下午起身吃晚饭时，居然头晕了。（妈妈说埃莉诺如果饿了，得自己走出来。）埃莉诺和鼠鼠坐在客厅地板上。

他问："你为什么哭？"他拿着墨西哥豆卷饼，汁液滴到了T恤和地板上。

她说："我没有。"

鼠鼠把卷饼举得很高，想用嘴接住滴漏的汁液，说："你有啊。"

梅西抬头看看埃莉诺，又转头继续看电视。鼠鼠说："因为你恨爸爸吗？"

埃莉诺说："是的。"

妈妈从厨房走出来："埃莉诺！"

埃莉诺对鼠鼠摇摇头："不是这样的。告诉你，我没哭。"她回到房间，爬上床，脸埋进枕头里。没人跟进去看看她有什么不对劲。

或许妈妈明白了，她把埃莉诺丢给朋友一年，已经永久失去了盘问的权利。

或许她压根不在乎。

埃莉诺翻过身，拿出没电的随身听，抽出磁带对着光看，用指尖转动磁带轮轴，细看帕克写在磁带内侧的字。

"'性手枪'的《管它的》……埃莉诺可能会喜欢的歌"。

帕克认为课本上的那些脏话是她的自导自演。

争论时，帕克站在了提娜那边。提娜！

她再度闭上眼，回想他初次吻她……她是如何微微后仰，她是如何张开双唇。他说她很特别，她居然相信了。

帕克

放假第二个星期，帕克爸爸问帕克，他们是不是分手了？

帕克说：“有点吧。”

他爸爸说：“真糟糕。”

“真的吗？”

“肯定是啊，因为你现在简直就像一个在凯马特量贩店迷路的四岁小孩。”

帕克叹了口气。

爸爸问：“你不能让她回心转意吗？”

“我根本没法跟她说上话。”

“很可惜你没办法和你妈聊聊。我就只有穿上帅气的制服追女孩这一个法宝。”

埃莉诺

放假的第二个星期，天还没亮，埃莉诺妈妈就叫醒她：“你要跟我去商店吗？”

埃莉诺说：“不要。”

“别这样，我需要帮手。”

妈妈腿长，走路很快。埃莉诺得三步并两步才跟得上她。她说：“好冷。”

“我告诉过你要戴帽子的。”妈妈还叫她穿袜子，但是这两样搭配埃莉诺的范斯帆布鞋，看起来会很可笑。

步行到杂货店花了大概四十分钟。

到了后，妈妈为两人各买了一个隔夜的奶油可颂面包和一杯咖啡。埃莉诺把奶精和糖块扔进咖啡里，跟着妈妈去找廉价箱里的商品。她妈妈有一个癖好，喜欢成为第一个去店里，在压扁的罐头和麦片盒里寻宝的顾客。

之后，她们去了“好心”二手店，埃莉诺找到一叠《模拟音响》杂志，坐在家具区看起来最不恶心的沙发上读了起来。

要走时，妈妈从后面赶了上来，把一顶丑得不行的针织帽硬套在她头上。

埃莉诺说：“好极了，现在我要长头虱了。”

回家的路上，她觉得心里舒畅多了。（或许这是此行的目的。）天还是很冷，但是太阳已经出来了。妈妈哼唱起琼妮·米契儿[①]那些关于云和马戏团的歌。

埃莉诺差点全盘托出自己的秘密。

关于帕克、提娜、校车、打架的一切，还有发生在帕克爷爷家和露营拖车之间那块地的那件事。

她能感觉这些事都躲在她的喉底，踞坐于舌后。压抑它们很辛苦，她泛起泪光。

塑料购物袋的提手勒进她的手掌心。埃莉诺摇摇头，咽下一切。

---

① 琼妮·米契儿（Joni Mitchell），加拿大女歌手。

帕克

有一天，帕克骑车不断在她家附近绕来绕去，直到她继父开卡车出门，她家的一个孩子跑到屋外雪地玩耍。

是她的大弟弟，帕克想不起他的名字。帕克走到屋前，男孩紧张地跑上台阶。

帕克说："喂，等一下，拜托，呃……你姐姐在家吗？"

"梅西？"

"不是，是埃莉诺……"

那男孩说："我不告诉你。"一溜烟跑回屋里。

帕克掉转车头，骑走了。

32

埃莉诺

平安夜那天，装着菠萝的箱子到了，那场面简直让人以为是圣诞老人背了一大袋玩具分给她家每个人。

班恩和梅西已经在抢夺箱子，梅西想拿来装芭比娃娃。班恩没东西可放，但埃莉诺还是希望他赢得箱子。

班恩快十二岁了，雷奇认为他太大了，不该跟姐妹们还有小婴儿挤一个房间，他带回一张床垫放在地下室，现在班恩得跟那只狗还有雷奇的举重器材睡一起。

在老家时，班恩连走到地下室把衣服放进洗衣机都不敢，而那里的地下室至少还铺过地面，是干的。班恩害怕老鼠、蝙蝠、蜘蛛，以及一切关了灯后就出来活动的东西。因为班恩企图爬到地下室楼梯口睡觉，已经被雷奇吼过两次。

和菠萝一起来的还有一封她舅舅和舅妈的信。埃莉诺妈妈先读，她感动得哭了，兴奋地说："哇，埃莉诺，基奥夫要你暑假去他们那儿，他说大学里有个计划是替高中尖子生设的暑期营……"

那是到圣保罗市，一个她不认识任何人，而且没有帕克的暑期营。埃莉诺还没想清楚，雷奇就一口拒绝了。

"你不能把她一个人送到明尼苏达。"

"我哥哥在那儿啊。"

"他哪懂青春期女孩？"

"你知道我高中时跟他住。"

"是啊，所以他就放任你搞大肚子……"

班恩牢牢趴在菠萝箱上，梅西踢着他的背。两人都大吼大叫。

雷奇咆哮："他妈的不过是个箱子！早知道你们圣诞礼物只要箱子，我大可以省下那些钱！"

这下大家安静了。他们都没想过雷奇会买圣诞礼物。他说："我该让你们等到圣诞节早晨的，但是我受够这个场面了。"

他把香烟塞进嘴里，穿上靴子。他们听到卡车门打开，雷奇捧着一个沙柯普零售连锁店的大袋子回来，开始朝地上扔盒子。

他说："鼠鼠的。"一台遥控的大脚怪物卡车。

"班恩的。"大大的玩具赛车跑道。

"梅西的……因为你喜欢唱歌。"雷奇拉出一个键盘乐器，是真的电子琴。很可能是什么不知名厂牌的便宜货，但依然是个电子琴。这个他没扔在地上，而是交给了梅西。

"还有小雷奇……小雷奇呢？"

妈妈说："他在睡午觉。"

雷奇耸耸肩，把一只泰迪熊扔在地板上。袋子空了，埃莉诺又心寒又如释重负。

雷奇掏出钱包，抽出一张钞票："喏，埃莉诺，来，拿去，给自己买些正常的衣服。"

她看看妈妈，妈妈面无表情地站在厨房门口。她走过去接过钱，五十元钞票。

埃莉诺尽量以平淡的语气说："谢谢。"然后坐到沙发上。孩子们正在拆礼物。

鼠鼠不断地说："谢谢，爸爸。哦，老天，谢谢，爸爸！"

雷奇说："没错，不客气，不客气，这才叫圣诞节。"

雷奇一整天都待在家里看孩子玩玩具。或许酒吧平安夜没开吧。埃莉诺躲到卧室避开他，避开梅西的新键盘。

她厌倦了思念帕克。她只想见到他。就算他真的以为她是个神经病，写一堆标点符号错误的字条威胁自己，就算他的整个性格形成期都在和提娜亲嘴，这些都没有糟糕到让埃莉诺不想要他。（她也不禁怀疑：到底要多糟，她才会放弃？）

或许她现在就该去他家，假装什么都没发生过。如果今天不是平安夜，她真的会去。为什么耶稣总是不配合她？

过了一会儿，妈妈进来说要出去买圣诞晚餐的食物。

埃莉诺说："我马上出来照顾孩子。"

妈妈微笑说："雷奇让我们一起去，全家一起去。"

"但是，妈……"

妈妈轻声说："你别找麻烦了，今天大家很愉快。"

"妈，拜托……他已经喝了一整天酒。"

妈妈摇摇头说："雷奇没事的，他开车向来没问题。"

"我不认为你说他总是酒后驾车是个好论点。"

妈妈踏进房间，关上房门，压低声音，愤怒地说："你就是受不了是吧？"她看看埃莉诺，摇头说："我知道你正在那个什么阶段，但是大家今天都很开心。这屋里的每个人都值得拥有快乐的一天。

"埃莉诺，我们是一家人。全部，包括雷奇。我很遗憾这让你这么不快乐，也很遗憾你在这儿不能事事如意。不过，这就是我们眼前的生活。你总不能一天到晚耍小性子，你不能一直破坏这个家，我不会让你得逞的。"

埃莉诺咬紧了牙关。

妈妈说："我必须替每个人着想，你明白吗？我得替自己着想。过几年，你就独立了，单飞了，但雷奇还是我的丈夫。"

埃莉诺想，要不是知道妈妈其实处于最疯狂的状态，只是努力维持表面理性而已，你甚至会以为此刻她神志几近正常。

妈妈说："起床，穿外套。"

埃莉诺穿上外套，戴上新帽子，跟在弟弟妹妹后面，走向五十铃货车的后车厢。

他们到达实惠连锁超市后，雷奇等在卡车上，其他人下车，一走进超市，埃莉诺就把那张揉成一团的五十元钞票递到妈妈手里。

妈妈没说谢谢。

帕克

他们在采买圣诞大餐，这很花时间，只要招待帕克奶奶吃饭，帕克妈妈就很紧张。

妈妈问："奶奶喜欢哪种馅料？"

"培珀莉牌。"帕克靠在推车后面踢着轮子。

"培珀莉原味，还是玉米面包口味？"

"我也不知道，原味吧。"

"如果你不清楚，别告诉我……你看，"妈妈突然望着他背后，"你的埃拉娜。"

埃——拉——娜。

帕克立马转头，看见埃莉诺站在肉柜前，旁边是她四个红头发的弟弟妹妹。（不过，在埃莉诺旁边，谁都称不上红发。谁都不行。）

一个女人拿了一只火鸡放进推车。

帕克想那女人一定是埃莉诺妈妈，两人长得一样，只是她妈妈的五官比较尖锐立体。她像埃莉诺，只是高一些；她像埃莉诺，只是累一些。她就像坠落凡尘的埃莉诺。

帕克妈妈也盯着他们看。

帕克说："妈，走吧。"

妈妈问："你不过去打招呼吗？"

帕克摇摇头，但并没转身走开。他不认为埃莉诺希望他过去打招呼，就算是，他也不希望给埃莉诺惹麻烦。要是她继父也在呢？

埃莉诺看起来不一样了，她比平日更没有生气，头上没戴乱七八糟的东西，手腕上也没有。

她看起来仍旧很漂亮。他的双眼、他的全身都渴望着她。他真想跑过去跟她说——他是多么抱歉，他又是多么需要她。

埃莉诺没看见他。

他再次低声说："妈，走吧。"

帕克以为妈妈上车后会再说些什么，但是她很安静。到家后，她说她累了，要帕克把东西拿进屋，然后整个下午她都关着门待在卧室。

晚餐时爸爸进房看她，一小时后，两人一起出来了，说去必胜客吃晚饭。乔许问："圣诞夜吃必胜客？"圣诞夜，他们一向吃华夫饼，一起看电视，已经租了《比利·杰克》。爸爸说："通通给我上车去。"帕克妈妈眼睛通红，出门前甚至没补眼妆。

回家后，帕克直接进了卧室。他想独自一人回想见到埃莉诺的那一幕。但是几分钟后，妈妈进房了，一屁股坐到他的床上，床连动都没动。

她拿出一个圣诞礼物："这是给你的……埃莉诺的，我送的。"

帕克看看那礼物，接了过来，却摇头说："我不知道我有没有机会交给她。"

妈妈说："你的埃莉诺，她来自一个大家庭。"

帕克轻轻晃了晃礼物。

妈妈说："我也来自大家庭。三个妹妹，三个弟弟。"她伸出手，好像在拍六个弟妹的头。

看得出来刚才晚餐时，她喝了一杯水果酒，因为她平时从来不谈韩国的事。

帕克问："他们叫什么名字？"

她说："大家庭，所有人，所有支出……都被绷得很紧，薄得跟纸一样。你知道吗？"她做出扯破纸的姿势："你明白吗？"

她可能喝了两杯水果酒。

帕克说："我不确定。"

她说："什么都不够，要什么没什么。如果你老是挨饿，就满脑子都是饥饿。"她敲敲额头："你知道吗？"

帕克不知道该怎么回答。她摇头说："你不知道，因为我不想让你知道……我很抱歉。"

他说："不必抱歉。"

"我很抱歉我对待埃莉诺的方式。"

"妈，没关系的。不是你的错。"

"我说的方式不对……"

帕克爸爸站在门口，柔声说："没关系的，敏蒂。上床吧，宝贝。"他走到床边，扶帕克妈妈起身，以保护的姿态搂住她，对帕克说："你妈只想让你快乐，别因为我们而跟埃莉诺吹了。"

他妈妈皱皱眉，不确定这算不算粗话。

帕克等到父母房间的电视关了，又等了半小时，抓起外套，从屋子另一头的后门溜出去。

他拼命地跑，一直跑到直到巷子尽头。

埃莉诺就近在咫尺。

她继父的卡车停在车道上。这样也好，帕克可不希望站在他家前廊时，被埃莉诺的继父回头逮个正着。她家一片漆黑，似乎也看不见狗的身影。

他蹑手蹑脚爬上阶梯。

他知道哪个房间是埃莉诺的，有次她说她的床铺靠窗，还是上铺。他站在窗旁，以免影子映上玻璃。他打算轻敲窗户，如果探头的不是埃莉诺，他就拔腿逃命。

帕克敲敲窗户顶端。没动静。玻璃后面的窗帘，还是床单什么的，动也没动。

她可能在睡觉。他更用力地敲，并准备随时拔腿逃走。帘子掀起一角，但是帕克没法往里面看。

他该跑？还是该躲？

他面对着窗户，帘子又掀开了些。他看见埃莉诺的脸，她吓惨了。

她轻声说："走开。"

他摇摇头。

她再度轻声说："走开。"然后用手一指说学校。至少帕克认为她说的是学校。他拔腿就跑。

埃莉诺

埃莉诺满脑袋想的都是，如果有人从这窗户闯进来，她该从哪里逃出去打911？

经过上次事件，警察可能来都不来了。但至少，她可以吵醒那个混蛋吉尔，吃了他那些天杀的布朗尼。

她怎么也想不到是帕克站在窗外。

她来不及阻止自己，一颗心就飞到他身边。他会让他们都丧命的，雷奇曾为比这更琐碎的小事开枪。

帕克刚从窗前消失，埃莉诺马上像那只蠢猫一样溜下床，摸黑穿上胸罩和鞋子。她穿了一件特大的T恤，还有她爸爸以前的旧法兰绒睡裤。外套放在客厅了，所以她套上了毛衣。

梅西看电视睡着了，因此从下铺爬窗出去要省事多了。

埃莉诺蹑手蹑脚穿过前廊，心想：这一次他肯定会把我踢出门，肯定会是他这辈子最爽的圣诞节了。

帕克等在学校的台阶上，就是他们坐着一起读《守望者》的地方。他一看见她，就急忙冲过来，真的是冲。

他冲过来，双手捧起埃莉诺的脸，她还来不及说不，他就吻了下去。她也回吻，根本来不及提醒自己以后别再吻人，尤其是帕克，看看之前他把她害得多惨啊。

她哭了，帕克也是。她摸他的脸颊，全湿了。

温暖。帕克好温暖。

她脖子往后仰，以前所未有的方式亲吻着帕克，好像她不再害怕犯错了。

帕克往后退，说他很抱歉，埃莉诺摇头说不，尽管她的确希望帕克道歉，但是她更想吻他。

帕克脸贴着她的脸："我很抱歉，埃莉诺，所有的一切，我都错了，全错了。"

她说："我也抱歉。"

"为什么？"

"我一天到晚生你气。"

他说："没关系，有时候我喜欢这样。"

"但不是总喜欢。"

他摇头。

她说："我根本不知道为什么会这样。"

"没关系。"

"但是为提娜的事生气，我可不道歉。"

他顶着埃莉诺的额头，直到自己的额头发疼，说："别提她的名字了，她无足轻重，你才是我的……全部。你就是我的一切，埃莉诺。"

他再度亲吻她，她张开双唇。

他们一直待在外面，直到帕克怎么揉都没法让埃莉诺双手变暖，直到她的双唇因寒冷和亲吻而麻木。

他打算陪她走回去，埃莉诺说那是自找死路。

他说："那你明天来找我。"

"没办法，明天是圣诞节。"

"那后天。"

她说："后天。"

"还有大后天。"

她笑了："我不认为你妈会高兴，我不认为她喜欢我。"

他说："你错了。走吧。"

埃莉诺爬上前廊阶梯时，听到帕克在低声念她的名字。她转过身，但是看不清阴影处的他。

他说："圣诞快乐。"

她微微一笑，没回话。

33

埃莉诺

圣诞节那天，埃莉诺一直睡到中午，直到妈妈进房叫她起床。

“你没事吧？”

“我在睡觉。”

“你看起来好像感冒了。”

“这代表我可以继续睡？”

“应该可以。埃莉诺，”妈妈踏进房间，压低声音，“我跟你说，我会跟雷奇谈今年暑假的事，大概可以改变他的心意，让你去参加那个暑期营。”

埃莉诺睁开眼：“不，不。我不想去。”

“我还以为你会抓住机会离开这里。”

埃莉诺说：“不。我不想再一次离开你们所有人。”她简直是百分之百的混蛋，但是只要暑假能跟帕克在一起，让她说什么都可以。（她也不打算告诉自己，到那时，帕克可能已经厌倦她了。）她说：“我想待在家里。”

妈妈点点头说：“好吧，那我就不提了。不过要是你改变心意……”

埃莉诺说：“不会的。”

妈妈离开了房间，埃莉诺假装继续睡。

帕克

圣诞节，他睡到了中午，直到乔许拿妈妈美发用的水瓶喷他。

“爸爸说你要是不起床，就把你的礼物都给我。”

帕克拿起枕头砸乔许。

大家都在等他，一屋子的烤火鸡味。奶奶要他先拆她的礼物——新的“吻我，我是爱尔兰人”T恤。比去年的大一号，代表帕克这一年又长高了。

爸爸妈妈给他五十元的“极端塑料”礼券，那是一家朋克摇滚唱片店。（帕克很惊讶他们居然想到给他这个，也很惊讶“极端塑料”居然有礼券，这可一点都不朋克。）

他还收到两件他很有可能穿的黑毛衣、电吉他形瓶子的雅芳古龙水，以及一个空的钥匙圈——他爸爸确保每个人都注意到了这个礼物。

帕克的十六岁生日来了又去，他根本不再在乎拿驾照开车上学。他可不要放弃跟埃莉诺在一起的时光。

她已经说了，尽管昨晚很棒（两人都同意这一点），她却不能再冒险溜出来了。

“说不定我哪个弟弟妹妹会醒来，他们还是会告发我，肯定会。他们分不清敌友。”

“要是你悄悄地……”

这时她才说了，多数晚上，她跟弟弟妹妹同睡一间，全部。房间大小和他的差不多，她说：“只是没有水床。”

他们背靠着小学的后门，坐在一个如果不认真找根本没人会看见的小凹处，在那里，雪花也不会落在脸上。他们肩并肩坐着，面对着彼此，拉着手。

现在他们之间毫无隔阂，自私与愚蠢不再挡在两人之间了。

“所以，你有两个弟弟两个妹妹？”

“三个弟弟，一个妹妹。”

“他们叫什么名字？”

“干吗问？”

他说：“问问而已，机密吗？”

她叹气：“班恩，梅西……”

“梅西？”

“是啊。还有鼠鼠，他叫杰洛麦亚，五岁。还有婴儿，小雷奇。”

帕克笑了，说：“你们叫他小雷奇？”

“呃，他爸爸是大雷奇，虽然他块头并不大……”

“我知道。我是说小雷奇就像小理查，《水果冰淇淋》[①]？”

“我的天，我从没想过这个啊。为什么我没想过？”

他拉着埃莉诺的手放在胸前，他还没碰过埃莉诺下巴以下、手肘以上的地方，她未必会阻止，万一阻止了呢？肯定很糟。反正，她的双手和脸就已经很棒了。

“你们相处得还好吗？”

“有时候吧……他们全是疯子。”

“五岁小孩怎么会疯？”

“天啊，你说鼠鼠？他最疯了。总是在后裤袋放把锤子、长耳大兔之类的东西，还拒绝穿衬衫。”

帕克笑了，问：“梅西又是怎么疯？”

“哦，她很凶。首先，她打起架来跟街头混混没两样，会扯掉你的耳环的那种打法。”

---

① 小理查（Little Richard），美国摇滚先锋。《水果冰淇淋》（Tutti Frutti）是他的著名歌曲。

“她几岁？”

“八岁，不，九岁了。”

“班恩呢？”

她转头望向别处：“班恩你见过了，跟乔许差不多年纪，他该剪头发了。”

“雷奇也讨厌他们吗？”

埃莉诺把他的手推开：“你干吗说这些？”

他把手推回去：“因为这是你的生活，因为我感兴趣。感觉好像你自己搭起了许多奇怪的障碍，只允许我接触到一小部分的你……”

她双臂抱胸：“是啊。障碍。警戒线。我这是为你好。”

他说：“其实不用。我能应付的。”他的拇指放在她眉间，企图抚平她紧皱的眉头，说：“我们这次愚蠢的吵架就是为了无谓的秘密。”

“你有前任女友的秘密，我可没有什么前任的秘密要守。”

“雷奇也讨厌你的弟弟妹妹吗？”

她低声说：“别再提他的名字了。”

帕克也低声回答：“对不起。”

“我想他恨所有人。”

“不包括你妈吧？”

“特别是她。”

“他对她坏吗？”

埃莉诺翻翻白眼，用睡衣袖子抹抹脸：“嗯，对。”

帕克再度握起她的手：“那她为什么不离开他？”

埃莉诺摇摇头说：“我不认为她有办法……我觉得她已经只剩一具空壳了。”

他问：“你妈怕他吗？”

“是……”

“你怕他吗？”

“我？”

“我知道你怕被赶出去，但是你怕他吗？”

她抬起下巴：“不，不……我只需要躲得远远的，你知道吗？只要别碍着他就没事。我只需要做个隐形人。”

帕克笑了。

她问：“干吗？”

“你。隐形。”

她微笑了。帕克放开她的手，捧起她的脸。她双颊冰冷，黑夜中，她的双眼深不可测。

他的眼睛只能看见她。

终于，天冷到他们无法待在外面了，就连他们的嘴都冻得冰凉。

埃莉诺

雷奇说埃莉诺得滚出来吃圣诞晚餐。好吧，反正她真的感冒了，至少不会看起来像是一整天都在装病。

晚餐非常棒。只要有真正的食材（豆荚之外的东西），她妈妈还真能烧出一桌好菜。

有烤火鸡和填料、淋满茴香与奶油的土豆泥。甜点是米布丁和胡椒饼干，这两样，她妈妈只有圣诞节才会做。

至少当年规矩如此，那时他们家一直有饼干吃，孩子们根本不会错过什么。埃莉诺和班恩还小时，妈妈一天到晚烤东西。埃莉诺一下课，厨房里就有刚出炉的饼干。每天还有真正的早餐可吃，蛋、培根、松饼、香肠，或者淋了鲜奶油和黄糖的燕麦粥。

埃莉诺曾以为这是她胖的原因。但是看看现在的她，一天到晚吃不饱，还是虎背熊腰。

他们全都狼吞虎咽，活像那是最后的晚餐，事实也的确如此，这顿之后，他们会有一段时间没正经的晚餐可吃。班恩吃掉两根火鸡腿，鼠鼠吞掉了一整盘土豆泥。

雷奇又喝了一整天的酒，晚餐时他很开心——一直在笑，笑得很大声。但是他心情好时，你却开心不起来，因为这种好心情跟坏心情只有一线之隔。他们都在等着他跨越那条线……

发现没有南瓜派时，他跨线了。

他用汤匙翻搅着杏仁米布丁，说："这是什么破玩意儿？"

班恩满嘴火鸡肉，口齿不清地说："那是米布丁。"

雷奇对着厨房大声嚷："我知道这是布丁，莎宾娜，南瓜派呢？我要你做一顿真正的圣诞晚餐，我给了你钱，让你弄个真正的圣诞晚餐。"

妈妈站在厨房口，她还没坐下来吃："这是……"

埃莉诺心里说，*这是传统丹麦圣诞甜点，我外婆做这个，我外婆的外婆也做这个，它比南瓜派好吃，它很特别。*

妈妈说："是这样的……我忘了买南瓜。"

雷奇说："你怎么能在圣诞节忘记买该死的南瓜？"他把不锈钢盆装的米布丁向埃莉诺妈妈身旁的墙上扔过去，湿乎乎的布丁碎片飞溅得到处都是。

除了雷奇，每个人都静静坐着不敢动。

他摇摇摆摆地从椅子上起身："我要出去买南瓜派……这个家才他妈能吃个真正的圣诞晚餐。"

他走向后门。

一听到他的卡车开走，埃莉诺的妈妈就拿起布丁盆，把地板上的布丁碎片刮起来。

她问："有谁要加樱桃酱？"

他们都要。

埃莉诺清理了剩下的布丁，班恩打开电视，他们看《圣诞怪杰》《雪人来了》《圣诞颂歌》。

妈妈坐下来一起看。

埃莉诺忍不住想，如果过去的圣诞精灵现身，看见他们的处境，肯定难过死了。不过埃莉诺上床时觉得肚子饱饱的，很快乐。

34

埃莉诺

第二天帕克妈妈看见埃莉诺时，似乎并不惊讶，大概事先被警告过。

她极其和气地说："埃莉诺，圣诞快乐，请进。"

埃莉诺踏进客厅，帕克刚从浴室出来，不知为什么，这情景有点尴尬。他的头发湿湿的，T恤贴在身上。看见埃莉诺，他很开心。这显而易见。（感觉真好。）

她不知道该拿礼物怎么办，因此当帕克走向她，她就一把把礼物塞给他。

他惊讶地笑了："给我的？"

她说："不是，这是……"不过她想不出什么俏皮话，只好说："是啊，给你的。"

"你不必送我东西的。"

"是不必，真的。"

"我可以打开吗？"

她还是想不出俏皮话，只好点点头。幸好他的家人都在厨房，没人在看。

礼物是用信纸包装的，是埃莉诺最喜欢的信纸，上面是水彩画的仙女和花朵。

帕克小心地揭开包装纸，看着里面的书。那是《麦田里的守望者》。非常旧的版本，埃莉诺决定保留积满灰尘的书封，看起来很酷，虽然书皮上还有二手书店用油性笔涂写的价钱。

她说："我知道这很做作。本来要送你《瓦特希普高原》的，不过那本书写的是兔子，不是所有人都喜欢读兔子的故事……"

帕克微笑着看着书。有那么一瞬间，埃莉诺以为他会打开封面。她可不希望他读到她写的东西。（至少不是当着她的面。）

他问："这是你的书吗？"

"是啊，我读过了。"

他露出笑脸："谢谢你。"当他真的很开心时，眼睛就会整个在脸颊上失踪。他说："谢谢。"

埃莉诺低头："不客气，只是千万别干杀约翰·列侬之类的事[①]。"

他拉着埃莉诺的夹克前襟说："来，来这儿。"

她跟着帕克到他的房间，却在门口止步，好像有道无形的防线。帕克把书放在床上，从架子上拿下两个小包裹，全用圣诞包装纸包着，系着大红蝴蝶结。

她倚着门框，他走到门口，站在她身边。他举起其中一包说："这是我妈送的，香水，拜托了，别擦。"他眨了一下眼睛，然后注视着她："这是我送的。"

她说："你不必送我礼物的。"

"别傻了。"

她没接过礼物，帕克拉起她的手，硬塞给她。

他拨一拨刘海，说："我想过送除了你之外别人都不会注意的礼物，这样你就不必跟你妈解释了，比如，我原本很想送你一支很棒的笔，但

---

① 暗杀约翰·列侬（John Lennon，披头士乐队成员）的马克·戴维·查普曼（Mark David Chapman）极其迷恋《麦田里的守望者》。暗杀列侬那天，他买了一本《麦田里的守望者》，写上"这是我的宣言"，签上书中主角的名字。受审时，他也在法庭引用这本书的话。

是……”

他看着埃莉诺拆礼物，这让她很紧张，不小心撕裂了包装纸。他拿开包装纸，埃莉诺打开灰色的小盒子。

那是一条薄薄的银项链，搭配小小的项坠，一朵银色紫罗兰。

帕克说：“要是你不能收，我也能谅解。”

她不该收的，但是她太想要了。

帕克

笨死了。他该买笔的。首饰简直是张扬……又私密，这也是他买下的原因。他不能买笔或书签给埃莉诺，埃莉诺和书签配不到一块儿。

买那条项链乎花光了帕克存来买汽车音响的钱。他是在购物中心那家卖订婚戒指的银楼看到的。

他说：“我保留了收据。”

埃莉诺抬头看他，眼神有帕克看不明白的焦虑，她说：“不，不。好漂亮。谢谢。”

他问：“你会戴吗？”

她点点头。

他顺了顺自己的头发，按着脖子，努力保持镇定：“现在？”

埃莉诺看了他一秒，然后点点头。他拿出盒子里的项链，小心地在她的脖子上扣起。跟他买项链时想的一样。或者这才是他买它的原因。买了，他才能有这种时刻，可以把他温暖的双手放在她的脖子上，埋在她的头发下。他的指尖顺着链子滑到她的喉咙，替她调整项坠。

她颤抖了。

帕克想要拉着项链，拉到他胸前，让埃莉诺在他胸口停泊。

他迷迷糊糊地放手，靠在门框上。

埃莉诺

他们坐在厨房玩纸牌极速接龙。是她教帕克的，开始几回合，她总是赢，然后她开始漫不经心。（跟梅西玩也是这样，几回合后，梅西就开始赢了。）

尽管他妈妈也在，在厨房玩牌还是胜过坐在客厅，她满脑子胡想要是家里只有他们两人，会干什么。

他妈妈问圣诞节过得怎么样，她回答说很好。她又问："你们吃什么？火鸡还是火腿？"

埃莉诺回答："火鸡，还有茴香土豆，我妈是丹麦人。"

帕克停下手里的牌，看着她。她朝帕克睁大眼，意思是：*怎么？我就是丹麦人。闭嘴*。如果他妈妈不在，她肯定会这样说。

他妈妈一脸恍然大悟的表情："难怪你有这么漂亮的红发。"

帕克对着埃莉诺笑，埃莉诺翻了翻白眼。

他妈妈跑去给爷爷奶奶送东西时，帕克用没穿袜子的脚在桌子底下踢埃莉诺。他说："我不知道你是丹麦人。"

"从我们彼此不能再有秘密开始，我们都要来这种火花四射的对话吗？"

"是的。你妈是丹麦人？"

她说："是的。"

"你爸呢？"

"狗屁。"

他皱眉。

"干吗？是你要我坦白的。'狗屁'要比'苏格兰人'来得写实。"

帕克笑了："哦，苏格兰人。"

埃莉诺思索过，帕克想要的新安排，就是彼此完全坦诚。她不认为自己可以在一夕间改变，全盘抖出丑恶的事实。

要是他错了呢？要是他无法承受事实呢？

如果帕克明白，她的有趣与神秘其实只是——悲凉呢？

他问埃莉诺圣诞节过得怎样，埃莉诺说了妈妈做的饼干，还有电影，还有鼠鼠以为《圣诞怪杰》的故事重点在"糊涂村的好笑鬼"[①]。

她有点期待帕克会说，哦，现在，告诉我那天发生了什么破事吧。但他没有，他只是笑了。

他问："要不是因为你继父，你妈妈会接受我吗？"

埃莉诺说："我不知道。"她这时才发现，自己紧握着那朵银色紫罗兰项坠。

接下来的圣诞假期，埃莉诺都待在帕克家。他妈妈似乎不介意，他爸爸则总要她留下来吃晚饭。埃莉诺的妈妈以为她都跟提娜在一起，有次她说："我希望你可别把人家的好心都耗光了。"

还有一次，她说："提娜也可以来我们家，你知道的。"母女俩都知道这是笑话。

没人带朋友回家。孩子们不会，雷奇也不会。她妈妈则根本就没有朋友。

以前她有。埃莉诺的爸爸妈妈尚未分手时，家里总是有人，一天到晚举行派对。长发男人和长裙女人，到处摆着红酒杯。

爸爸离开后，家里还是有女性友人造访。单亲妈妈们带着孩子和香蕉代基里鸡尾酒的材料。她们留到很晚，小声聊着前夫，以及谁有了新

① 原文为"The Grinch was about all the hoots down in Hootville"。Hootville村的人极其爱过圣诞，住在该村北面的Grinch则特别讨厌圣诞，打算破坏。Hoots是俚语Hooterville里"超级好笑的人"。

男友。孩子们就在另一个房间玩“麻烦与抱歉”棋盘游戏。

本来雷奇也只是她们口中的故事。情节如下：

她妈妈习惯一大早趁孩子们还在睡觉时走路去杂货铺买东西，那时她们也没车。（妈妈从高中以来就没车。）雷奇每天开车上班都看见妈妈。有一天，他停车跟她要电话，说她是他见过最美的女人。

埃莉诺第一次听到雷奇的大名时正靠着旧沙发读《生活》杂志，喝着不含酒精的香蕉代基里酒。她这不算偷听，妈妈的朋友都喜欢她的陪伴，喜欢她毫无怨言地帮忙照顾孩子，说她有超越年龄的智慧。如果埃莉诺安静不说话，她们有时会彻底忘了她的存在。如果她们喝多了，就更不在乎了。

聊天的某个阶段，她们会放大嗓门对她说：“千万不要相信男人，埃莉诺！”

“尤其是不爱跳舞的那种！”

当妈妈说雷奇形容她美如春日，她们全叹气了，让她多说点。

埃莉诺想，他当然会说妈妈是他见过最美的女人，她的确是。

那时埃莉诺十二岁，无法想象还有什么男人比她爸爸更混蛋，可以让妈妈更惨。

她不知道，世间还有比自私更坏的事。

总之，她尽量在晚餐前离开帕克家，以免真如她妈妈所说的，耗光人家的好心。更重要的是，如果早点走，就有机会比雷奇早一步到家。

每天跟帕克玩严重干扰了她的洗澡程序。（关于这一点，不管她跟帕克多么分享一切、关心彼此，都不会告诉他。）

在她家，唯一的安全洗澡时间是放学后马上洗。如果埃莉诺去帕克家，就得祈祷雷奇还在酒吧厮混，然后她就得洗个速战速决的澡，因为浴室正对着后门，随时可能打开。

她知道偷偷摸摸洗澡让妈妈神经紧张，不过这也不全是埃莉诺的错。她考虑过在学校的更衣室洗澡，不过，因为有提娜那伙人，这可能更危险。

那天午餐时，提娜特意大张旗鼓走过埃莉诺那一桌，低声说了句“臭虫”。（这可是连雷奇都不会用的字眼，肮脏程度难以想象。）

狄妮丝夸张地说：“她有什么毛病啊？”

碧比说：“她以为自己很厉害。”

狄妮丝说：“才不厉害呢，活像个穿迷你裙的小男孩走来走去。”

碧比笑起来。

狄妮丝仍然注视着提娜：“那发型就是不对。她得早点醒悟，决定她是要像法拉·佛西还是雷克·詹姆斯[①]。”

碧比和埃莉诺都笑了。

狄妮丝继续毒舌：“我说啊，姑娘，两者择一，两者，择一啊。”

碧比拍拍埃莉诺的大腿：“嘿，小姐，看，你的男人。”她们全望向餐厅的落地玻璃窗外。

帕克和几个男孩走在一起，他穿着牛仔裤，以及写着“未成年威胁”[②]的T恤。他朝餐厅望，看见埃莉诺，露出了笑脸。碧比笑了起来。

狄妮丝说：“他很可爱。”语气有如颁发合格证书。

埃莉诺说：“我知道。我真想吃了他的脸。”

三人都笑了，直到狄妮丝让他们安静。

---

① 法拉·佛西（Farrah Fawcett），已故美国艳星，以波浪卷发闻名。雷克·詹姆斯（Rick James），美国已故黑人歌手，也是一头长长的卷发。

② 未成年威胁（Minor Threat），美国朋克乐队。

帕克

凯尔说："所以……"

尽管离开餐厅好一段距离了，帕克仍在笑。

"你和埃莉诺，是吧？"

帕克说："呃……是啊。"

凯尔点点头："是啊，每个人都知道。我呢，早就知道了，光看你在英语课上看她的眼神就知道……我只等着你告诉我。"

帕克抬头看着凯尔："好吧。对不起。我和埃莉诺正在交往。"

"之前干吗不告诉我？"

"我以为你知道。"

凯尔说："我的确知道，但是，你知道我们是朋友啊，朋友应该无话不说。"

"我不认为你能明白……"

"我是不明白。虽然这么说有点不敬，但埃莉诺还是会吓到我。不过要是你已经搞上手——真正搞上手的话，我要知道全部内情，我要你他妈给我完整报告。"

帕克说："就是因为这样，我才没告诉你。"

35

埃莉诺

帕克妈妈让他摆餐具，这正是埃莉诺该回家的提示。太阳已经西沉。帕克还来不及阻止，她就已经跑下了台阶……差点和站在车道上的帕克爸爸撞个满怀。

他说："嗨，埃莉诺。"吓了埃莉诺一跳。他不知道正在卡车后车厢那里搞什么。

她也说："嗨。"然后迅速跑过他身边。帕克爸爸真的很像"夏威夷神探"。这让她很难习惯。

他说："喂，等等。过来一下。"

埃莉诺的胃顿时一紧。她停住脚，往前一步，仅仅一步。

他说："是这样的，每次都要叫你留下来吃晚饭，实在很烦。"

她说："哦。"

"我的意思是，这个晚餐邀约是永远有效的。我们永远……欢迎你，好吗？"

他的表情并不自在，这让埃莉诺也不自在了，比平时在他身边更加不自在。

她说："嗯……"

"我说，埃莉诺，我认识你继父。"

这句话后面可能有一百万种发展，每种都极其恐怖。

帕克爸爸一手搭着卡车，另一手摸着后脑勺，仿佛很痛苦：“我们是一起长大的。我比雷奇大，这个区太小了，我也混过雷奇爱去的那个断轨酒吧……”

太阳已经落山，埃莉诺看不清帕克爸爸的脸，也还弄不清他到底想说什么。

帕克爸爸走向她，终于说：“我知道你继父不是个好相处的人，我是想说，你知道，要是待在这儿日子比较好过，你就过来吧。我和敏蒂都会开心些，知道吗？”

她说：“好的。”

“所以这是我最后一次开口邀请你留下来吃晚饭。”

埃莉诺笑了，帕克爸爸也回以笑容，有那么一刹那，比起汤姆·塞立克，他更像帕克。

帕克

埃莉诺坐在沙发上握住他的手。在厨房，两人就隔着家庭作业对坐……他帮奶奶搬杂货，她也帮忙。他妈妈做的每一样东西她都礼貌地吃完，包括恶心的洋葱煮肝……

他们总是在一起，但总还觉得不够。

他还是没能将她整个搂入怀中，还是没有足够的机会吻她。她不肯跟他待在他房里……

他说：“我们可以听音乐。”

“你妈妈……”

“她不会在意的。我们可以打开房门。”

“我们要坐哪里？”

“我的床上。”

“天啊，不。”

“地板上。”

“我不想让你妈妈认为我是那样的女孩。”

他甚至不确定他妈妈是否认为埃莉诺算女孩。

尽管如此，她还是喜欢埃莉诺的，比以前喜欢了。前几天她还说埃莉诺很有礼貌。

她妈说：“她很安静。”仿佛安静是好事。

帕克说：“她只是紧张。”

“为什么紧张？”

帕克说：“我不知道，她就是会紧张。”

他看得出妈妈依然讨厌埃莉诺的穿着。每当她以为埃莉诺没注意，就会上下打量埃莉诺，频频摇头。

埃莉诺则是一贯对他妈妈彬彬有礼，甚至企图攀谈闲聊。某个周六晚饭后，帕克妈妈正在餐桌旁整理货品，埃莉诺在和帕克玩扑克。埃莉诺望着那些瓶瓶罐罐问：“您当美容师几年了？”

妈妈喜欢“美容师”三个字。

“乔许上学后，我先拿到高中同等学历，然后去上了美容学校，拿执照，拿营业许可证……”

埃莉诺说：“哇。”

妈妈说：“我一直都是做美发的，以前也是。”她打开一个瓶子闻了闻：“我还是小女孩时，就给洋娃娃剪头发、化妆。”

埃莉诺说：“听起来跟我妹妹很像，我反正是永远不会搞这些。”妈妈说：“这不难啊。”她抬头看着埃莉诺，双眼一亮：“哎，我有个好点子，我来帮你做头发。我们来个造型之夜吧。”

埃莉诺呆住了。她想象自己头上插满羽毛，还戴了假睫毛。

她说：“噢，不用……我不行……”

妈妈说：“来嘛，多好玩啊！”

帕克说："妈，不要啦。埃莉诺不想改造啊……"然后马上又加上一句："她不需要改造啊。"

他妈妈说："不会大幅改变啦。"她已经开始摸埃莉诺的头发："我不剪，也不做任何洗不掉的改变。"

帕克哀求地望着埃莉诺，希望她能明白，哀求是因为，他妈妈这样会很开心，而不是认为埃莉诺的造型有什么不对。

埃莉诺问："不剪吗？"

他妈妈摸摸埃莉诺的卷发："车库光线比较好，来吧。"

埃莉诺

帕克妈妈让埃莉诺坐上洗头椅，对帕克打了个手势。让埃莉诺为之心惊（其实她的惊恐就没停过）的是，帕克连忙过来给水槽注水。她从大叠的粉红色毛巾中抽出一条，熟练地围起埃莉诺的脖子，小心地捞起她的头发。

他低声说："对不起，你希望我离开吗？"

她抓住帕克的衬衫，做出"不要"的嘴型，内心想的却是"是的"，羞愧感已经快要让她溶解，她的指尖已失去感觉。

但是如果帕克离开，就没人能阻止他妈妈帮她弄出巨爪型的刘海，或者烫个波浪大卷，或者两者的混合物。

不管发生什么事，埃莉诺都不会阻止她：她是车库美容院的客人。她吃了这个女人烧的饭菜，还粗暴地对待她的儿子，她没资格争论。

帕克妈妈一把推开帕克，坚定地把埃莉诺的脑袋按到水槽里："你用哪种洗发水？"

埃莉诺说："我不知道。"他妈妈摸着埃莉诺的头发说："你怎么可能不知道？感觉太干了，卷发容易干燥，你知道吧？"

埃莉诺摇摇头。

帕克妈妈说："嗯……"然后把埃莉诺的脑袋轻轻往后压入水里，还叫帕克把一个热敷油包放进微波炉加热。

让帕克妈妈帮她洗头，真的很奇怪。她几乎整个人靠在埃莉诺的大腿上，她的天使项链坠就垂在埃莉诺嘴边。此外，整个过程简直就是挠痒痒，痒得要命。埃莉诺不知道帕克是不是在看她，希望他没看。

几分钟后，她的头发被抹上热油，用毛巾紧紧包住，紧得额头都发痛。帕克坐在她对面，努力摆出笑容，看起来却和她一样不自在。

他妈妈正在翻箱倒柜找雅芳的样品："我知道就在这里，肉桂色、肉桂色、肉桂色……啊，找到了。"

她连人带椅子滑到埃莉诺面前："闭上眼睛。"

埃莉诺看着她。她拿着一支小小的棕色笔。

她又说："闭上眼睛。"

埃莉诺问："为什么？"

"别担心，洗得掉的。"

"但是我不化妆。"

"为什么不？"

或许埃莉诺该说家里不许她化妆，这听起来至少比"化妆很假"要好一些。

埃莉诺说："我不知道，那不是我的风格。"

他妈妈看着那支笔："就是这个。肉桂色非常适合你。"

"那是口红？"

"不，是眼线笔。"

埃莉诺尤其不想画眼线。

"干什么用的？"

他妈妈有点生气了："化妆啊，让你变漂亮。"

埃莉诺感觉她眼神中似乎要喷出火来。

帕克说："妈……"

他妈妈说："这样，我画给你看。"她转身面对着帕克，在帕克和埃莉诺都不知道她要干什么以前，她就把拇指按在帕克的眼角。

她低语："肉桂色太浅了。"然后拿起另一支笔："玛瑙黑。"

帕克痛苦地说："妈……"但是他没动。

他妈妈坐下来，这样埃莉诺才能看清楚她的动作。她熟练地沿着帕克的眼皮画出一条线，说："睁眼。"帕克睁开眼。她画了另一只眼，又画了一条下眼线，用口水沾湿拇指，抹掉污渍："看，多漂亮。"

她坐回椅子上，好让埃莉诺看清楚。她说："看，简单，漂亮。"

帕克看起来不是漂亮，而是危险。像"残暴的明"[①]，又像"杜兰杜兰乐队"[②]的一员。

埃莉诺说："你看起来像罗伯特·史密斯。"但是……没错，的确是比较漂亮了。

他低下头，埃莉诺简直无法转移视线。

他妈妈连人带椅子滑到两人中间，对埃莉诺说："好了，现在，闭上眼睛，张开，好……再闭起来……"感觉就像有人拿笔在你的眼皮上画画。画完后，帕克妈妈又拿某种冷冷的东西抹埃莉诺的双颊。

"这是最基本的日常妆，"他妈妈说，"粉底，粉，眼线，眼影，睫毛膏，唇线笔，口红，腮红。八个步骤，用不了十五分钟。"

一副专业的口吻，好像公共电视上的烹饪教学。没一会儿，她就开始拆埃莉诺头上的毛巾，站在埃莉诺背后。

埃莉诺想再看看帕克，现在可以看了，她却不想让帕克看她。她的脸厚重又黏乎，看起来可能像电视剧《女性设计师》中的角色。

帕克把椅子滑过来，开始用拳头轻敲她的膝盖。几秒钟后，埃莉诺

---

① 残暴的明（Ming the Merciless）是漫画《飞侠哥顿》（Flash Gordon）里的暴君，统治蒙哥星球，外貌类似东方人。

② 杜兰杜兰乐队（Duran Duran），八十年代的华丽摇滚乐队。

才明白他要和她玩“剪刀、石头、布”。

她顺从地玩起来。天啊，请给她任何一个碰触帕克的理由，请给她可以直视帕克的理由。他揉过眼睛，这样看起来没那么像描过眼影，但依然是埃莉诺找不到形容词的模样。

他妈妈说：“小朋友们来剪头发的时候，帕克都跟他们玩‘剪刀、石头、布’，让他们分心。埃莉诺，你看起来很害怕，别担心，我保证不会动你的头发。”

埃莉诺和帕克同时出剪刀。他妈妈倒了差不多半罐摩丝到她头上，再用风罩烘干她的头发。（埃莉诺从未听说过这玩意，但显然，它非常重要。）

根据帕克妈妈的说法，埃莉诺处理头发的方式——不知道自己用什么牌洗发水、用梳子梳开头发、用珠子发环或者丝巾绑头发——通通错得离谱。

“她的头发应该用烘一烘，细细揉搓一下，如果可能，最好是睡在绸缎枕头上。”

他妈妈说：“我猜你留刘海会很好看，或许下次我们可以试试。”

埃莉诺对自己和老天发誓：绝对不会有下次。

“好了，完工啦，”帕克妈妈满面笑容，“真漂亮，要看吗？”她把埃莉诺的椅子转向镜子：“啦啦啦，看！”

埃莉诺注视着自己的大腿。”

“你看啊，埃莉诺。看镜子，多漂亮。”

埃莉诺没法抬头看。她可以感觉到帕克也在看她。她恨不得消失，掉进陷阱里。整件事糟透了、惨极了。她简直要哭了。这下她要出丑了。帕克妈妈又会开始恨她。

帕克爸爸突然打开车库门：“嘿，敏蒂，电话。哦，嗨，埃莉诺，看看你，真像《劲歌金曲》节目的伴舞女郎。”

帕克妈妈说：“是吧？我都跟你说了——漂亮。等我回来哦，先别照镜子，照镜子最棒了。”

她匆忙走进屋里，埃莉诺双手遮住脸，不敢弄乱脸上的妆，帕克抓住她的手腕。

他说：“抱歉，我知道你讨厌化妆，没想到你居然这么讨厌。”

“太丢脸了。”

“为什么？”

“因为……你们一直盯着我看。”

他说：“我总是看着你啊。”

“我知道，我希望你不要。”

“我妈只是想更了解你。她最拿手的就是做造型。”

“我看起来像《劲歌金曲》伴舞女郎？”

“没有……”

她说：“啊，天啊，我看起来很像是吧？”

“没有，你自己看……看看吧。”

“我不想看。”

“趁我妈回来前赶快看。”

“除非你闭上眼。”

“好吧，闭上了。”

埃莉诺娜拿开手，看着镜子里的自己。不像她想象的那么难看，因为她看起来根本就是另一个人。颧骨突起，眼睛巨大，嘴唇非常湿润。她的头发依然卷，比本来更卷，但没有那么蓬乱，驯服多了。埃莉诺讨厌极了，全部都讨厌。

帕克问：“我可以睁开眼了吗？”

“不行。”

“你在哭吗？”

“没有。”她当然是在哭。她会毁了这张假脸，帕克妈妈又会开始讨厌她了。

帕克睁开眼坐到梳妆台上，面对着埃莉诺：“有那么糟吗？”

“这不是我。”

“当然是你。”

“我看起来……看起来好像在演戏，好像试图成为别人。”

好像她试图变得漂亮又受欢迎。就是“试图”这个部分让她恶心。

帕克说：“我觉得头发看起来真的不错。”

“这不是我的头发。”

“它是……”

“我不想让你妈看见我这样子。我不想伤她的心。”

“吻我。”

“什么？”

帕克吻了埃莉诺。埃莉诺感觉自己肩膀放松了。她的胃也不再紧扭，朝另一个方向扭转。

她抽开身：“你吻我是因为我看起来像别人？”

“你看起来不像另一个人。何况这种说法很疯狂。”

“你比较喜欢我这种模样？因为我以后不可能再是这样。”

“我喜欢你的旧模样……有点怀念你的雀斑。”他用衣袖抹抹她的脸颊，“这样就可以了。”

她说：“你不过画了眼线，看起来就像另一个人。”

“你喜欢画眼线的我？”

她翻翻白眼，感到脖子红了，她说：“你看起来不一样了，有点令人不安。”

他说：“你看起来还是像你，只是‘音量全开’。”

她又看看镜子。

帕克说：“重点是，我觉得妈妈很收敛，我想她认为这就是你最自然的样子。”

埃莉诺笑了，车库门打开了。

帕克妈妈说："哎，我叫你们等等我的，你吓到了吗？"

埃莉诺点点头。

"你哭了吗？唉，我错过了。"

埃莉诺说："对不起，我把妆弄花了。"

他妈妈说："没事，睫毛膏是防水的，粉底也不会掉。"

埃莉诺小心翼翼地说："谢谢您，我简直不敢相信这样的变化。"

他妈妈说："我帮你弄个化妆盒吧，反正都是我用不到的颜色。帕克，过来，坐下。既然已经在这儿了，我就帮你修修头发吧，你看起来很邋遢。"

埃莉诺坐在他对面，两人在他的膝盖上玩"剪刀、石头、布"。

帕克

埃莉诺看起来像另一个人，帕克不知道他是比较喜欢这个版本，还是根本不喜欢。

他不懂她为什么那么恼怒。有时她好像企图隐藏自己所有的美，好像她希望自己看起来像丑八怪。

这像是他妈妈才会说的话，所以他对埃莉诺只字不提。（这算不算有所保留？）

他能明白埃莉诺想要与众不同。多少算明白。因为她就是与众不同，也因为她不怕自己异于常人。（或许她更畏惧跟别人一样。）

这样的埃莉诺让人兴奋。他喜欢接近这种无畏与疯狂。

他想问她：我是怎样令人不安？

第二天上午，帕克把玛瑙黑的眼线笔带进了浴室，画上去。他画得比较乱，不过或许这样也好，会显得阳刚些。

他望着镜子。妈妈总跟顾客说，这会让你的眼珠整个鲜活起来。果然没错。眼线凸显了他的双眼，也让他看起来不那么白。

帕克按照惯例弄他的头发，全部朝中间拉高，混乱，高耸，好像在空中探索着什么。按照惯例，他弄完这个发型，就会用梳子把头发朝下梳平。

但是今天，他就任由它一团乱。

他爸爸吃早餐时发火了。发火。帕克原本想不跟他打招呼就偷溜出门，但是妈妈在早餐这件事上绝不让步。帕克脸趴在了麦片碗上。

爸爸问："你的头发怎么啦？"

"没什么。"

"等等，看着我……我说看着我。"

帕克抬起头，但是看向别的地方。

"你他妈搞什么，帕克？"

他妈妈说："杰米！"

"敏蒂，你看看，他化妆啦！帕克，你他妈的在搞笑是吧？"

妈妈说："你也没必要说脏话吧。"她紧张地望着帕克，担心是自己的错。或许她不该在帕克幼儿园时拿他做口红样本实验，那倒不是他自己想擦口红……

或许吧。

他爸爸咆哮起来："见鬼，不准这么搞，帕克，去给我洗掉。"

帕克动也没动。

"帕克，去洗掉。"

帕克吃了一口麦片。

他妈妈说："杰米……"

"不行，敏蒂，不行。我已经差不多让这两个孩子为所欲为了，但是这个真的不行，帕克不能像个娘们似的上学。"

帕克说："很多男人都化妆。"

“什么？你究竟在说什么？”

“大卫·鲍伊，还有马克·波伦[①]。”

“别给我放屁，去洗掉。”

帕克握拳敲着餐桌：“为什么？”

“因为这是我说的，因为你看起来像个娘们。”

帕克推开麦片碗：“这很新鲜吗？”

“你说什么？”

“我说，这很新鲜吗？你不是一向都这么想吗？”帕克能感觉眼泪滑过脸颊，但是他不想弄花眼妆。

妈妈柔声说：“去上学吧，帕克，你要赶不上校车了。”

“敏蒂……”爸爸勉强抑制自己，“他会被同学撕成碎片的。”

“你自己说帕克已经长大，算男人了，可以自己做决定了。所以，让他自己决定。由他去吧。”

爸爸没说话，他绝对不会对帕克妈妈提高嗓门。帕克抓住机会，溜出门去。

他去了自己那一站，而不是埃莉诺那一站。他想先解决史蒂夫再来面对她。如果史蒂夫要把他揍成肉酱，他希望埃莉诺不在围观者中。

史蒂夫却几乎提都没提。

“嘿，帕克，我操，哥们，你化妆啦？”

史蒂夫身旁的人笑起来，等着看后续。

史蒂夫说：“你看起来有点像欧兹[②]哦，哥们，活像要啃掉他妈的蝙蝠脑袋。”

大家都笑了。史蒂夫对提娜咧咧嘴，发出咆哮声，整件事结束了。

---

① 大卫·鲍伊、马克·波伦（David Bowie，Marc Bolan），英伦朋克时期巨星。

② 此处是指重金属乐队“黑色安息日”（Black Sabbath）的吉他手欧兹·奥斯朋（Ozzy Osbourne）。

埃莉诺踏上校车时心情不错。她说：“你在啊！你没出现在我家转角，我还以为你生病了。”帕克抬头看着埃莉诺，她似乎有点吃惊，安静地坐了下来，注视着自己的双手。

他终于受不了沉默，问：“我看起来像《劲歌金曲》的伴舞女郎吗？”

她斜眼看着帕克：“不会，你看起来……”

他问：“令人不安？”

她笑着点头。

他问：“怎样的不安？”

她舌吻了他，就在校车上。

36

帕克

帕克和埃莉诺说下课后不必来，他想自己大概被关禁闭了。他到家后马上洗脸，回房间。

妈妈进来看他。

他问："我被关禁闭了？"

她说："我不知道。你今天在学校还好吗？"

她的意思是：有人把你的脸按到马桶里吗？

他说："还好。"

有几个孩子在走廊骂他，他没有像想象中那样受伤，很多人说他看起来很酷。

妈妈坐在他床上。她看起来很疲惫，唇线清晰可见。

她看着帕克床头架子上面成堆的《星际争霸》人偶。他好多年没碰过了。

她说："帕克，你……是不是想装成女孩？是不是这样？埃莉诺穿得像男孩，你就像女孩？"

"不是……"帕克说，"我只是喜欢这样，喜欢这种感觉。"

"像女孩的感觉？"

"不，像我自己。"

"你爸爸……"

“我不想谈他。”

妈妈又坐了一分钟，然后走了。

直到乔许叫他吃晚饭，帕克才离开房间，坐下时，爸爸没抬头看他。

他问：“埃莉诺呢？”

“我以为我被关禁闭了。”

爸爸专心吃着肉丸：“没有。”

帕克环顾着饭桌，只有乔许在看着他。帕克问：“你要谈谈今早的事吗？”

爸爸又咬了一口肉丸，细细咀嚼，然后咽下：“不。帕克，现在，我想不出有什么事要跟你说。”

37

埃莉诺

帕克说得没错，他们根本不可能独处。

她想过偷偷溜出门，但是风险高得超乎想象，更何况外面非常冷。她可能会长冻疮，冻掉耳朵，妈妈绝对会发现。

她已经注意到了埃莉诺的睫毛膏。（虽然那是很淡的棕色，包装上写着“细致天然色”。）

埃莉诺说：“是提娜给我的，她妈是雅芳小姐。”

每次她说谎，只要把帕克的名字换成提娜就行，与其撒千百个小谎，不如撒一个弥天大谎。

只要想到自己每天跟提娜混在一起，互相涂指甲油，试用唇膏，她就觉得好笑。

如果她妈妈真的遇上提娜就完了，不过可能性不高，妈妈从不跟街坊邻居来往。如果你不是出生在佛列兹（也就是如果你的家族没有在这里住过至少十代，如果你爸妈的曾曾祖父母不是同一个人），那么，你在佛列兹就是外人。

帕克总是说，虽然他是个奇怪的亚洲人，人们也不来烦他，是因为这附近还是玉米田时他们家就住在这儿了。

埃莉诺每次想到帕克就脸红。或许她一向如此，只是现在更糟了。因为帕克以前就又可爱又酷，最近，这两者都成倍增长。

就连狄妮丝和碧比都这么认为。

狄妮丝说："他看起来像摇滚巨星。"

碧比附和说："他看起来像艾尔·杜巴吉[①]。"

埃莉诺则认为他看起来像他自己，只是更大胆无畏了。像"音量全开"的帕克。

帕克

他们没有一刻可以独处。

有时候，在去帕克家的路上，他们尽量放慢脚步；有时候就在门口台阶上多待一会儿——直到帕克的妈妈打开门，叫他们不要待在外面，太冷了。

或许夏天来了就好了。他们可以到户外活动，他们可以散步，或许等他终于拿到驾照……

不。从那天吵架到到现在，帕克爸爸还是不跟他说话。

埃莉诺站在门口，比帕克低一个台阶："你爸怎么啦？"

"他在生我气。"

"为什么？"

"因为我不像他。"

埃莉诺十分怀疑："你是说过去十六年他都在生你的气？"

"基本如此。"

她说："可是你们看起来很融洽啊……"

帕克说："不是。我们一向处不来。我的意思是，有段时间我们相处得还不错，因为我在学校打了一架，又因为他认为我妈对你太挑剔。"

① 艾尔·杜巴吉（El DeBarge），美国节奏蓝调歌手。

埃莉诺戳戳帕克的胳膊：“我就知道她不喜欢我！”

“她现在喜欢你了，所以我爸爸又开始讨厌我。”

她说：“可是你爸爱你啊。”埃莉诺把这件事看得很重要。

帕克摇头说：“他不得不啊。他对我很失望。”

埃莉诺把手放在帕克胸前，这时他妈妈打开了门。

她说：“快进来，进来，冷死了。”

埃莉诺

帕克妈妈说：“埃莉诺，你的头发看起来很不错。”

“谢谢。”

埃莉诺没吹头发，但是用了帕克妈妈给她的护发素。而她居然在卧室柜子的毛巾堆里找到一个绸缎枕套，简直就像上帝的信息：埃莉诺，你要好好照顾你的头发。

帕克妈妈真的比较喜欢她了。埃莉诺没再同意过做造型，但是每当她跟帕克待在厨房的桌旁，他妈妈就拿新的眼影给她试，或者帮她搞搞头发。

他妈妈说：“我真该生个女儿。”埃莉诺则想：我该有个这样的家庭。偶尔，她会觉得自己是个叛徒。

38

埃莉诺

星期三晚上最难熬。

帕克要学跆拳道，埃莉诺放学后则直接回家洗澡，然后努力整晚躲在房里读书。

外面还是太冷，所以孩子们在家简直躁动死了。雷奇回家时，他们连躲的地方都没有。

班恩怕雷奇会早早叫他滚到地下室，所以躲在卧室衣柜里玩汽车。

雷奇打开电视看《神探麦克》，妈妈把梅西也赶回卧室，虽然雷奇说她可以留下来。

梅西在房间里踱步，她又无聊又恼怒。她走到双层床前。

“我可以上来吗？”

“不行。”

“求你啦……”

他们的床是青少年尺寸，比双人床小，只够埃莉诺一个人躺，而梅西不是那种瘦巴巴、没几两重的九岁小孩。埃莉诺叹了口气：“好吧。”

她小心翼翼地挪动身体，把葡萄柚盒子塞到身后的角落。

梅西爬上来坐在埃莉诺的枕头上：“你在读什么？”

“《瓦特希普高原》。”

梅西根本没听。她双手抱胸，低声对埃莉诺说：“我们知道你有男朋友了。”

埃莉诺的心跳几乎停了，她马上面无表情地说：“我没有男朋友。”

梅西说：“我们已经知道了。”

埃莉诺望着坐在衣柜里的班恩。他也看着埃莉诺，面无表情。感谢雷奇，他们全是掩饰表情的高手，应该报名参加家庭扑克锦标赛。

梅西说：“是巴比告诉我们的，他姐姐是乔许·谢里登的女朋友，乔许说你是他哥哥的女朋友。班恩说你才不是，巴比就一直笑他。”

班恩没眨眼。

不必绕弯子了，埃莉诺问：“你们要跟妈妈说吗？”

梅西说：“还没告诉她。”

埃莉诺问：“你打算跟她说吗？”埃莉诺努力抑制把梅西推下床的欲望，因为她一定会暴怒。埃莉诺激动地说：“你知道，他一定会把我赶出去的。如果我运气好的话，这就是最惨的下场。”

班恩低声说：“我们不会说的。”

梅西靠着墙壁：“这太不公平了。”

埃莉诺问：“什么？”

梅西说：“你总是可以出去，这不公平。”

埃莉诺问：“你要我怎样？”

班恩与梅西望着她，那是绝望，又近乎……希望。

这屋里的每个人嘴里吐出来的话都是绝望。

对埃莉诺来说，绝望不过是噪音——“希望”的肮脏小手指才会撕扯她的心。

她很确定自己今天不正常，因为她张开嘴，出来的不是温柔和气的话语，而是近乎冷酷恶劣，她说：“你要是以为我会带你们一起走，就错了，我不能带。”

班恩说：“为什么不？我们可以跟其他孩子一起玩。”

埃莉诺说：“不是你们想的那样，没有其他孩子。”

梅西说："你根本不关心我们。"

埃莉诺咬咬牙："我关心，我只是……帮不了忙。"

门打开了，鼠鼠走进来："班恩，班恩，我的车呢，班恩？我的车呢？班恩？"他毫无缘由地冲到班恩身上。有时你无法确定鼠鼠冲到你身上是要拥抱你，还是要杀了你。

班恩想静静地推开鼠鼠，埃莉诺用书扔他。（天啊。平装本的。）

鼠鼠跑出房间，埃莉诺从床上弯腰关上门。她不用下床，就能打开五斗柜。

她说："我帮不了忙，我连自我自己都帮不了。"听起来像完全不管他们的死活。

梅西脸色冷硬。

埃莉诺说："求你了，别说出去。"

梅西和班恩交换眼神，然后，脸色依然冷硬灰暗的梅西转头问埃莉诺："我们可以用你的东西吗？"

埃莉诺问："哪些东西？"

班恩说："你的漫画。"

"那不是我的。"

梅西说："你的化妆品。"

他们说不定已经把床上的物品都他妈的编号了。最近，她的葡萄柚盒子装满了违禁品，全都来自帕克……她很确定他们全翻遍了。

"你们用完后要放回原处，还有，班恩，漫画书不是我的，是借来的，你得好好保护……"

埃莉诺转头对梅西说："如果你被抓住了，妈妈会没收所有东西的，尤其是化妆品。到时候，我们两个都没得用。"

他们点点头。埃莉诺对梅西说："我本来就会让你用一些化妆品，你要用的话，跟我说一声就行。"

梅西说："骗子。"

一点儿没错。

帕克

星期三最难熬。

星期三没有埃莉诺，而且从晚餐到跆拳道课，爸爸都不理他。

帕克在想，只是眼线那件事吗？还是眼线只是压垮骆驼的最后一根稻草？过去十六年来，帕克都表现得软弱、怪异、女孩气，爸爸把这些都扛在他宽大的肩膀上。突然有一天，帕克化妆了，爸爸决定到此为止，把他从肩膀甩下来。

埃莉诺说，你爸爱你。她说得没错，但是这也无关紧要，你只能用桌上的筹码来玩。爸爸爱他是出于义务，就像帕克必须爱乔许一样。

光是看到他，爸爸就受不了。

帕克还是画眼线上学，也还是回到家后就洗掉。爸爸则继续表现得仿佛帕克并不存在。

埃莉诺

迟早而已。只要梅西和班恩知道，妈妈迟早会知道。不是孩子们告密，就是埃莉诺不小心露馅，或者其他……永远都有其他。

埃莉诺没有地方可躲。她只能藏在盒子里、床上，还有一条街外的帕克家。

她和帕克时日无多了。

39

埃莉诺

星期四晚餐过后，帕克的奶奶过来做头发，因此他妈妈去了车库。他爸爸则在水槽下改水管，因为要换厨余处理机。帕克一直在跟埃莉诺说他刚买的埃尔维斯·卡斯特罗[①]的磁带，嘴一直没停。

“里面有几首你可能会喜欢，是抒情歌，其他的都很快。”

埃莉诺皱皱鼻头：“像朋克音乐吗？”她只能忍耐几首“已逝送奶工”乐队的歌，帕克其他的朋克歌曲她都受不了。有一次，帕克录了一盘朋克合集给她，她说：“我觉得他们在对着我叫骂，不要再叫啦，葛兰·丹吉格[②]。”

“那是亨利·罗林斯[③]啊。”

“他们对我大吼大叫，听起来都一样。”

最近帕克很迷新浪潮、后朋克之类的音乐，他换乐队的速度和埃莉诺看书一样快。

他说：“不会的。埃尔维斯·卡斯特罗音乐性比较强，也比较温和，我录一盘给你吧。”

“或者你可以放给我听，现在。”

---

① 埃尔维斯·卡斯特罗（Elvis Costello），英国著名摇滚歌手。

② 葛兰·丹吉格（Glenn Danzig），美国乐手。

③ 亨利·罗林斯（Henry Rollins），美国硬核朋克乐队黑旗（Black Flag）的队长。

帕克歪着头说：“可是那得进我房间呢。”

她有点不自在：“好啊。”

他问：“好啊？几个月来你都说‘不’，现在却说‘好啊’？”

埃莉诺说：“好啊。你不是一直说你妈不在意嘛……”

“我妈不在意。”

“所以？”

帕克起身，笑容满面地拉她起来，他在厨房门口停下了：“我们要去我房间听音乐。”

爸爸在水槽底下回答：“好，只要别搞大肚子就行。”

这话应该让人很尴尬，不过帕克爸爸有一种绝不让人尴尬的本事，埃莉诺真希望他不要老是对他们视而不见。

帕克妈妈准许他带女孩子进房间，可能是因为他的卧室正对客厅，要去厕所就得经过他的房间。

即便如此，埃莉诺还是觉得待在他的房间是件极其私密的事。

她难以忽略这个事实：帕克在房间的多数时候是躺着的。（姿势上倒是只有九十度的差别，但光是想象他那个模样，埃莉诺就好像全身短路。）此外，他也在这里换衣服。

房间里除了他的床没地方好坐，这个，埃莉诺想都不敢想，所以只好坐在床和音响中间的地板上，那点地方只够他们抱腿而坐。

一坐下来，帕克马上快进埃尔维斯·卡斯特罗的磁带。他有成排成排的磁带，埃莉诺从中抽出几盘。

帕克一脸痛苦：“啊——”

“怎么了？”

“它们是按字母排列的。”

“没关系，我认识那些字母。”

帕克有点尴尬：“对哦，对不起。每次凯尔过来，总是把它们搞乱。来，这就是我想让你听的那首歌，你听。”

“凯尔会过来？”

帕克调大音响的音量：“是啊，他有时候会来，不过很久没来了。”

“因为我现在都在这里……”

“没关系，我喜欢你远胜过他。”

她问：“你不想念其他朋友吗？”

他说：“你没听。”

“你也是。”

他按下暂停键，好像不愿意他的音乐变成聊天的背景：“对不起，我们是在说我想念凯尔吗？我几乎每天都跟他一起吃午饭啊。”

“他不在乎你现在其他时间都跟我在一起？你的朋友都不在乎？”

帕克挠挠头：“我在学校还是会见到他们啊……我不知道，我不会想念他们，除了你，我从不会想念任何人。”

“但是你现在不会想念我，我们整天在一起。”

“你在开玩笑吗？我总是想念你。”

虽然帕克回家就洗掉眼妆，但是眼眶的黑圈还是无法完全清除，这让他最近无论干什么事都显得很浪漫。

她说：“神经病。”

帕克开始笑了：“我知道……”

她想告诉他梅西、班恩的事，还有他们在一起的日子不多了，但是他不会理解，她怎么能指望他理解？

他按下播放键。

她问：“这首歌叫什么？”

“《爱莉森》。”

帕克

帕克放埃尔维斯·卡斯特罗、乔·杰克森，还有“乔纳森·李奇曼与现代爱人乐队”[①]给她听。

她嘲笑着说因为这些歌都很美，旋律感又强，简直跟“霍尔与奥兹”[②]“同属一门”，他威胁要把她赶出去。

他妈妈来探望时，地上已经散落着上百盘磁带。妈妈刚走，帕克就探过身来吻埃莉诺。这是最好的时机，不会被逮个正着。

她坐得有点远，帕克必须把手绕到她背后把她拉过来。他尽量表现得稀松平常，触摸她的身体时不像发现西北航道般大惊小怪。

埃莉诺靠近了些，手放在两人之间的地板上，倾身向前，这大大鼓舞了帕克把另一只手放到她的腰上。帕克受不了离得这么近却不真正搂着她，他曲膝向前，搂紧了埃莉诺。

好几盘磁带承受不了他们的重量，碎了。埃莉诺往后倒下，帕克则向前跌。

她说：“抱歉，噢，天哪……看，我们把《食肉者鄙》[③]搞成什么样了。”

帕克坐直身体看着磁带，想一把扫开它们，不让它们碍事。他说：“我想多半只是盒子裂了，别担心。”他开始捡拾塑料碎片。

她说：“‘史密斯乐队’和‘碎裂乐队’，看，我们连压碎磁带都照

---

① 乔·杰克森（Joe Jackson），英国歌手。乔纳森·李奇曼与现代爱人（Jonathan Richman and the Modern Lovers），是乔纳森·李奇曼（Jonathan Richman）创建的美国乐队，被视为是朋克乐的雏形。

② 霍尔与奥兹（Hall and Oates），美国灵魂摇滚流行二重唱组合。

③ 《食肉者鄙》（Meat is Murder），史密斯乐队的专辑。

字母顺序呢。”

他想对她笑，但是埃莉诺不肯看着他：“我该走了，反正好像也快八点了。”

“哦，好吧，我陪你走。”

她站起身，帕克跟在后面，出门上了人行道，到了帕克爷爷奶奶家的车道，埃莉诺并未停下脚步。

埃莉诺

梅西闻起来有雅芳小姐的味道，她的妆则浓得像巴比伦妓女。她们肯定会被抓到，真是一帮不靠谱的家伙。老天。

埃莉诺根本没想过对策，因为她满脑子都是帕克放在她的背上和肚子上的手。帕克肯定没碰过这样的东西。他们全家都很瘦，可以主演佳乐氏香脆麦片的广告，连他奶奶都是。

埃莉诺只有一种挤进广告画面的方式，就是女主角拉起她身上厚达一英寸的肥肉，面对摄影机，好像世界末日降临了。

事实上她还得减肥才挤得进画面。埃莉诺全身上下每一处都可以拉出一英寸、两英寸、三英寸肥肉，说不定连额头都拉得出。

牵手没关系，她的手还不算丢人。接吻也很安全，她的嘴唇还算丰满，而且，帕克大多数时候都闭着双眼。

但是埃莉诺的躯干没一处能放心的。从脖子到膝盖全是圆滚滚的，无法辨识下面的骨架。帕克一碰她，她马上缩紧肚子，人往前倾……她觉得自己像哥斯拉。（不过，就算是哥斯拉也不胖，只是巨大。）

最让人受不了的是，埃莉诺希望帕克能再摸她，常常摸她，即便结局是帕克认为她简直是头海象，不配做他女朋友。帕克的抚摸就是这么棒。她就像舔过人血的狗，无法停止撕咬。她是头尝过人血的海象。

40

埃莉诺

帕克开始让埃莉诺检查课本，特别是体育课后。

他说："因为如果是提娜，你必须说出来。"从他的表情看得出他不相信是提娜。

"对谁说？"他们背靠着床，坐在房间地地板上，埃莉诺假装这不是压碎磁带后帕克第一次搂着她。总之，还不能算整个搂住。

他说："你可以跟唐恩太太报告啊，她很喜欢你。"

"好啊，所以我跟唐恩太太报告，让她看提娜在我课本上错字连篇的涂鸦，唐恩太太会问：'你怎么知道是提娜写的？'她会像你一样怀疑，只是不会想到复杂的罗曼史那一段……"

"没有复杂的罗曼史。"

"你吻过她吗？"埃莉诺并没打算问这个。至少不会大声说出来。但她已经在脑海里问过无数次，所以脱口而出。

"唐恩太太？没。我们倒是经常拥抱。"

"你知道我说的是谁……你吻过她吗？"她很确定帕克吻过提娜，还干过其他事。提娜那么瘦小，帕克可以环抱她，两只手还可以在提娜腰部相握。

他说："我不想谈。"

埃莉诺说："因为你吻过。"

“这不重要。”

“这很重要。那是你的初吻？”

他说：“是啊，有点像练习投球，这是那个吻不算数的理由之一。”

“其他理由呢？”

“那是提娜；我才十二岁；我那时根本还不爱女孩……”

她说：“但是你永远会记得，因为那是你的初吻。”

帕克说：“就算我会记得它也无关紧要。”

埃莉诺希望自己就此罢手——那个内心深处的她不断呐喊着“不要再提了”。

她说：“可是，你怎么能吻她呢？”

“我那时才十二岁啊。”

“但是她很恐怖。”

“她那时也才十二岁啊。”

“但是……你怎么能先吻她再吻我？”

“我根本不知道你的存在。”帕克的手突然碰触埃莉诺的腰部，完全搂住了。他靠过身来，埃莉诺直觉地拉直了身体，好让自己显得单薄一点。

她说：“我和她之间根本就没有共同点，你怎么可能两个都喜欢？你是不是初中时脑子受过伤，改变了你的一生？”

帕克搂着她：“拜托，听我说，那没什么，无关紧要。”

埃莉诺低声说：“这很重要。因为你是第一个吻我的人，所以很重要。”帕克的手搂着她，两人间几乎没有空隙。

他的额头顶着她。她不知该拿自己的双眼和双手怎么办。

他说：“你之前的都不算，我也无法想象以后会有。”

她摇摇头：“别说了。”

“什么？”

“别谈以后。”

“我只想说……我还想成为最后一个吻你的人。这听起来很恐怖，好像死亡威胁什么的。但我想说的是：就是你，你就是我想要的人。”

“别这样。”她不让他讲这些。她的确对帕克咄咄逼人，却没想逼到这个程度。

“埃莉诺……”

“我不想谈以后。”

“这正是我想说的，在你之后不会有别人。”

她双手放在帕克胸前，准备随时推开他：“当然会有。我是说……天啊，一定会有啊。我们又不是要结婚了，帕克。”

“又不是现在。”

“别说了。”

他说：“我不是在求婚，我只是想说……我爱你。我无法想象我不再爱你……”

她摇头：“不过，你才十二岁。”

他说：“我十六岁了。波诺[①]认识他老婆时才十五岁，罗伯特·史密斯认识他老婆时才十四岁……”

“罗密欧，甜蜜的罗密欧……”

帕克搂紧埃莉诺，他的声音里不再有开玩笑的成分：“埃莉诺，不是这样的，你也知道。我们没有理由停止爱对方，所有的理由都表明，我们不会。”

埃莉诺想：我从未说过我爱你。

即便帕克吻了她，她的双手还是抵在他胸前。

总之，帕克要她检查课本，特别是在体育课后。所以，现在埃莉诺都等大家换好衣服离开后，才开始仔细检查课本有无任何可疑之处。

---

① 波诺（Bono），爱尔兰乐队U2的主唱。

仔细得如同医学检查。

狄妮丝和碧比通常会等她，这意味着吃午饭会晚，也意味着可以在没人干扰的情况下一起换衣服，几个月前她就该想到才对。

今天看来，埃莉诺的课本上没什么变态文字。事实上，提娜整节课都无视她的存在，就连她的跟班（特别是那个恶霸安妮特）好像都对她生厌了。

埃莉诺一边看代数课本一边对狄妮丝说："我猜她们已经想不出新名词来嘲笑我的头发了。"

狄妮丝说："她们可以叫你麦当劳叔叔，还没这样叫过吧？"

碧比说："或者温迪汉堡。"然后她压低声音："牛肉在哪里啊？"

埃莉诺环顾更衣室："闭嘴，小心隔墙有耳。"

狄妮丝说："她们都走啦，全走啦。都在餐厅，吃了我那份墨西哥肉酱玉米脆片。快点啊，小姐。"

埃莉诺说："你们先走吧，帮我排队，我还没换衣服呢。"

狄妮丝说："好吧，不要再检查那些书啦。你自己都说了，没有。来吧，碧比。"

埃莉诺开始收书，听到碧比在更衣室门口叫："牛肉在哪里啊？"埃莉诺心想，真是个傻瓜啊。她拉开了储物柜。

里面空空如也。

呃。

她看看上面那个。没有。又打开下面那个，也没有……

埃莉诺开始把沿着墙壁的每个储物柜都打开来看，再换到另一边，抑制着自己的惊慌。或许她们只是挪走了她的衣服。*哈，好笑，真是有趣的玩笑啊，提娜。*

柏特太太问："你在干什么？"

"找我的衣服。"

"你应该每次都放在同一个储物柜，这样比较容易记住。"

“不是，有人……有人拿走了我的衣服。”

柏特太太叹了口气：“那些小贱货。”好像她想象不出还有什么可怕的骚扰。

柏特太太也开始帮忙检查另一头的储物柜，埃莉诺则去查看垃圾桶和浴室。柏特太太在厕所叫出声：“找到了。”

埃莉诺走进厕所，地板是湿的，柏特太太站在其中一间：“我去拿个塑料袋。”然后从埃莉诺身边匆匆走过。

埃莉诺低头看马桶。尽管她已经知道会是什么，还是觉得被赏了一个大耳光。她的新牛仔裤和牛仔衬衫在马桶里塞成了黑色的一团，她的球鞋被塞到了最里面。有人冲了马桶，水一直漫出马桶边沿。埃莉诺看着水流出来。

柏特太太递了一个黄色的“实惠连锁超市”的袋子给她：“拿去，把它们捞出来。”

埃莉诺说：“我不要了。”她往后退。她不可能再穿这些了。每个人都知道那是她的马桶装。

柏特太太说：“那也不能留在这里，快捞出来。”埃莉诺呆看着自己的衣服。柏特太太说：“快点。”

埃莉诺把手伸进马桶，感觉眼泪滑下了脸颊。柏特太太帮她撑开塑料袋，说：“你别让她们得逞，这只会鼓励她们变本加厉。”

埃莉诺想，是哦，谢谢您。她在马桶上方拧干了牛仔裤。她想擦掉眼泪，但是双手湿了。

柏特太太把袋子交给她：“来，我给你写张离校通行证。”

埃莉诺问：“去哪里？”

“去辅导老师办公室。”

埃莉诺倒抽了一口气：“我不能穿成这样出现在走廊。”

“埃莉诺，那你希望我怎么办？”这自然是讽刺的反问，柏特太太根本没看她。埃莉诺跟着她去了教练办公室，等着通行证。

一到走廊，埃莉诺就泪如泉涌。她不能穿着运动服当着男生的面……当着任何人的面……穿越校园，尤其是提娜。天啊，提娜说不定正在餐厅贩卖参观券呢。埃莉诺办不到。穿成这样，绝对不行。

不光因为运动服很丑，尼龙材质，连身，红白条相间，还有一条长长的白色拉链。更因为它还特别紧身。

短裤部分只勉强遮住她的内裤，衣料紧紧绷在她胸口，腋下的缝线几乎要绽开。

运动服穿在她身上就是个悲剧，还是那种十辆车连环追尾的悲剧。

下一节体育课的学生陆续来了，几个新生女孩注视着埃莉诺，开始窃窃私语，她手上的塑料袋在滴水。

还没想清楚前，埃莉诺就拐错了弯，走向了通往橄榄球场的门。她努力保持镇静，表现得像课还上到一半，她就有充分的理由离开学校，就可以那么衣衫不整地拎着滴水的塑料袋哭泣一样。

门在身后关上了，埃莉诺靠着门蜷曲着，就那么一分钟，任由自己崩溃。天啊。天啊。

门旁有个垃圾桶，她起身，把那个“实惠连锁超市”的袋子扔进去，扯起运动服擦眼泪。她深呼吸，告诉自己打起精神，别让她们吓倒自己。垃圾桶里躺着她的新牛仔裤，还有她最爱的范斯帆布鞋。她走到垃圾桶旁摇摇头，捞出塑料袋，咒骂着：提娜，操你，操你妈的。

她又深吸了一口气，重新迈步。

学校这一头没有教室，所以至少没人在看她。她紧贴着建筑边缘走，转弯后，她弯腰从窗户下走过。她想过就这么一路走回家，但结果可能更惨，至少路程就比较远。

如果她能跑到前门，辅导老师的办公室就在里面。唐恩太太会帮她，唐恩太太不会叫她不要哭。

前门的安全警卫一副见惯了女学生穿着运动服在校园里穿梭的模样。他看看埃莉诺的通行证，挥挥手让她走。埃莉诺想，别跑，别急，还有几扇门就到了……

她应该料到帕克会从其中一个门出来。

从认识的第一天起，埃莉诺就常在意想不到的地方遇见帕克。好像他们的人生线重叠，好像他们有属于自己的引力。这种不期而遇的收获是上天赐予她最美丽的礼物。

帕克从走廊那一头的门走出来，一看到她就站住了。她想转过脸，但是太晚了。帕克的脸立时变得通红，他瞪着她。她把短裤往下拉，跌跌撞撞地往前走，刚走了几步就跑起来，跑进了辅导老师办公室。

埃莉诺对妈妈讲了整件事（几乎全部），妈妈说："你不用回学校了。"

埃莉诺想，如果不回去上课要干什么？整天待在家里？然后呢？

她说："没关系的。"唐恩太太送埃莉诺回家，并保证会帮她弄个储物柜的锁。

埃莉诺妈妈把黄色塑料袋里的衣物丢进盆里开始洗衣服，她皱皱鼻子，虽然那些衣物根本不臭。

她说："女孩有时会很坏，你算幸运，有那么一个信得过的朋友。"

埃莉诺觉得自己的表情肯定很困惑。

妈妈说："提娜啊，你真幸运，能有提娜这个朋友。"

埃莉诺点点头。

那晚她待在家里，虽然那天是星期五，帕克家总是看电影，吃爆米花机做的爆米花。她没法面对他。

她脑海里全是帕克在学校走廊的表情。她觉得自己好像还穿着运动服呆呆地站在那里。

41

帕克

那晚，帕克早早上了床。妈妈一直拿埃莉诺的事烦他：“埃莉诺今晚去哪里了？”“她待会儿会来吗？”“你们吵架了？”

每次她提到埃莉诺的名字，帕克就觉得脸颊发烫。

晚餐时妈妈说：“我看得出你们有问题，吵架了？又分手了？”

帕克说：“没有。她不舒服，先回家了，没在校车上。”

乔许说：“我现在也有女朋友了，她可以过来吗？”

妈妈说：“你还小，不能有女朋友。”

“我快十三岁了！”

爸爸说：“要是你愿意放弃游戏机，你女朋友当然可以过来。”

乔许大吃一惊：“什么？为什么？”

爸爸说：“因为这是我说的。你接受吗？”

乔许说：“不！不可能，帕克也要放弃游戏机吗？”

“是的，帕克，你可以吗？”

“我无所谓。”

爸爸说：“我就像比利·杰克[1]，战士兼萨满巫。”

---

① 比利·杰克（Billy Jack），美国七十年代独立电影《比利·杰克》的主角，是印第安纳瓦霍人与白人的混血，合气道高手。

虽然还称不上聊天，不过，这已经是几星期以来爸爸跟他最长的对话。或许他爸爸一直在勇敢武装着自己，面对可能的场面：邻居们一旦看见帕克的眼线，就会集体拿着火炬和叉子冲进他家。

但根本没人在乎，连他的祖父母都不在乎。（奶奶说他看起来像鲁道夫·华伦天奴[1]）他还听见爷爷对爸爸说："你真该看看你在韩国时，这边的孩子都是什么德性。"

帕克站起身："我要去睡觉了，我也有点不舒服。"

乔许问："如果帕克不再打游戏机，可以放在我房间吗？"

爸爸说："帕克什么时候要玩游戏机都可以。"

乔许说："天哪，你们太偏心了。"

帕克关了灯爬上床。他仰天躺着，不敢趴下，他信不过身体前面那个东西、他的双手，或者他的脑袋。

今天见到埃莉诺之后的一小时，他都没想过她为什么穿着运动服站在走道上。又过了一小时，他才想到，他该跟埃莉诺说话。他可以说"嗨"或者"怎么啦？"或者"你还好吗？"，但恰恰相反，他死盯着她，好像从未见过她似的。

他的确觉得从未见过她。

他并不是没想过埃莉诺没穿衣服的模样（常常想），只是没办法填上细节。他能想象的裸女都来自爸爸偶尔想起来藏在床底下的杂志。

那类杂志让埃莉诺受不了，只要提到海夫纳[2]，她就会长篇大论妓女、奴隶和罗马沦亡史至少半小时。帕克没和她提爸爸二十年来的《花花公子》收藏，不过自从跟埃莉诺在一起，他就没碰过那些杂志了。

现在，他能填上一些细节了，他能形成画面了。事实上，他无法停

① 鲁道夫·华伦天奴（Rudolph Valentino），早期好莱坞性感男星。
② 海夫纳（Hugh Heffner），《花花公子》杂志老板。

止想那个画面。以前他为什么没注意到运动服那么紧，还那么短呢……

而他为什么又没预料到埃莉诺会这么庞大，会占据那么多不必要的空间？

他闭上双眼，眼前又浮现出了埃莉诺。一团布满雀斑的红心，一个完美的“冰雪皇后”快餐店的甜筒，一个粗笔绘制的贝蒂娃娃。

他想象着自己说：嘿，怎么啦，你还好吗？

肯定是不好。放学后，她既没出现在校车上，也没过来。明天又是周六，要是他一整个周末都见不到埃莉诺怎么办？

现在他又怎么能正视她？没办法啊。看到她，他脑海里就会浮现她只穿运动服的模样，就会想到那一条长长的白拉链。

天啊。

42

帕克

第二天，他们家要去看游艇展，在外面吃午饭，或许还要去逛购物中心……

帕克慢条斯理地洗澡、吃早饭。

爸爸厉声说："快点，帕克，换衣服，化妆。"

好像他会顶着一脸妆去看游艇展似的。

妈妈则对着走廊的镜子检查口红："快点，你知道你爸最讨厌人挤人了。"

"我一定得去吗？"

她抿抿嘴，把头发往后拨："你不想去？"

帕克说："不是，我想去。但是如果埃莉诺来找我呢？我不想错过和她说话的机会。"

"有什么不对劲吗？你们真的没吵架？"

"没有，没吵架。我只是……有点担心她，你知道，我没法打电话给她。"

妈妈转身离开镜子，皱起眉头："好吧……那你留下。但是要吸地板，行吗？然后把你房间地板上那一大堆黑衣服收拾好。"

帕克拥抱了妈妈："谢谢。"

爸爸在门口喊："帕克！敏蒂！走了。"

他妈妈说："帕克留在家，我们走。"

他爸瞥了他一眼，没争论。

帕克不习惯一个人在家。他吸地板，收拾衣服，做了一个三明治，看MTV频道播放《年轻世代》，然后在沙发上睡着了。

听到门铃响时，他还没完全清醒，就跳起来应门。他的心狂跳不已，就好像白天蒙头大睡，睡得太深，又好像不知道该怎么醒过来。

他很确定那是埃莉诺，没看就直接开了门。

埃莉诺

车道上没车，帕克他们可能不在家，应该是全家出门做些很棒的事，去波纳萨自助餐厅吃午饭，穿着同款的毛衣让人家给他们画像。

门打开时，她都已经放弃了。她还来不及表现出对昨天的事很尴尬、不自在，或者完全不在乎，帕克就已经打开了纱门，抓住她的衣袖，把她拉了进去。

还没掩上门，帕克就搂紧她，两只胳膊滑下她的整个背。

帕克通常把手放在埃莉诺腰间，好像两人在跳慢舞。这次不是慢舞……是另一种东西。他的手臂围绕着她，脸埋在她的头发里，没留给她任何空间，她只好靠在他身上。

他的身体很温暖……非常温暖，绒毛般柔软。好像沉睡中的宝宝。有点像，但又不尽然。

她试图表现出尴尬的模样。

帕克用脚把门踢上，整个人靠在门上，把她抱得更紧了。他的头发又干净又直，在眼皮上扫来荡去，他的双眼几近紧闭。

她问："你刚刚是在睡觉吗？"声音很低，好像怕他没睡醒。

他没回答，只是张开双唇，压在她的嘴上，双手抱住她的脑袋。他搂得是那么紧，紧到她无法伸直身体、缩小腹，或者隐藏秘密。

帕克的声响回荡在她的喉咙里。她能感觉他的手指游移在她的脖子上和背上。她的手不知所措地垂在身体两侧，好像它们跟这个场景无关，连她都好像不属于这个场景。

帕克显然注意到了，因为他抽离了双唇，用T恤的衣领抹抹嘴，然后看着埃莉诺，好像直到此刻他才真正看到她。

他喘了口气，集中注意力："嘿……怎么啦？你还好吗？"

埃莉诺看着帕克的脸，脸上充满某种她不明白的东西。他的下颚朝前伸着，好像嘴巴还舍不得离开，他的眼睛好绿好绿，是可以把二氧化碳转化为氧的那种绿。

他正在抚摸她怕被摸的各个部位……

这是埃莉诺最后一次假装尴尬。

帕克

有那么一瞬间，他觉得自己越界了。

他不是故意的，因为他几乎是在梦游，连续几个小时想着埃莉诺、梦见她，这种渴望让他都变笨了。她依然在他怀里，有那么一瞬间，他觉得自己过分了，踩到了引线。

但是埃莉诺摸了他。她摸了他的脖子。

很难说这和她以前的抚摸有什么不同。是她不一样了。她虽然直直地站着，却又不是一动不动。

她抚摸着他的脖子，又在他胸口画了条线。帕克真希望自己更高更魁梧些，他希望埃莉诺不要停下来。

相较于他，埃莉诺温柔多了。或许她对帕克的欲望不及帕克的强烈。但即使只有一半，都……

埃莉诺

她曾在脑海里勾勒过抚摸帕克的情景，就是这样。

从下颚，到脖子，再到肩膀。他比她想象中温热结实，好像他的肌肉和骨头都浮在表面，好像他的心脏就在T恤下面搏动。

她温柔地抚摸着帕克，轻巧万分，生怕碰错了。

帕克

他整个人松垮地靠在门上。

他感觉埃莉诺的手放在自己的喉咙和胸口，他抓起她的另一只手，贴在自己的脸上，发出类似受伤的呻吟，然后决定不管它。

如果他此刻害羞，他永远得不到他想要的。

埃莉诺

帕克就那样活生生地在她眼前，她也不是在做梦，他们的行为是被允许的。

他属于她。

属于她，归她所有。或许不是永远（当然不会是永远），也不是比喻，而是实实在在的，此时此刻，他属于她。他要她摸他。他像一只用脑袋猛蹭主人手掌的猫。

埃莉诺的手滑到帕克胸前，十指分开，然后又在他的衣服下收拢。

她这么做了，因为她想要。因为她一旦开始照想象的方式抚摸他，就停不下来。因为……万一永远不会再有同样的机会呢？

帕克

她的手指碰到他的腹部时，他又发出那种声音。他把埃莉诺拉近，往前推，两人跌跌撞撞地绕过茶几，倒在沙发上。

电影里的这种场景要么流畅，要么好笑。但场景换成帕克家的客厅，就只有笨拙和尴尬。他们不肯松开对方，所以埃莉诺往后倒在沙发的一角，帕克也跟着趴在她身上。

他想看埃莉诺的眼睛，但距离太近，看不清楚，他低语："埃莉诺……"

她点头。

"我爱你。"

她抬头看他，他的眼睛黑而亮，然后她转开眼睛："我知道。"

他抽出被压在下面的手，在沙发上沿着埃莉诺的身体勾勒线条。他可以这样一整天都不累。他的手滑过她的肋骨，往下到臀部，然后回头往上滑……如果他有一整天，他真的会这样耗掉。要是她不是全身充满奇迹就好了。

他又说："你知道吧？"埃莉诺微笑起来，帕克吻着她："在这段关系里，你不是汉·索罗[①]，你知道吗？"

她低语："我完全就是汉·索罗。"真高兴啊，听到她的声音；真高兴啊，想起埃莉诺的新血肉之下依然是旧的她。

---

① 汉·索罗（Han Solo），《星球大战》里哈里森·福特饰演的角色，独行走私客。他的姓氏索罗（Solo）在英语里是"独自"之意，是双关语。

他说："我可不是莉亚公主。"

埃莉诺说："别执着于性别角色问题。"

帕克又摸她的臀部与背部，食指伸入她的毛衣下。她咽了一下口水，抬起了下巴。

他拉高埃莉诺的毛衣，没多想，就也拉高自己的衬衫，让两个赤裸的肚皮紧贴。

埃莉诺的脸纠结成一团，帕克整个人放松下来。

他亲吻埃莉诺的喉咙："你可以是汉·索罗，我会是波巴·费特[①]，为你横跨天空。"

埃莉诺

两个小时以前她不知道，但是现在她知道的事：

一、帕克全身的每一处肌肤，都和他手上的一样平滑漂亮。某些地方较为丰厚，不像绸缎，而像压花丝绒。两者都是他的肌肤，两者都很美妙。

二、她全身的肌肤显然布满高度发达的神经末梢，只是之前什么作用都没有，直到帕克碰触，它们才像碰到冰、碰到火、被蜜蜂螫，活了过来。

三、尽管觉得自己肚子大、满脸雀斑，还有胸罩是用两根安全别针别起来的这些事都很尴尬，她还是让帕克继续摸她，这欲望远大过尴尬。而且帕克抚摸她时似乎根本不在乎这些缺点，有些他甚至很喜欢，比如雀斑，他说她的身体像是布满糖粒。

---

① 波巴·费特（Boba Fett），《星际大战》里的赏金猎人，受黑武士之托，追杀汉·索罗。

四、她希望帕克摸遍她全身。他在胸罩边缘止步，手指也只伸进她的牛仔裤后面。这不是埃莉诺阻止他，她永远不会阻止。帕克抚摸她时，真是她这辈子最棒的感觉。史无前例的棒。她希望尽情享受这种滋味，她希望把这种感觉储存起来。

五、跟帕克在一起，没什么事是肮脏的。没什么好丢脸，因为帕克就是太阳，这是埃莉诺能想到的唯一解释。

帕克

天色变暗后，他觉得爸爸妈妈随时会进门、他们早该回来了，他不想被撞见这种场景——膝盖顶在埃莉诺两腿间，手放在她臀部，嘴从埃莉诺的毛衣领猛往下探。他挺直身体，试图让脑袋清醒过来。

她问："你要去哪里？"

"我不知道。不去哪里……我爸爸妈妈快回来了，我们得稍微收拾收拾自己。"

她说："好吧。"然后坐起了身。她神情恍惚而美丽，他又趴上去，把她压下去。

过了半小时，他又试图起身。这次他站了起来。

他说："我去浴室。"

她说："去吧。别回头看。"

他走了一步，回头看她。

几分钟后她说："那我去吧。"

埃莉诺去浴室后，他调大了电视音量。他给他们各拿了一罐可乐，检查沙发有没有"不轨"的痕迹，没有。

埃莉诺从浴室出来时，脸整个湿了。

"你洗脸了吗？"

“是啊。”

“为什么？”

“我觉得我看起来怪怪的。”

“你以为洗得掉吗？”

他像检查沙发一样审视她的脸。她嘴唇肿大，眼神比以前更狂野。至于她的毛衣，一向是拉得长长的，头发也总是纠缠成一团。

他说：“你看起来还好，我呢？”

她看着他微笑：“好……好得不得了。”

他伸出手把埃莉诺拉到沙发上。这次动作很流畅，一气呵成。

她坐到他身边，低头看着大腿。

帕克靠着她：“现在不怪了吧？是吧？”

她摇摇头笑了：“不，刚刚也只有那么一下子怪怪的。”帕克从未见过她的脸如此开朗，眉头不再皱在一起，鼻梁也不再往上提。他搂住埃莉诺，无需多说，她就把头靠在他的胸前。

她说：“你看，《年轻世代》。”

“是啊。呃，你还没告诉我昨天发生了什么事。我看到你时，究竟是怎么啦？”

她叹了口气：“我是去唐恩太太的办公室，体育课时有人偷走了我的衣服。”

“提娜？”

“我不知道，可能吧。”

他说：“天啊，真是太恶劣了。”

“没关系啦。”她的语气听起来还果真如此。

“你找到了吗？你的衣服？”

“找到了……我真的不想再谈这件事了。”

“好吧。”

埃莉诺脸颊贴着帕克的胸膛，帕克搂着她，真希望一辈子如此，他就能永远夹在埃莉诺和世界之间。

或许提娜真是个大魔鬼。

埃莉诺说："帕克，还有一件事。我……我可以问你一件事吗？"

"你可以问我任何事。我们有过协议的。"

她把手放在他心口："你今天的举动是不是和昨天看到我有关？"

他几乎不想回答。在他得知故事背后的悲剧后，昨天那种困扰人的欲望显得更不合时宜了。他低声说："是啊。"

埃莉诺好一会儿不说话，然后……

"提娜死定了。"

埃莉诺

帕克的父母回到家，他们看见埃莉诺，似乎真的很开心。他爸爸在游艇展上买了一把猎枪，向她展示怎么开枪。

埃莉诺问："你们可以在游艇展上买枪？"

帕克爸爸说："在游艇展上什么都买得到，所有值得买的都有。"

她问："包括书吗？"

"有关于船和枪的书。"

因为是星期六，所以她在帕克家待得比较晚，回家的路上，按照惯例，他们在帕克爷爷家的车道停下了。

但今晚帕克没有靠过来亲她，只是把她搂得紧紧的。她问："你认为我们还有这样独处的机会吗？"她感觉自己泛起了泪光。

"当然有。会很快吗？我也不知道……"

她用力抱了抱他，然后独自回家。

雷奇在家，他还没睡，在看《周六夜现场》。班恩睡在地板上，梅西睡在雷奇旁边的沙发上。

埃莉诺可以直接回房，但是她必须去浴室，这意味着她得穿过雷奇和电视两次。

她走进浴室，把头发收拢，又洗了一次脸。她匆匆忙忙地走过电视，没抬头。

雷奇问："你去哪里了？你这阵子都去哪里了？"

埃莉诺继续走："去朋友家。"

"什么朋友？"

埃莉诺说："提娜。"她的手已经碰到卧室门。

雷奇嘴里叼着烟，手上是一罐老密尔瓦基啤酒："提娜。她家肯定是他妈的迪士尼乐园吧？你还玩不腻了是吧？"

她等着。

"埃莉诺？"妈妈的声音从卧室传来，好像半睡半醒。

雷奇问："你把我给你的圣诞钱花到哪里去了？我不是叫你买些像样的衣服吗？"

卧室门打开了，妈妈走了出来，她穿着雷奇的睡袍——那种红色缎袍上面绣着俗气的大老虎的亚洲纪念品。

妈妈说："埃莉诺，去睡觉吧。"

雷奇说："我只是在问埃莉诺用圣诞节的钱买了什么。"

如果埃莉诺此刻随便捏造，雷奇肯定会要看那礼物。如果她说没花掉，雷奇可能会要回去。她说："项链。"

他重复一遍："项链。"他茫然地看着埃莉诺，好像想说些狠话，最后却啜了一口酒，倒回沙发上。

妈妈说："晚安，埃莉诺。"

43

帕克

帕克的爸妈几乎从不吵架，就算吵架也是为了他或者乔许。

现在他们已经关在卧室里吵了一个多小时，要去爷爷奶奶家吃晚饭时，妈妈出来了，让他和乔许自己去："你跟奶奶说我头痛。"

他们穿过前院草坪时，乔许问："你干了什么好事？"帕克说："我什么也没干，你呢？"

"没有，肯定是你。我经过时听到妈妈说你的名字。"

帕克没做什么啊。眼线风波虽然没有完全过去，至少是暂时赦免了。那之后他没干过什么啊，除非他们不知怎么地知道了昨天的事……

就算他们知道了，他和埃莉诺也没做他们明确告诫不可以做的事。妈妈从来不讲那方面的事；爸爸在帕克五年级（乔许也在场，那简直是侮辱）时告诉他那码子事，后来就只说过"别搞大人家肚子"这类话。

总之，他们也没进展到那一步，他没摸过埃莉诺任何不适合公开的部位，虽然他很想要。

他真希望自己做了，说不定连续几个月，他们都不会再有这样独处的机会了。

埃莉诺

星期一上课前，她先去了唐恩太太的办公室，拿到了一个全新的密码锁，荧光粉红色的。

唐恩太太说："我和你班上的几个女孩谈过了，她们都装聋作哑，但我们还是会查到底，我保证。"

埃莉诺心想：哪有什么底，就是提娜。

她对唐恩太太说："没关系，我无所谓了。"

那天上午埃莉诺一上校车，就看到提娜用舌头舔着上唇，好像在等着看埃莉诺失控，或者想知道埃莉诺是不是穿了马桶里的衣服。但是帕克就在车上，几乎是一把把埃莉诺拉到大腿上，很容易就让她忽略提娜与其他人。帕克看起来很可爱，一反平日恐怖的黑色乐队T恤，今天他穿了一件绿T恤，上面写"吻我，我是爱尔兰人"。

他陪她去辅导老师办公室，告诉她，如果有人今天偷她的衣服，她得马上找他。

没有。

碧比和狄妮丝已经从另一门课的同学那里听到这件事，这意味着全校都知道了。她们说以后绝对不会让埃莉诺一个人去吃午餐，管它什么墨西哥肉酱玉米脆片呢。

狄妮丝说："我们得让那些臭贱人知道，你不是没有朋友的。"

碧比同意："对啊，对啊。"

帕克

周一下午，帕克和埃莉诺下校车时，帕克妈妈已经在羚羊轿车里等着了，她摇下车窗。

“嗨，埃莉诺，对不起啊，帕克今天得帮我跑跑腿。明天再见你可以吗？”

埃莉诺说：“当然可以。”她看着帕克，他伸出手，埃莉诺转身离开前，他捏了捏她的手。

他坐进车子，妈妈说：“快点，快点，你怎么总是慢吞吞的？拿着。”她递给他《内布拉斯加驾驶手册》，说：“练习题在后面。现在，系上安全带。”

他问：“我们要去哪里？”

“笨蛋，去考驾照啊。”

“爸爸知道吗？”

他妈妈开车时屁股下面得放个靠垫，并且整个人几乎趴在方向盘上。她说：“他知道，但是你没必要跟他说，懂吗？这是我们的事了，你跟着我。现在赶紧看题，不难，我考了一次就过了。”

帕克翻到册子最后面看那些练习题。他十五岁就读完了整本手册，拿到了练习的执照。

他说：“爸爸会生气吗？”

“我刚才说这是谁的事？”

他说：“我们。”

妈妈说：“是你和我。”

帕克考了一次就过关了。他甚至还能让羚羊轿车靠边停，这难度堪比靠边停“灭星者星际驱逐舰”。拍驾照照片前，妈妈拿纸巾擦掉了他的眼线。

她让帕克开车回家。他问："不能让爸爸知道，是不是意味着我不能开车？"他希望开车带埃莉诺出去，去哪里都可以。

妈妈说："我来想办法吧。同时，如果你非用车不可，比如紧急事件，就用吧，反正已经有驾照了。"

在帕克听来，这理由很弱。过去十六年，帕克没碰到过需要他开车的紧急事件。

第二天在校车上，埃莉诺问昨天那个神秘重大的跑腿是去干什么，帕克就把驾照递给她。

她说："什么！"

她不想还给他。

"我都没有你的照片。"

"那我再弄一张给你。"

"真的？你会？"

"我可以给你学年照，我妈妈有一大堆。"

"你必须在背面留言。"

"写什么？"

"比如'嗨，埃莉诺，保持联络，我爱你爱到骨子里。希望你永远甜美。帕克上'。"

"但是我并——不——爱——你——爱——到——骨子里，而且你也不甜美啊。"

她觉得被轻视了，握紧了驾照："我很甜美。"

他冷不丁地把驾照抽回来，说："不……你适合其他美好的形容词，但是甜美除外。"

"剧情演到这里，你得说我是坏蛋，然后我说你就是喜欢我坏，不是已经讨论过了吗——我是汉·索罗。"

“那我就写‘送给埃莉诺，我爱你’。”

“天啊，不要，我妈会发现的。”

埃莉诺

帕克送给她的学年照是十月拍的，现在他看起来大不相同，成熟了点。最后她没让帕克在照片背面写字，她不想让他瞎写。

那天吃完晚饭（焗薯球）后，他们待在帕克的房间，翻阅帕克的旧学年照，偷偷接吻。看到帕克小时候的样子，埃莉诺更忍不住想亲他。（但只要她不打算和真的小孩接吻，就不用担心。）

帕克向她要照片时，她很庆幸自己连一张都没有。

他说：“那我们来拍一张吧。”

“呃……好吧。”

“好极了，我去拿我妈的相机。”

“现在拍？”

“不可以吗？”

她没法回答。

他妈妈帮她拍照。她很兴奋，因为这需要再给埃莉诺做一次造型，感谢上天。帕克连忙喊停：“妈，我要的是一张看起来像真正埃莉诺的照片啊。”

他妈妈坚持还要拍他们的合照，帕克根本无所谓，就搂着她拍了。

埃莉诺问：“我们是不是应该等一下？比如等到值得哪个纪念的日子再拍？”

帕克说：“我就想纪念今晚。”

有时，他真是个傻瓜。

埃莉诺回家时表情可能太快乐了，所以妈妈跟着她到了屋后，好像能闻到她身上快乐的味道。（快乐的味道就是帕克家的味道、雅芳的味道，还有帕克家那四种食物的味道。）

妈妈问："你要洗澡吗？"

"嗯。"

"我帮你看门。"

埃莉诺打开热水，爬进澡盆。后门这里很冷，热水还没放满就冷了。平常这时候她早就洗完了，所以她加快了速度。

妈妈说："今天我在店里遇见爱伦·班森了。你还记得她吗？跟我们同教会的。"

埃莉诺说："我不记得了。"他们已经三年没去过教堂了。

"她有个女儿跟你一样大——叫翠西。"

"好像有点印象……"

妈妈说："她怀孕了，爱伦完全崩溃了。翠西和邻居家一个男孩来往，是个黑人。爱伦的老公大发雷霆。"

埃莉诺说："我不记得他们。"热水快够洗头发了。

妈妈说："这让我想到自己是多么幸运。"

"因为你没碰上黑人？"

妈妈说："不，我是说你。你在男孩方面很聪明，在这一点上，我很幸运。"

埃莉诺说："我在男孩方面并不聪明。"她迅速洗完头，站起身，边用浴巾遮掩自己边穿衣服。

埃莉诺拉开澡盆的塞子，小心地捡起脏衣服，帕克的照片在裤子后口袋里，她不想弄湿它。妈妈站在炉子边看着她。

她说："你比我以前聪明，也比我勇敢。我从初二开始就没形单影只过。"

埃莉诺把脏牛仔裤搂在胸前："你这话说得，好像世界上只有两种女孩，一种是聪明女孩、一种是男生喜欢的女孩一样。”

妈妈说：“离事实不远了，你再大一点就会明白。”她想摸埃莉诺的肩头，但是埃莉诺后退一步躲开了。

她们都听见雷奇的卡车开进车道的声音。

埃莉诺连忙跑进卧室，班恩和鼠鼠紧随其后。

埃莉诺想不出藏帕克照片的安全地方，所以她看了一遍又一遍后，把它放进了书包口袋里。

44

埃莉诺

星期三晚上还不算最惨的。

帕克上跆拳道课，但是埃莉诺还算是拥有帕克，他的回忆遍布她的身体。（包括她觉得不该被碰触的地方，也包括她觉得安全、可以碰的地方。）

星期三晚上，雷奇要工作到很晚，所以妈妈做了托提纳宴客比萨当晚餐。肯定又是“实惠连锁超市”在打折，因为冰箱里已经塞满了这种比萨。

他们边吃比萨边看电视剧《天堂之路》，然后埃莉诺和梅西坐在客厅地板上，教鼠鼠玩“唱唱歌拍拍手”。

根本不行。鼠鼠不是忘记歌词，就是忘记拍手，或者两个一起忘。梅西简直气疯了，不断地说：“再来一次，再来一次。”

埃莉诺说：“班恩，过来帮忙，四个人玩比较简单。”

宝贝，就在，就在就在云霄飞车旁

甜蜜甜蜜的宝贝

我永远不会放你走

摇摇摆摆，可可泡芙

摇摇……

“天哪，鼠鼠，先出右手——右手。好吧。再来一次。”

宝贝，就在，就在……

“鼠鼠！”

45

帕克

妈妈说："我不想做晚餐。"

此刻家里只有三个人，妈妈、他和埃莉诺，他们坐在沙发上看《幸运转轮》。爸爸去猎火鸡了，很晚才会回来，乔许在朋友家过夜。

帕克说："我可以去热比萨。"

妈妈说："要不我们出去吃吧。"

帕克看看埃莉诺，他还摸不准一起外出的准则。埃莉诺睁大双眼，耸耸肩。

帕克露出笑容："好！那我们去吃比萨。"

妈妈说："我懒得动，你和埃莉诺去吃吧。"

"你要让我开车？"

妈妈说："当然。你怕了吗？"

天啊，现在连妈妈都嘲笑他娘娘腔。

"不怕。我能开。去必胜客？我们需要先打电话吗？"

"去你们想去的地方把，我根本不饿。你们去吧。吃过晚饭看个电影什么的。"

他和埃莉诺都看着妈妈。

他问："你确定吗？"

她说："是的，去吧。我从没有在家独处的机会。"

妈妈根本整天都一个人在家，但是帕克不想提。他和埃莉诺小心翼翼地从沙发站起身，仿佛在担心妈妈这是开了个迟到的愚人节玩笑。

“钥匙在挂钩上，把我的皮包拿来。”她从钱包里抽出二十美元给帕克，又抽了一张十美元。

帕克说：“谢谢。那我们就走了？”语气还是有点迟疑。

妈妈看着埃莉诺的衣服说：“等等，她不能这样出门。”如果他妈妈跟埃莉诺一个尺码，肯定会硬把埃莉诺塞进她的水洗牛仔迷你裙里。

埃莉诺说：“不过我今天一整天都穿这样呀。”她穿了军装裤，紫色长袖T恤外面套了一件短袖男式衬衫，帕克认为她看起来酷极了。（其实是可爱极了，但是可爱这种字眼会让埃莉诺很反感。）

他妈妈说：“让我帮你弄弄头发。”她把埃莉诺拉进浴室，开始一一拿下她的发卡：“拿下，拿下，拿下。”

帕克靠在门边观望着。

埃莉诺说：“你这样看着很奇怪。”

“有什么奇怪的？”

帕克妈妈说：“结婚那天，他说不定还会让我给你弄头发。”

帕克和埃莉诺都低头看地板。帕克说：“我在客厅等你。”

几分钟后，她的头发就弄好了，完美极了。每个卷看起来都亮闪闪的，有它的效果和意义。她的嘴唇是湿润的粉红色，大老远帕克就能判断出尝起来肯定是草莓味。

妈妈说：“好啦，现在去好好玩吧。”

他们出门上了车，帕克帮埃莉诺打开车门。她说：“我自己可以开车门。”帕克走到驾驶座时，埃莉诺已经弯过身帮他开车门。

他问：“我们该去哪里？”

她坐回位子：“我不知道。我们能离开这附近吗？我觉得好像在偷偷翻越柏林墙。”

他说：“啊，对呀。”他开始发动车子，转头对她说：“你再趴低一点，你的头发在夜色里会发光。”

“谢谢你的赞美。”

“你知道我的意思。”

他开始往西开。佛列兹东边除了河，什么也没有。

她说：“别沿着铁路开。”

“什么？”

“在这里右转。”

“好。”帕克低头看埃莉诺，看见她躲在地板上，忍不住笑了。

“有什么好笑的？”

“好笑啊，”他说，“你得躲在地板上，而我呢，得趁爸爸不在家才有机会开车。”

“你爸爸希望你开车啊，你只要学会开手动挡就行。”

“我会开手动挡啊。”

“那问题究竟是什么？”

帕克有点恼怒：“问题出在我啊。喂，我们已经离开小区了，你可以坐起来了吗？”

“等到了二十四街，我就会坐起来。”

到了二十四街，她果然坐了起来，但是直到四十二街，两人才又开始交谈。

她问：“我们这是去哪里？”

他说：“我不知道。”他真的不知道。他只知道去学校和市区的路线，就这样。他问：“你想去哪里？”

她说：“我不知道。”

埃莉诺

她想去“灵感之源”，那地方，据她所知，只出现在电视剧《快乐时光》里。

她不想问帕克“你们男生想和女生在车里亲热的时候，都去哪里啊？”，那样帕克会怎么看她？万一他真的知道这类地点又怎么办？

看到帕克的开车技巧，埃莉诺努力抑制住内心的震动，但是每次他变换车道，或者检查后视镜，她都一阵眩晕。这简直就像看见帕克点烟或者点加冰威士忌，会让他看起来老成很多……

埃莉诺还没有学习执照，她妈妈都尚未被批准开车，埃莉诺的驾照就更不重要了。

她问：“我们非得去某个地方吗？”

帕克说：“总得找个地方吧？”

她问：“那，我们非得做点什么吗？”

“什么意思？”

“我们能不能就是一起到某个地方？人们想在一起时都去哪里？反正是待在车里，去哪里我都不在乎。”

他转头看埃莉诺，然后紧张地往后看路。他说：“好啊，行，行，先让我……”

他先开进停车场掉头。

“我们进城。”

帕克

他们还是下了车。一进城，帕克就想让埃莉诺看“极端塑料”“古物陈列馆”和其他唱片店。说实在，这里唯一值得逛的地方就是旧市集区，她居然没来过。

一大堆年轻人在闹市区逛，不少人的装扮比埃莉诺还怪。帕克带她去他最喜欢的比萨店，还有他第二喜欢的冰淇淋店，还有他第三喜欢的漫画书店。

他一直假装这是个约会，然后他忽然想起，这真的是个约会。

埃莉诺

帕克整晚都握着她的手，好像他是她的男朋友。她不断告诉自己：*笨蛋，他本来就是你男朋友啊*。

唱片店女店员则很沮丧，她两耳各钻了八个耳洞，而且显然认为帕克非常酷。她看着埃莉诺，露出“你在开玩笑吗？”的表情，埃莉诺则回以“我知道，很不可思议是吧？”的表情。

他们逛遍了旧市集区的每一条街，然后穿过街去了公园，埃莉诺根本不知道这里有公园。她不知道奥马哈可以是个很宜居的城市。（在她的想法里，这一切都拜帕克所赐，围绕着他的世界因为他而重组成了更好的世界。）

帕克

他们最后来到奥马哈的中央公园，埃莉诺也从没来过，因此尽管这里又湿又泥泞，还有点冷，她还是不断说“好棒啊”。

她说：“你看，有天鹅。”

他说：“我想那是母鹅。”

“呃，那是我看过最漂亮的母鹅。”

他们坐在公园长椅上，看着母鹅在河岸与人工湖休息，帕克搂着埃莉诺贴近自己。

他说：“我们以后应该经常这样。”

“哪样？”

“出来约会啊。”

她说：“好啊。”她没提他需要先学会开手动挡的事。对此，帕克很感激。

他说：“我们该去毕业舞会。”她抬起头：“什么？”

“毕业舞会，你知道的，毕业舞会。”

“我知道。但是我们为什么要去？”

因为他希望看埃莉诺穿漂亮连衣裙，因为他希望当妈妈的助手，帮她弄头发。

他说：“因为那是毕业舞会。”

她说：“可是那很蠢。”

“你怎么知道？”

“因为主题是‘我想知道爱的滋味’。”

他说：“那首歌没那么烂啦。”

“你喝醉了吗？那是‘外国人乐队’[1]的歌。”

帕克耸耸肩，拉直埃莉诺的一缕卷发：“我知道毕业舞会很蠢，但那不是你可以倒流时光再做一次的事，那一生可只有一次啊。”

“事实是你有三次机会……”

“好吧。所以你明年会跟我去毕业舞会吗？”

她笑了：“好啊，我保证。我们明年可以去，童话里的小鸟、老鼠朋友会有足够的时间帮我做出一件礼服，绝对可以。是啊，我们去参加毕业舞会吧。”

帕克说：“你还是觉得这事不可能，等着看吧，我不会放弃的。”

“除非你学会开手动挡。”

埃莉诺绝不会同意。

埃莉诺

毕业舞会。也是，会实现才怪。

得想出多少诡计，才能通过她妈妈那一关啊，埃莉诺光是想想就退缩了。

不过既然帕克如此建议了，埃莉诺也几乎看到了可行的方法。她可以跟妈妈说要跟提娜一起去毕业舞会（老好人提娜啊）。然后她就可以在帕克家打扮，他妈妈肯定会高兴的。埃莉诺唯一需要解决的是舞会的衣服。

市面上有她这种尺寸的礼服吗？她得去中年妇女服饰区找。她还得先抢银行。真的，就算天上掉下一张百元大钞，埃莉诺也不会把它花在毕业舞会礼服这种愚蠢的玩意上。

---

① 外国人乐队（Foreigner），英国摇滚乐队。

她会用来买范斯帆布鞋，买一件像样的胸罩或者随身听……

事实上，她很可能会把这钱给妈妈。

毕业舞会。啊。

帕克

答应了明年的毕业舞会后，埃莉诺又答应陪帕克参加他的第一场正式舞会——奥斯卡颁奖典礼后的舞会，还有他收到正式邀请的所有“大型舞会”。

她笑得不能自已，连鹅都吓得“嘎嘎”叫了起来。

埃莉诺说：“你们尽管鬼叫吧，以为我会怕了你们吗，我才不是那样的女孩呢。”

帕克说：“算我运气好。”

“什么意思？”

“算了。”他真希望自己没说。这原本是开玩笑，是自我消遣，现在，他可不想解释埃莉诺为什么会被他吸引。

埃莉诺冷静地看着他：“就是因为你，那只母鹅才觉得我肤浅。”

帕克说：“我想那是只公鹅。公母，名称不同。”

“哦，对，公鹅。这很适合它，帅哥一个……所以，为什么说算你运气好？”

他说：“因为……”仿佛这两字会咬人似的。

“因为什么？”

“这句难道不是我的台词？”

她说：“我以为我可以问你任何事……因为什么？”

他抓抓头发，低头看着泥地：“因为我不是标准的美国男孩。”

“你是说你不漂亮？”

帕克头往后仰："我不想谈这些。我们可以继续谈毕业舞会吗？"

"你故意这样说，是想听我说'你好可爱'吗？"

他说："不，我这么说是因为事实很明显。"

埃莉诺说："一点都不明显。"她在长椅上转过身，面对着帕克，拉下他的双手。

帕克终于说："没人会认为亚洲男孩性感。"他说这话时必须避开埃莉诺的视线，是真正地转开头，躲得远远的。他说："至少在美国是这样。亚洲男孩在亚洲应该还是吃香的。"

埃莉诺反驳说："这不是事实，看看你妈跟你爸……"

"亚洲女孩不一样，白种男人总认为她们充满异国风情。"

"但是……"

"你是想找个特别性感的亚洲男人来证明我错了吗？一个都没有。这个问题我可是思索了一辈子了。"

埃莉诺双手抱胸，帕克则眺望着湖水。

她说："那个很老的电视节目里有个会功夫的家伙……"

"电影《功夫》？"

"是啊。"

"那家伙是白人，还是个和尚。"

"还有……"

帕克说："一个也没有。你看看《野战医院》，整个剧情背景在韩国，军医们经常跟韩国女孩打情骂俏，对吧？但是护士呢？你什么时候看过她们休假的时候到首尔找性感的韩国男人？所有让亚洲女人充满异国情调的因素到了亚洲男人身上，就变成了娘娘腔。"

那只公鹅还在对他们"嘎嘎"叫着。帕克捡起一大块雪，随手扔向那只鹅。他还是没法注视埃莉诺。

埃莉诺说："我不知道这跟我有什么关系。"

他说："跟我大有关系。"

她捧起帕克的脸，让两人面对面："不。一点关系都没有……说你是韩国人，我真不明白为什么。"

"这不是显而易见的吗？"

她说："我说的正是'显而易见'之外的。"

然后埃莉诺吻了他。帕克喜欢她主动吻他。

她靠着帕克："我看着你的时候，不知道是不是因为你是韩国人才觉得你可爱，虽说你有韩国血统，但那不是理由。我只知道你很可爱，就是特别可爱，帕克……"

他喜欢埃莉诺念他的名字。

她说："说不定我真的受韩国男人吸引，只是自己不知道。"

他说："幸好我是奥马哈唯一的韩国男人。"

"也幸好我没机会离开这个鬼地方。"

天渐渐冷了，可能也很晚了。帕克没戴表。

他站起身，拉埃莉诺起来，他们手牵着手穿越公园，回到车上。

他说："我根本不知道身为韩国人究竟代表着什么……"

埃莉诺则说："我也不知道身为丹麦与苏格兰后裔是代表什么，这重要吗？"

"我想很重要。这是人们对我的第一个标签，是我最大的特征。"

她说："我告诉你，你最大的特征就是可爱，简直可爱爆了。"

帕克并不在意"爆了"这个词。

埃莉诺

他们的车远远地停在旧市集区的那一头，回来时，停车场几乎空了。埃莉诺再次感觉到自己紧绷的情绪中混合着冲动，或许跟这辆车有点关系……

羚羊轿车从外表看比不上那种铺了地毯的旅行车，但车内可是另一番风景。

前座大得跟埃莉诺的床一样，后座则简直随时要上演艾瑞卡·琼[①]的小说。

帕克替她打开车门，自己火速跑到另一边上车，他看着仪表板上的时间："没我想的那么晚。"八点半。

她说："是啊。"然后把手放在两人的座位间。她想表现得很自然，但刻意的痕迹却很明显。

帕克把手放在她的手上。

有时候，埃莉诺看着帕克时，他会正好回望她；她想亲帕克时，帕克已经闭上了双眼。今晚就是这样。

她心想，**现在，请读懂我的心。**

他问："你饿吗？"

她说："不饿。"

帕克说："好。"他抽开手，插入车钥匙，埃莉诺趁他启动前，拉住了他的袖子。

他放开钥匙，转身一把搂住埃莉诺。真的，不夸张，就是一把搂住。他总是比埃莉诺想象中强壮。

如果你正在看他们（车窗尚未起雾，保证能看得清清楚楚），会以为帕克与埃莉诺常干这种事，而不是第一次。

这次显然跟上次不同。

他们不像玩"妈妈，可以吗？"[②]游戏那样照步骤来，根本还没嘴对

① 艾瑞卡·琼（Erica Jong），美国女作家，她的《怕飞》（Fear of Flying）正面探讨了女性的情欲，被视为美国第二波女性主义运动的重要推动力。

② "妈妈，可以吗？"（Mother May I）是一种儿童游戏，孩子们一人扮演妈妈，其他孩子在另一头，孩子们轮流问："我可以向前×步吗？"妈妈可以答应，也可以不答应，或者只让他前进几步，最先走到妈妈身边的人获胜。

嘴接吻（完全对准太花时间了），埃莉诺就爬到他的身上，趴了下去。帕克则不断拉紧她，虽然他们已经紧紧贴在一起，没法更近了。

她整个人卡在帕克和方向盘之间，帕克拉起她的上衣时，埃莉诺压到了喇叭。两人都吓了一大跳，帕克还不小心咬到了她的舌头。

他问："你还好吗？"

她说："还好。"她很高兴帕克没缩手。舌头应该没流血，她问："你呢？"

帕克重重喘着气："我也还好。"埃莉诺心想，*是我让他喘气的啊，这太棒了*。

他问："你觉得……"

"什么？"埃莉诺想帕克可能要喊停了，*不要，我什么都不想。不要，帕克，你也不要想*。

"不要认为我变态，好吗？我是想……我们是不是该换到后座去？"

埃莉诺推开他，忽地钻到后座。天啊。后座大极了、棒透了。

不到一秒钟，帕克已经趴到了她身上。

帕克

埃莉诺躺在帕克身下，那种感觉真棒，棒得超乎他的想象。（他认为埃莉诺应该也觉得很棒，像上了天堂，加上到达涅槃，再加上电影《欢乐糖果屋》里查理开始飞的那一幕。）帕克的呼吸很沉重，简直像缺氧一样。

埃莉诺的感觉不可能像他那么棒——可是她的那些表情……像是"王子"的音乐录影带里的女人。如果埃莉诺的感觉有哪怕一点点跟他一样，他们又怎么可能会停下？

他把埃莉诺的衬衫拉到头顶。

她低语："李小龙。"

"什么？"听起来好像不对，帕克的手停住了。

"最性感的亚洲男人，李小龙。"

"哦……"他忍不住笑了起来，"好，那我就给你李小龙吧。"

她弓起背，帕克闭上眼。对埃莉诺，他永远不会厌倦。

46

埃莉诺

雷奇的卡车停在车道上，但是屋子黑漆漆的。谢天谢地。埃莉诺觉得自己一定会露馅。她的衬衫，她的嘴，她整个人散发出的热力。

她和帕克在巷子里停了一会儿，两人在前座手牵手，觉得如遭鞭笞。至少这是埃莉诺的感受。倒不是他们干了什么太出格的事，但比她预想中要出格。她并没有预期要上演茱蒂·布伦[①]小说里的场景。

帕克想必也觉得奇怪。因为收音机连播了两首“邦·乔维”的歌，他都没换台。埃莉诺在他的肩膀上留下了咬痕，但现在已经看不见了。

都是她妈妈的错。

如果她允许埃莉诺和男孩正常交往，她绝对不会第一次跟男生待在车后座，就觉得非得挥个全垒打不可，不会觉得这可能是她唯一挥棒的机会。（更不会拿这些愚蠢的棒球术语来做比喻。）

反正也称不上直攻本垒。他们在二垒就刹车了。（至少她认为那是二垒。至于哪一垒是什么程度，众说纷纭。）但是它依然……

棒透了。

棒到她不知道如果以后不做了还能不能活下去。

他们在车里坐了半小时，她说：“我该进去了。平常这时候我已经回

---

① 茱蒂·布伦（Judy Blume），美国青少年文学作家，经常探讨具有争议性的话题。

家了。”

他点点头，但是没抬头，也没放开她的手。

她说：“呃，我们很好，是吧？”

他这才抬头看。他的头发已被压扁，遮住了眼睛，表情忧虑：“是啊，我……我只是……”

他闭上眼睛摇摇头，好像觉得丢脸：“我……只是不想说再见，永远不想，埃莉诺。”

他睁开眼，直视着埃莉诺的眼睛。这就是三垒吗？

她吞了吞口水：“你以后不用对我说再见，只有今晚需要。”

他说：“就今晚？以后都不用？”

她白了他一眼。她现在说话都跟和他一样了，这太蠢了。她希望巷子够暗，帕克不会看到她脸红。

她摇摇头：“再见。明天见。”她打开羚羊轿车的车门，那门重得像马一样。然后她站到车外对帕克说：“我们很好，对吧？”

他迅速弯身向前，吻她的脸颊，说：“完美极了。我在外面看你进门再走。”

她一进门就听到他们在吵架。

雷奇正在大吼，妈妈则在哭泣。埃莉诺尽量不发出声音，迅速溜回了卧室。

孩子们都在地上睡觉，梅西也是，没有受吵架声干扰。埃莉诺想自己是不是也常在他们的吵架声中入眠。她晃到床上，没踩到孩子，但是踩到了猫。它鬼叫了一声，埃莉诺连忙把它抱到腿上，揉着它的脖子：“嘘。”

雷奇大吼一声——“我的家！”埃莉诺和猫一起跳起来，她坐坏了某个东西。

她手伸到大腿下，拉出一本皱巴巴的漫画，是《X战警年刊》。糟了。班恩。她把漫画放在大腿上，试图抚平书页，书上好像涂了什么黏乎乎的东西。她的毯子也湿湿的，是乳液之类的东西……不，是化妆水。地上还有玻璃碎片。她小心地捡起猫尾巴上的玻璃碎片，放到一旁，在猫身上抹了抹湿漉漉的手。一长条油腻的磁带卷在它的腿上。埃莉诺把磁带拉开，低头看床，眨眨眼，让眼睛适应黑暗。

撕烂的漫画书页。

粉末。

一小块一小块的绿色眼影……

数米长的磁带。

她的耳机被掰成两截挂在床边。她的葡萄柚盒子跑到了床脚，埃莉诺不用打开就知道，它轻飘飘的，已经空空如也了。盒盖几乎被撕成两半，有人用埃莉诺的黑色签字笔在盒盖上写着：

> 你以为你可以拿我当傻子吗？这是我的家，你以为你可以在邻里间卖弄风骚吗，就在我的眼皮底下？你以为我不会发现？我知道你是个什么货。你完蛋了。

埃莉诺看着盒盖，努力把上面的字母变成她可以理解的字词——那是她熟悉的小写字体，她看不下去了。

屋里的某处，妈妈在哭，好像永远哭不完。

47

埃莉诺

埃莉诺开始想自己可能的选择。

一、……

48

埃莉诺

我把你搞湿了吗？

她扯开弄脏的毯子，让猫坐在干净的床单上。她从上铺爬到下铺。上学的背包就放在门边。埃莉诺靠在床边，拉开背包的侧袋拉链，拿出帕克的照片。然后她从窗户溜出去，跑过前廊，拔腿飞奔，体育课都没跑得这么快。

她一直跑到下一条街才放慢脚步，主要也是因为她不知道要去哪里。快到帕克家了——当然，现在不能去。

戳破处女膜。

“嘿，红头发。”

埃莉诺不理会那个女孩的声音，她转头望着街上。要是有人听到她离家的声音怎么办？要是雷奇追上来呢？她走下人行道，躲进某家的后院，藏到树后。

“嘿，埃莉诺。”埃莉诺四处张望。她正站在史蒂夫家门口，车库门半开，用一根球棒顶着。埃莉诺看见里面有人走动，提娜正从车道走过来，拿着一罐啤酒。

提娜嘘了声："嘿。"她露出见到埃莉诺的一贯表情——满脸厌恶。埃莉诺想要跑，但是腿没力了。

提娜说："你继父在到处找你呢，他这一整夜都他妈的开车在这附近猛转。"

埃莉诺说："你跟他说了什么？"有可能是提娜告的密吗？雷奇是这样知道的？

提娜说："我就问了问他的鸡巴有没有卡车那么大。别的屁事我什么也没说。"

"你告诉他帕克的事了吗？"

提娜眯起眼摇摇头："别人会。"

吸我，让我射。

埃莉诺转头看着街上。她必须躲起来，必须离雷奇远远的。

提娜问："你到底怎么忽视？"

"没事。"巷尾闪现出车头灯的光，埃莉诺连忙抬手遮住眼。

提娜说："来吧，你得躲他一下，等他气头过了再说。"埃莉诺从没听过提娜这样的声音，近乎关心的声音。

埃莉诺跟着提娜走过车道，弯腰进入黑暗的车库。

史蒂夫坐在沙发上："那是大号红发吗？"米基也在，他坐在地板上，旁边是校车上和他混在一起的某个女孩。车库正中央的支架上停了一辆车，里面传来"黑色安息日"[①]凄厉的乐声。

提娜指着沙发另一头："坐下。"

史蒂夫说："大号红发，你有麻烦了，你爸爸在到处找你。"他露齿大笑，那嘴巴比狮子还大。

---

① 黑色安息日（Black Sabbath），英国重金属乐队。

提娜说："那是她继父。"史蒂夫把啤酒罐扔到车库另一头，大吼起来："继父！操他妈的继父？你要我干掉他吗？我反正也要杀掉提娜的继父的，我可以索性一次干掉两个，买一送一。"他嘎嘎笑起来："买一……送一哦。"

提娜打开一罐啤酒，塞到埃莉诺腿上。埃莉诺接下，只为了手上有个东西可握。提娜说："喝吧。"

埃莉诺乖乖地喝了一口。又黄又辛辣。

史蒂夫口齿不清地说："咱们来玩拍铜板到酒杯里的游戏吧，喂，红头发的，你有二十五美分硬币吗？"

埃莉诺摇摇头。

提娜坐在沙发扶手上点起烟："我们是有二十五美分硬币的，拿去买啤酒了，你忘了吗？"

史蒂夫说："那不是二十五美分的，是十美分的。"

提娜闭上眼睛，对着天花板喷烟。

埃莉诺也闭上了双眼。她努力思考下一步该怎么办，却什么想法也没有。汽车音响里的音乐从"黑色安息日"变成"AC/DC"，又变成了"齐柏林飞艇"。史蒂夫跟着哼唱。令人吃惊的是，他的歌声很轻柔——"绞刑手，绞刑手，请暂时转开你的头。"[①]

埃莉诺的心跳如同锤击一般沉重。听着史蒂夫一首接一首地唱，她手中的啤酒逐渐变热。

我知道你，荡妇。你他妈闻起来像臭虫。

她站起身："我得离开这里了。"

提娜说："拜托，放松点，他不会找到这儿来的。说不定已经在断轨

---

① 齐柏林飞艇乐队（Led Zeppelin）的歌词。

酒吧喝酒解气了。”

埃莉诺说：“不行。他会杀了我的。”话说出口，埃莉诺才明白，就算她以前没这个想法，现在也是千真万确了。

提娜绷紧脸：“那你要去哪里？”

“离家出走……我得先告诉帕克。”

帕克

帕克无法入睡。

爬回羚羊轿车前座之前，他已经脱光了埃莉诺的外衣，甚至解开了她的胸罩，让她躺在蓝色的后座椅垫上。她看起来像真实的梦境，像美人鱼。她是黑暗里的清凉和雪白，她肩膀和脸颊上的雀斑像漂浮的奶油。

直到现在，她的影像还在他眼皮底下闪现。

现在他知道埃莉诺衣服下的身体是什么模样了，恐怕从此他就得一直忍受，因为下一次机会不知道什么时候会来。今晚的际遇只不过是侥幸、是运气、是天赐的礼物……

有人叫了声：“帕克。”

帕克坐起身，茫然地四下张望。

“帕克。”有人敲窗户，帕克连忙爬过去，拉开窗帘。

是史蒂夫。他脸贴在玻璃上，笑得像个疯子。他肯定是抓住了窗台。很快，他的脸消失了，帕克听到他重重摔在地上的声音。妈的，帕克妈妈肯定听见了。

帕克迅速打开窗户朝外看。他正打算叫史蒂夫滚蛋，却看见埃莉诺和提娜站在史蒂夫家的阴影里。

他们绑架了埃莉诺吗？

她手上拿着啤酒吗？

埃莉诺

帕克一看见她，连忙爬出窗户，悬在离地四英尺的窗台上。埃莉诺顿时喉头一紧——他会摔断脚踝的。

但是他像蜘蛛侠一样蹲伏着落了地，飞快地奔向她。她的啤酒罐掉到了草地上。

提娜说："天啊，我谢谢你啊，这是我们最后一罐。"

史蒂夫说："嘿，帕克，我吓到你了吗？你肯定以为我是佛莱迪[①]吧？你以为你逃得过我的手掌心？"

帕克握住埃莉诺的手："怎么啦？发生什么事了？"

埃莉诺开始哭起来，嚎啕大哭的那种哭。帕克碰到她，她的灵魂好像才回到自己身上，可怕极了。

帕克紧握她的手："你流血了吗？"

提娜低声警告他："有车来了。"

埃莉诺拉着帕克紧靠车库，直到车头灯闪过。

他再次问："发生什么事了？"

提娜说："我们该回车库了。"

---

① 佛莱迪（Freddy Krueger），《半夜鬼上床》（Nightmareat Elm Street）系列电影里会潜入人们梦中的恶魔。

帕克

小学以后，帕克就没来过史蒂夫的车库。他们以前在这里玩桌上足球。现在那里停了一台雪佛兰大黄蜂，靠墙摆着老旧的沙发。

史蒂夫一屁股坐到沙发的一头，点起一根大麻。他递给帕克，帕克摇摇头。这车库闻起来像有人抽过上千根大麻，又把烟屁股浸在上千杯啤酒里似的。雪佛兰大黄蜂有点摇晃，史蒂夫踢踢车门："米基，你给我安分点，车子会翻的。"

帕克想象不出怎样的情况会让埃莉诺出现在这里，但她几乎是硬把帕克拉进车库的。现在她倚靠在帕克身边，帕克仍在想，或许是他们绑架了她。这是要他付赎金吗?

埃莉诺头靠在他胸前，他说："告诉我，怎么啦?"

提娜坐在沙发把手上，两条腿横挂在史蒂夫大腿上，拿起他的大麻抽："她继父在找她。"

帕克问："真的吗?"

埃莉诺在他胸口点头。她不肯让帕克抽出身来正眼看她一下。

史蒂夫说："他妈的，继父全是他妈的烂货。"他大笑起来："哦，我操，米基，你听到我说的话了吗?"他踢了踢雪佛兰大黄蜂，又问："米基?"

埃莉诺说："我必须走了。"

帕克想：谢天谢地。他稍微抽出身，握住她的手："喂，史蒂夫，我们要回我家了。"

"哥们，小心点，他正开着那辆颜色丑陋的小战车四处绕呢。"

帕克弯腰拉高车库门。埃莉诺跟在他背后，说："谢谢。"帕克确信，这声谢谢是给提娜的。

这个夜晚还能再怪一点吗?

他带着埃莉诺穿过他家的后院，又绕过爷爷家后面，经过他们最喜欢吻别的车库，来到车道上。

他们爬上拖车，帕克打开纱门:“进去吧，他们不锁拖车门。”

他和乔许以前常在这儿玩，它就像个小房子，一头摆着床，另一头是厨房，还有一个小煤气炉和冰箱。帕克已经很久没来过了，现在他只要一起身，头就会顶到车顶。

墙边有个棋盘大小的桌子和两张椅子。帕克坐在一头，埃莉诺坐在对面。他握住埃莉诺的手，她的右手在流血，却似乎不觉得痛。

他用哀求的语气问:“埃莉诺……到底发生什么事了?”

她说:“我得离开了。”她眼神飘向桌子后方，好像见到了幽灵，又好像自己就是幽灵。

帕克问:“为什么?因为今晚的事吗?”在帕克的想法里，一切都跟今晚有关。因为这么美好和这么恐怖的事不可能发生在同一个晚上，除非两者有关系。不管是什么关系。

埃莉诺揉揉眼睛:“不，不，跟我们无关。我是说……”她朝小窗子外看。

“你继父为什么到处找你?”

“因为他知道了，因为我跑了。”

“为什么?”

她的声音哽咽了:“因为他知道了，因为他就是这样的人。”

“什么样?”

“啊，天啊，我不该来这里的，这只会让事情更糟。很抱歉。”

帕克想摇她，摇醒她，她简直语无伦次。两个小时前他们一切都好，现在……帕克得回屋里，妈妈还没睡，而爸爸随时会回家。

他越过桌面，抓住埃莉诺的胳膊，低声说:“你可以从头说一遍吗?

拜托，我真的不知道你在说什么。”

埃莉诺闭上眼，疲倦地点点头。

她从头说起。

据实以告。

点滴不漏。

帕克才听到一半，就已经双手颤抖。

他怀抱着一丝希望说：“或许他并不想伤害你，只是想吓唬你。来——”他把手缩进袖子，用袖子给埃莉诺抹眼泪。

她说：“不，你不知道，你没看过……他看我的表情。”

49

埃莉诺

他看我的表情。

仿佛在消磨时间。

倒不是他想要我。更像是如果没有其他事可干，没有其他人可摧毁，他闲下来了，就会来摧毁我。

他好像在等待。

他好像在追踪我。

不管我是在吃饭、读书、梳头，他总是在那里。

你看不见的。

因为我假装它们不存在。

50

帕克

埃莉诺把垂在脸上的卷发一缕缕拨开，似乎想借此镇定自己的神志。她说：“我非走不可了。”她现在讲话比较有条理，也比较愿意跟帕克眼神接触了。但是帕克依然觉得，整个世界似乎不但被颠覆了，还被猛烈地摇撼着。

他说：“你可以明天跟你妈谈谈。到了明早，事情看起来可能会大不相同。”

埃莉诺语气平淡地说：“看过他在我课本上写的东西，你还要我待在这里？”

他说：“我……我只是不想你离开，你要去哪里？你爸家？”

“不，我爸不要我了。”

“但是如果你跟他解释……”

“他不要我。”

“那你……去哪里？”

她深呼吸，挺直了肩膀：“我不知道，我舅舅说这个夏天我可以住他那儿。或许他可以让我早一点去圣保罗。”

“明尼苏达州的圣保罗？”

她点头。

帕克直视着埃莉诺的双眼：“但是……”她的双手垂到桌上。

埃莉诺向前倾倒，啜泣着："我知道，我知道……"

桌子小到无法并排而坐，帕克弯身跪下来，在沾满灰尘的塑料地板上拥抱埃莉诺。

埃莉诺

他把埃莉诺的头发拨到脑后，问："你打算什么时候走？"

她说："今晚。我不能回家。"

"你怎么去？你打电话给你舅舅了吗？"

"没有。我不知道。我打算坐公交车。"

她是要一路搭便车。

她的想法是走到州际公路，然后伸手拦旅行车或者面包车之类的。抵达那里之前，如果她还没有被强奸、谋杀，或者卖到淫窝，她就打对方付费电话给舅舅。他可以来接她，尽管结果可能是直接把她送回家。

帕克说："你不能一个人坐公交车。"

"我没有更好的计划。"

他说："我送你去。"

"送到车站？"

"到明尼苏达。"

"帕克，不行，你爸妈肯定不准。"

"那就不征求他们同意。"

"你爸会杀了你的。"

他说："不会的，我最多被关禁闭。"

"一辈子关禁闭。"

他捧起埃莉诺的脸："你以为到了这个时候我还在乎吗？你以为除了你之外，我还在乎什么吗？"

51

埃莉诺

帕克说等他爸爸回家，他和妈妈都睡了后，他会再来。

“可能要等一会儿，不要开灯，好吗？”

“好。”

“留意羚羊轿车。”

“好。”

除了上学第一天，帕克命令她在校车上坐下那一次，还有他狠狠修理史蒂夫的那一次，埃莉诺还没见过他这么严肃的表情。埃莉诺也只听他说过一次脏话，就是校车上那一次。

他朝拖车探探头，摸摸埃莉诺的下巴。

她说：“拜托了，小心点。”

然后帕克走了。

埃莉诺坐回小桌，透过蕾丝窗帘可以看到帕克家的车道。她突然觉得极其疲倦，只想趴下来。已经过了午夜，帕克可能还要几个小时才会回来。

把帕克卷进来，埃莉诺应该觉得不好过，但是她没有。他说得没错，他最惨的下场不过是被关禁闭而已（除非路上发生车祸）。相比埃莉诺被抓到的下场，帕克在家关禁闭简直就像中了大奖。

她是不是该留个字条呢？

妈妈会报警吗？（妈妈还好吗？其他人还好吗？埃莉诺走之前应该检查孩子们的呼吸吗？）舅舅一旦发现她是离家出走，说不定就不肯收留她了。

天啊，每次她只要细想这个计划，就觉得根本不可行。但是为时已晚。埃莉诺觉得眼前最紧急的事就是“逃”，最重要的去处就是“离开这里”。

她能逃得掉，到时候再想其他的。

或许她逃不掉……

或许她逃得掉，然后彻底结束这一切。

埃莉诺从来没有想过自杀，从来没有，但是她想过要结束一切。一直逃，一直逃，直到逃不动。从极高的地方往下跳，一直坠落，一直坠落，碰不到底。

此刻，雷奇在找她吗？

梅西和班恩肯定会对雷奇说帕克的事，说不定早就说了。不是因为他们喜欢雷奇，虽然有时看似如此，而是雷奇把他们捏得死死的，比如，埃莉诺第一天进入这个家门，就看到梅西坐在雷奇的大腿上……

操！真的……操！

她应该回去接梅西。

如果可以把他们通通塞进口袋，她会去把他们接出来。她至少应该回去找梅西，梅西肯定想都不想就会跟她一起逃走。

然后基奥夫舅舅就会把她们两个都送回来。

妈妈醒来，发现梅西不见了，肯定会报警。带梅西一起走会让已经糟到不能再糟的情况更糟。

如果埃莉诺是《货柜厢小孩》[1]这类书的主角，她会试图拯救梅西。

---

① 《货柜箱小孩》（Box Car Children），美国儿童读物，讲述四个孤儿在森林里以货柜厢为家，直到被富有的祖父寻获的故事。

如果她是迪丝·提乐曼[①]，她想得出办法。

她会勇敢而高尚，她会想出办法。但是埃莉诺不是这样的，勇敢和高尚，她都没有。她只希望熬过这个漫漫长夜。

帕克

帕克从后门悄悄溜回家。他家从不锁门。

爸妈房里的电视还开着，他直接走进浴室洗澡。他很确定身上的每一丝味道都会给他带来麻烦。

他走回卧室时，妈妈叫了声："帕克？"

他说："是我，我去睡了。"

他把脏衣服埋到洗衣篮的最下面，从放袜子的抽屉里搜出没花光的生日与圣诞红包钱。六十美元。应该足够加油……也许吧，他没把握。

只要他们能抵达圣保罗，埃莉诺的舅舅会知道怎么做。虽然不确定舅舅会收留她，但她说他是个好人，"他老婆还是和平队队员。"

帕克已经写好了给爸妈的字条：

爸妈：

我得帮埃莉诺。明天再打电话给你们，一两天就回来。我知道我这是闯了大祸，但情况紧急，这个忙，我非帮不可。

① 迪丝·提乐曼（Dicey Tillerman），小说《归来》（Homecoming）的主角，讲述她和三个姐妹被母亲遗弃在购物中心的停车场里，步行前往布里奇波特（Bridgeport）寻找母亲的故事。

帕克

妈妈的钥匙都放在同一个地方——大门进口处的一个形状像钥匙、上面还写着“钥匙”两字的装饰牌匾里。

帕克的计划是拿走她的钥匙，从厨房门偷溜出去，那是离他父母卧室最远的门。

他爸爸大约一点半进门。帕克听到他在厨房走动，然后进了浴室。他听到爸妈的卧室门打开，电视声传了出来。

帕克躺在床上，闭上眼睛。（他绝对不能睡着。）埃莉诺的模样依然在他眼皮下闪烁。

那么美，那么平静……不，平静这词不怎么对，比较像是……自在。很像她那种不穿衣服比穿着还自在的状态，那是由里而外的快乐。

当他睁开眼睛，浮现在眼前的是埃莉诺在拖车里的模样——紧张、认命，整个人漂浮得很远，远到眼睛里都没有光。

远到遥不可及，帕克已经不在她的思绪里了。

帕克等到屋里安静下来，又等了二十分钟，然后抓起背包，按照计划行事。

他在厨房门口停下脚步，爸爸新买的猎枪就放在桌上……大概是准备明早调试。有那么一会儿，帕克想带走这把枪，但是他想不出有什么机会用到枪。他们潜逃出城，路上应该不会遇见雷奇的。希望不会。

帕克打开门，正要跨出去，就被爸爸叫住了。

“帕克？”

他可以拔腿就跑，但爸爸会逮住他。爸爸经常自夸他的体能正处于巅峰状态。

爸爸低声说：“你这是要去哪里？”

“我……得去帮埃莉诺。”

“凌晨两点，埃莉诺需要什么帮助？”

“她要离家出走。”

“你要跟她一起跑？”

“不是，我只是要送她去她舅舅家。”

“她舅舅住哪？”

“明尼苏达。”

他爸爸恢复了正常的音量：“我的天，你是认真的吗？”

帕克向前一步，恳求爸爸：“她非走不可，是她继父。他……”

“他碰了她？如果是这样，我们得报警。”

“他给埃莉诺写了些东西。”

“什么东西？”

帕克揉揉额头，他不愿意回想那些话：“病态的那种。”

“她跟她妈妈说了吗？”

“她妈妈状况不是很好，好像受了虐待。”

“那个小贱货……”帕克爸爸低头看着枪，然后抬头看帕克，摸着下巴说，“所以你要开车送埃莉诺去她舅舅家？他会收留她吗？”

“她说应该会。”

“帕克，我必须说这个计划很不靠谱。”

“我知道。”

爸爸叹了口气，挠挠脖子：“但我也想不出更好的。”

帕克猛地抬起头。

爸爸平静地说：“你们到了后就打电话给我。从这里出发，不用停，一直开，你有地图吗？”

“我想到加油站买一份。”

“如果累了就去休息站。除了必要情况，别跟任何人搭讪。你身上有钱吗？”

“六十美元。”

爸爸去拿饼干罐，从里面掏出一叠二十美元的钞票。

他说：“喏，拿去。如果她舅舅那边不行，别把埃莉诺送回家，送到这里来，我们再来想该怎么办。”

“好……谢谢你，爸。”

“先别谢我，我有一个条件。”

帕克以为是以后不准画眼线。

他爸爸说：“你得开卡车去。”

他爸爸双手抱胸，站在台阶上看。他当然得看着帕克出车，活像在给该死的跆拳道比赛当裁判。

帕克闭上眼睛。埃莉诺的模样依然在他眼底。埃莉诺。

他发动卡车，顺利倒出了车道，挂上一挡，寂静无声地向前行驶。

他本来就会开手动挡。天啊。

52

帕克

“准备好了吗？”

她点点头，爬进车里。

他说：“蹲低点。”

前几个小时简直一团糟。

帕克不习惯开卡车，等红灯时熄火了好几次。错上了往西的州际公路，而不是往东，花了二十分钟才掉过头来。

埃莉诺没说话，只是呆呆地看着前方，双手攥着安全带。帕克把手放在她腿上，她仿佛毫无感觉。

他们在爱荷华州某处下了公路去加油、买地图。帕克帮埃莉诺买了可乐和三明治，等他回到车上时，埃莉诺已经瘫在座位上睡着了。

真的好极了。不过他又告诉自己：她累坏了。

他爬上车，深呼吸，把三明治摔向方向盘。

她怎么能睡着？

如果今晚一切顺利，明天上午帕克就得一个人开车回家了。以后，只要他愿意，大概都可以开车到处去逛。但是少了埃莉诺，他哪里都不想去。

这是他们最后的几个小时，她怎么能睡着？

她怎么能这样坐着就睡着？她的头发胡乱垂着，在灯光下呈现出酒红色，嘴巴微微张开。草莓女孩。他试着回想他们第一次见面的情景。他试着回想这一切是怎么发生的——她是如何从一个素未谋面的女孩变成他生命中最重要的人的？

而他想：如果不送她去她舅舅家会怎样？如果他一直开，一直开，会怎样？

这些事就不能晚几年发生吗？

如果埃莉诺的人生明年才崩塌，或者后年，她就可以直接奔向他，而不是远远地离开他。天啊，她为什么不醒过来？

可乐和心痛让帕克勉强支撑了一小时。终于，夜晚的疲劳感袭击了他，附近又没有休息站，所以他开进了一条乡间小路，停在了勉强能称为路肩的碎石路上。

他解开安全带，也帮埃莉诺解开，把她拥入怀中，脸靠着她的头。她闻起来就像昨夜。汗水的味道。甜蜜的味道。羚羊轿车的味道。他对着埃莉诺的头发啜泣，然后沉沉睡去。

埃莉诺

她在帕克怀中醒来，大吃一惊。

如果不是因为她的梦一向很恐怖，（纳粹啊，婴儿啼哭啊，满嘴牙齿烂掉脱落啊）她很可能以为此刻是梦境。埃莉诺从未梦到过这么美好的事，美好如帕克，柔软、温暖、热乎乎的……总有一天，会有某个人天天从这样的美梦中醒来。

帕克熟睡的脸有一种她从未见过的美，折射着阳光的琥珀般的皮肤，丰满而平整的嘴唇，高耸而线条刚硬的颧骨。（埃莉诺的脸根本看不到颧骨。）

在帕克怀中醒来出乎她意料，她的心整个为帕克碎了。仿佛在这之前，她没碰到过真正值得心碎的事……

或许，真的没有。

太阳还没升起，卡车内一片粉蓝。埃莉诺亲吻帕克的眼睛下方，而不是鼻梁。帕克动了一下，她能感觉他所有细微的小动作。她用鼻尖碰触他的眉毛，亲吻他的睫毛。

他的眼皮眨了一下。（只有眼皮和蝴蝶能够这样轻轻扇动）他的手在埃莉诺的身体下苏醒了过来，他叹了口气："埃莉诺……"

她捧着帕克漂亮的脸深深吻下去，好像此刻就是世界末日。

帕克

她不会再跟他坐同一辆校车。

她不会再在英语课上对他翻白眼。

她不会再纯粹出于无聊和他争辩。

她不会再因为帕克无能为力的事而在他的卧室里啜泣。

天空像她的肤色般苍白。

埃莉诺

这世上只有一个他，就在这里。

在我听之前，他就知道我会喜欢哪首歌。我的笑话还没讲完，他就笑了。在他的喉咙之下、胸膛之上有个地方，使我想让他为我敞开。

这世上只有一个他。

帕克

他的父母从来没说过他们是如何相遇的，帕克小时候经常幻想那个场面。

他们彼此相爱，帕克很爱这一点。有时他半夜惊醒，想到的就是这件事。不是他的父母爱他——他是他们的孩子，他们当然得爱——而是他们彼此相爱。其实他们大可不必如此。

他朋友的父母都已离异，而且很明显，那些朋友的人生都是在那一刻开始转错弯的。

但是帕克的父母彼此相爱，他们到现在都还会嘴对嘴亲吻，根本不管有谁在场。

碰到这种伴侣的几率有多低？一个你永远爱她，而她也永远爱你的人，要是出生在离你半个地球那么远的地方，你要怎么办？

几率几乎是零。他的父母怎么运气那么好？

当时他们一定不觉得这是幸运。因为他爸爸的哥哥刚死于越战，他就被送到韩国打仗。他们结婚时，他妈妈必须抛弃她所爱的家乡的一切人事物。

帕克有时想，他们是在路上相遇的吗？还是在母亲打工的餐厅？他们怎么知道自己属于对方呢？

这个吻必须让帕克撑一辈子。

撑到他回家。

当他半夜惊醒，他必须能记起这个吻。

埃莉诺

第一次牵她的手，感觉很棒，把一切坏事都挤得无影无踪。任何痛苦都抵不上那样的美好。

帕克

埃莉诺的头发在破晓的阳光下如同火焰，双眼晶亮乌黑，而他的双臂知道，那就是她。

第一次牵她的手时，他就知道了。

埃莉诺

和帕克在一起没有羞耻，没有污秽，因为帕克是太阳，除此之外，她想不出更好的理由。

帕克

“埃莉诺，不行，我们得停下。”

“不要……”

“不可以……”

“不要，帕克，别停下来。”

“我不知道该怎么做……也没有任何保护措施。”

“没关系。”

“但是我不想让你……”

“我不在乎。”

“但是我在乎，埃莉诺。”

“这是我们最后的机会。”

“不，不，不行……我，我必须相信这不是我们的最后机会……埃莉诺，你听见了吗？我需要你也相信。”

53

帕克

埃莉诺踏出卡车，帕克则到玉米田里小便。（这有点尴尬，但总比尿在裤子里好。）

他回来时，埃莉诺坐在引擎盖上。她看起来美丽而显眼，向前微倾着，好像一尊雕像。

他爬上引擎盖，坐到她身边：“嘿。”

“嘿。”他把肩头靠向埃莉诺的肩膀，当她的头靠向他，那种宽慰感让他几乎落泪了。今天，再度落泪势不可免。

她问：“你真的相信吗？”

“什么？”

“就是……我们还有机会？我们真的还有一丝丝机会？”

“是的。”

她用力地说：“无论发生什么，我都不会回那个家。”

“我知道。”

埃莉诺沉默不语。

帕克说：“无论发生什么，我都爱你。”

她抱着帕克的腰，他则搂住她的肩膀。

他说：“我无法相信生命将我们赐给彼此，然后又收回去。”

她说：“我相信。生命就是个混蛋。”

他搂得更紧了，脸贴紧她的脖子。

他低声说："不过，一切都取决于我们，如果我们不想失去，就要靠自己。"

埃莉诺

接下来的旅程，她都坐在他身边，没系安全带，换挡杆夹在她的两腿间。尽管如此，她还是觉得比坐在雷奇的五十铃卡车后座安全得多。

他们在另一个休息区停下了，帕克帮她买了樱桃可乐和牛肉干，打对方付费电话给自己的爸爸妈妈。埃莉诺还是不敢相信他的父母居然同意他这么干。

他说："我爸还好，不过我妈好像吓疯了。"

"我妈或者其他人去找他们了吗？"

"没，至少他们没提。"

帕克问她要不要打电话给舅舅。她不要。

她说："我满身都是史蒂夫车库的味道，舅舅肯定会以为我是个瘾君子的。"

帕克笑了，说："我想你是啤酒泼到衬衫了，或许他只会以为你是个酒鬼。"

她低头看衬衫，上面有一抹她昨日在床上割伤手的血迹，肩膀上有一块硬东西，可能是啜泣留下的鼻涕。

帕克说："给你吧。"他脱掉长袖T恤，又脱下里面的绿T恤递给她，上面写着"合成芽"[①]。

她看着帕克赤裸着上身穿上长袖T恤，说："我不能拿。这是全新

---

① 合成芽（Prefab Sprout），英国另类流行乐队。

的。”说不定她还穿不下。

“你可以以后还我。”

她说：“你闭上眼睛。”

帕克低声说：“那当然。”他把头转开。

停车场没人，埃莉诺低下身，把帕克的T恤穿在自己的外衣下，然后脱掉肮脏的衬衫。体育课时她就是这么换衣服的。这件T恤和运动服差不多一样紧，只是闻起来很干净，有帕克的味道。

她说：“好了。”

他回过头来看她，笑容变了：“不用还我了。”

他们抵达明尼阿波里斯市，帕克停在加油站问路。

他回到车上时，埃莉诺问：“好找吗？”

帕克说：“好找得不得了。我们快到了。”

54

帕克

进入市区后，他有点紧张，毕竟在这里开车不像在奥马哈。

埃莉诺帮他看地图，但是除了课堂上，她没机会看地图。就这样，两人不断走错路。

埃莉诺不住地说对不起。

帕克说："没关系的。我一点也不急。"他很高兴埃莉诺能紧挨在他身边。

她压了压帕克的大腿。

她说："我在想……"

"什么？"

"到了之后，你不要进来。"

"你想单独和他们说话？"

"不……呃，是的。我的意思是，你不要等我了。"

他想转头看她，又担心再次错过转弯。"什么？不行。如果他们不收留你呢？"

"那他们会想办法送我回家，我不会成为你的问题。或许他们愿意花更多的时间听我解释。"

"可是……我还不能接受，不能接受你不再是我的问题。"

"这样比较合理。你早点往回走，天黑前就能到家。"

他语带低落："可是如果我早走……我就是走早了。"

她说："我们迟早要说再见的。是现在、几个小时后，还是明天上午，有什么区别？"

他低头看她，暗自盼望自己又转错了弯："你在开玩笑吗？当然有区别了。"

埃莉诺

她说："这样比较有道理。"然后紧咬嘴唇。要熬过这一段时间，她必须意志坚强。

现在街上的房子看起来熟悉了很多，一栋栋有灰色和白色楔形顶的大房子躲在草坪后面。爸爸走后那一年，她们全家来这里过复活节。舅舅和舅妈虽然不信教，那次还是过得很有趣。

他们没有小孩，埃莉诺想，这可能是出自选择。或许他们知道可爱的小孩最终也会长成丑恶的、有问题的青少年。

但是基奥夫舅舅邀请她来。

他希望她来住，来待上几个月。或许她现在什么都不必说，或许他会以为她是提前来了。

帕克问："是这栋吗？"

他的卡车停在一间前院有柳树的灰蓝色房子前。

埃莉诺认得那房子，也认得车道上的那辆轿车，是舅舅的。

帕克踩下了油门。

"你要去哪里？"

帕克说："只是……兜一圈。"

帕克

他开车在附近的巷弄绕来绕去，但一点作用也没起。最后，他把车停在离埃莉诺舅舅家几户远的地方，从车上可以看到那里。埃莉诺的眼神始终没离开那栋房子。

埃莉诺

她必须跟他说再见了。就现在。但是她不知道怎么告别。

帕克

“你记得我的电话，对吧？”

“867-5309。”

“我是认真的，埃莉诺。”

“真的，帕克，我永远不会忘记你的电话号码。”

“你一方便就打给我好吗？今晚吧。打对方付费电话。你舅舅的电话也给我。如果他不让你打电话，你就写信告诉我电话号码，而且你的信件将会如雪片般飞来，这只会是其中一封。”

“他可能会送我回家。”帕克松开换挡杆，握住埃莉诺的手，“不行，你不能回那个家。如果你舅舅要送你回去，你就来我家。我爸妈会想办法的，我爸已经说过他会的。”

埃莉诺的头往前垂。

帕克说："你舅舅不会送你回家，他会帮忙的……"埃莉诺对着地板慎重地点头表示同意。帕克说："他还会同意你经常接到私人长途电话……"

埃莉诺沉默不语。

帕克试图抬起她的下巴："嘿，埃莉诺。"

埃莉诺

笨蛋亚洲男孩。

美丽的笨蛋亚洲男孩。

感谢上帝，她的嘴已失去功能，否则她会永无止尽地对他倾诉一些狗血的废话。

她很确定自己该谢谢帕克救了她一命。不只是昨天，而是他俩认识以来的每一天。这让她觉得自己像全世界最愚蠢最懦弱的女孩。如果她都无法自救，那还值得救吗?

她告诉自己：世上没有白马王子这回事。

也没有"从此以后过着快乐的生活"这回事。

她抬头看帕克，凝视着他那亮闪闪的绿色双眸。

她想说"你救了我一命"。不是永远，不是一辈子，或许只是暂时，但是你的确救了我，现在我是你的。现在的这个我属于你。永远。永远。

帕克

她说：“我不知道怎么跟你说再见。”

他把埃莉诺脸上的头发拨到后面。他从未见过她这么美：“那就别说了吧。”

“但是我该走了。”

他双手捧着埃莉诺的双颊：“那你就走吧，但是别说再见。这不是告别。”

她摇着头说：“这说法太俗了。”

“你说真的吗？就不能饶过我五分钟吗？”

“当人们没有勇气面对真实的感觉时，就总是说‘这不是告别’。帕克，明天起我就看不到你了——我不知道什么时候才会再见到你。这远超过‘这不是告别’一句话。”

他说：“我并不怕面对我的真实感觉。”

埃莉诺的声音沙哑而破碎：“我不是说你，我是说我。”

帕克双手搂着埃莉诺，暗自告诉自己，这绝不是最后一次。他说：“你是我见过最勇敢的人。”

她低声说：“那我们吻别吧。”

帕克想，这个告别只是今天，不是永远。

埃莉诺

你以为用力拥抱某人会让他更贴近你。你以为只要抱得够紧，即便两人身体分开，你还是可以感觉到他，他会烙印在你身上。

但是埃莉诺每次放开帕克，感觉到的只有巨大的失落。

她终于走下了卡车，只因为她无法再次拥抱他又放开他，如果再来一次，她肯定崩溃的。

帕克准备跟着下车，埃莉诺阻止了他。

她说："别下来，你待在车上。"她眼神焦虑地望向舅舅的房子。

帕克说："不会有事的。"

她点点头："是啊。"

"因为我爱你。"

她笑了："是因为如此吗？"

"事实上，是的。"

她说："再见吧。再见了，帕克。"

"埃莉诺，再见，这个再见只到今晚，到时候你会打电话给我。"

"如果他们不在家呢？天啊，那简直是反高潮。"

"那就太棒了。"

她低语着："傻瓜。"她脸上带着残存的笑容，往后退了一步，关上了车门。

他张嘴默默说"我爱你"。或许他是大声说出来的，但是她已经听不见了。

55

帕克

他不再坐校车，已经没那个必要了。妈妈把羚羊轿车给了他，爸爸又给她买了一辆新的福特金牛座。

他不再坐校车，因为整排座位只有他一个人。

但那辆羚羊轿车没有随着记忆被埋葬。

有些早上，帕克如果提早到校，就会坐在停车场，头顶着方向盘，让记忆中的埃莉诺淹没自己，直到喘不过气来。

进了学校也没有让他好受一点。

她不再在储物柜旁现身，也不出现在课堂上。史岱斯曼老师说，少了埃莉诺，朗诵《麦克白》已经失去了意义。他哀叹着："呸，我的君王，呸。"

她不会留下来吃晚餐。也不会靠着他一起看电视。

多数晚上，帕克都待在床上，那是她唯一没待过的地方。

他躺在床上。一次也没打开过音响。

埃莉诺

她不再坐校车，舅舅开车送她上学。虽然学期只剩四星期，大家已经在迎接期末考了，舅舅还是规定她得去上学。

新学校里没有亚洲学生，连黑人都没有。

舅舅去了奥马哈，说埃莉诺不用跟着去。他一去就是三天，回来时，拎着她卧室衣橱里的那个黑色垃圾袋。埃莉诺已经有新衣服、新书橱了，还有一台随身听和六盒空白磁带。

帕克

第一天晚上，埃莉诺没打电话来。

现在回想起来，埃莉诺没说她会打电话，也没说会写信，帕克认为这些都是理所当然，应该的。

埃莉诺走下卡车时，帕克就在她舅舅门外等候。

原本，只要门一打开，确定有人在家，帕克就该走的，但是他没法丢下她一个人。

他看着应门的女人给了埃莉诺一个大大的拥抱，看着门在她们身后关上。然后他又等了一会儿，万一埃莉诺改变心意，认为他该进去呢？

门没再打开过。帕克想起自己的承诺，开车走了。越早到家，就能越早听到她的声音。

他在第一个卡车休息站买了明信片寄给埃莉诺：“欢迎光临万湖之乡明尼苏达。”

回到家，妈妈跑到门口拥抱他。

爸爸问：“还好吗？”

“嗯。”

“车呢？”

“没事。”

爸爸出去检查车子。

妈妈说：“你啊，让我担心死了。”

“妈，我没事，只是累了。”

“埃莉诺呢？她还好吗？”

“应该还好，她打电话来过吗？”

“没，没有任何电话。”

妈妈一放开他，帕克就跑回房间给埃莉诺写信。

埃莉诺

苏珊舅妈打开门时，埃莉诺已经泪流满面。

苏珊舅妈不断地说：“埃莉诺，我的天，你怎么来了？”

埃莉诺想说她没事，但这不是真的。如果她没事，怎么会站在这里？但是没人过世。她说：“没人死了。”

苏珊舅妈大叫：“哦，我的天啊，基奥夫！你等一下啊，甜心。基奥夫，快来……”

埃莉诺一落单，突然明白了，自己不该叫帕克马上离开的。

她还没做好和他分开的准备。

她打开前门跑到街上，帕克已经走了，她左右张望，没人。

她转过身，舅妈和舅舅在前廊望着她。

他们打电话，给她喝薄荷茶。埃莉诺上床后，舅舅和舅妈还在厨房谈了很久。

“莎宾娜……”

“总共五个孩子。”

“基奥夫，我们得把他们弄出来。”

“如果她说的不是实情呢？”

埃莉诺从裤子的后口袋掏出帕克的照片，压在床头柜上抚平。看起来一点也不像他。十月离现在好像是上辈子那么遥远了，而今天下午又像是另一辈子的事。世界飞快地旋转，她已经搞不清楚自己站在哪里。

舅妈把睡衣借给她（两人身材差不多），但是埃莉诺洗完澡，还是马上穿上了帕克的T恤。

这T恤闻起来像他，有他家的味道，像百花香摆饰，像肥皂，像男孩，像幸福和快乐。

她趴倒在床，抱住心口的巨大空洞。

没有人会相信她。

她给妈妈写了一封信。

把过去六个月想说的话一口气说完。

她说很抱歉。

她恳求妈妈替班恩、鼠鼠还有梅西着想。

她威胁要报警。

苏珊舅妈给了她邮票：“邮票就放在杂物抽屉里，你需要拿多少就拿多少。”

帕克

当他在卧室待腻了，当他的生活周遭再也没有埃莉诺的香草味，他就步行去她家。

有时门口停着卡车，有时没有。有时那条罗威纳犬在前廊睡觉。但是草地上已经没有破烂玩具，前院也再见不到小孩玩耍。

乔许说埃莉诺的弟弟已经不去上学了："大家说他们搬走了，全家一起搬走了。"

他妈妈说："那真是大好消息。你知道，或许那个漂亮妈妈终于看清了事实，这对埃莉诺是好事。"

帕克只能点头。

他怀疑他写的信有没有送到埃莉诺现在住的地方。

埃莉诺

客房（也就是她现在的卧室）里有个红色的按键式电话。每当电话一响，她就想拿起来说："什么事？戈登局长[①]？"

有时她一个人在家，她会把电话拿到床上，聆听按键的声音。

她练习拨打帕克的号码，手指滑过数字键，有时按键音结束，她会假装帕克就在她耳边低语。

---

① 戈登局长（Commissioner Gordon），《蝙蝠侠》里高谭市的警察局长，是蝙蝠侠唯一信任的警察。

戴妮问她：“你交过男朋友吗？”她们一起上戏剧课，一起吃午饭，此刻坐在舞台上，双脚悬到乐队池里。

埃莉诺回答：“没有。”

帕克不是男朋友，他是个冠军斗士。

“你接过吻吗？”

埃莉诺摇头。他不是她的男朋友，所以他们不会分手，不会彼此厌倦，或者像多数愚蠢的高中恋情那样渐行渐远。

他们之间只有戛然而止。

埃莉诺还在帕克爸爸的卡车上时就如此决定，正确地点是明尼苏达的州的艾伯特里亚。如果他们不会结婚，如果他们不会永远在一起，分手是迟早的事。

他们必须结束。

帕克不会比说“再见”那天更爱她了。

她无法忍受帕克的爱变淡变少。

帕克

当帕克厌烦了自己，就会去埃莉诺以前的家。有时门口停着卡车，有时没有。有时帕克站在人行道的尽头，痛恨那栋房子曾代表的一切。

56

埃莉诺

信件、明信片，还有摇起来像是装有磁带的包裹，全部没拆开，全部没读过。

埃莉诺在干净的信纸上写下“亲爱的帕克”。

她想跟他解释：亲爱的帕克。

但是她的笔写不出理由，真话总是难以下笔——帕克太珍贵了，无法失去。她对他的点滴感觉都炽热如火，难以碰触。

她写了“对不起”，又删掉。

她再试一次：“事情是这样的……”

她扔掉了未完成的信，把没拆开的信封扔进最下层的抽屉。

她的脑袋顶着五斗柜：“亲爱的帕克，就这样结束吧。”

帕克

爸爸说帕克暑假得去打工赚汽油钱。

他们没提到的是，帕克几乎不出门。

他开始用手指涂眼线，涂黑整个眼眶。

他的模样颓废到足够在“极端塑料”唱片店打工。聘用他的那个女孩双耳各有一排耳洞。

他妈妈不再去拿信。帕克知道，妈妈不想告诉他，今天又没有他的信。现在每天晚上帕克下了班就自己去拿信，每天晚上都期盼着下雨。

现在他能听到无限量的朋克音乐，也从未满足过。他爸爸连续三晚进他的房间关掉音响，说："我都听不到自己的思考了。"

要是埃莉诺还在，她会回答："是哦。"

秋天来了，埃莉诺没入学，至少，没有跟帕克一起入学。

她不必庆幸初中以后不必上体育课。她不会听到提娜和史蒂夫私奔后说"邪恶同盟[①]"了

帕克写信告诉了她这一切。她走了以后的每一天，他都给她写信，告诉她每一件发生过的事，以及没发生的事。

帕克停止寄信后的好几个月，还是不断地写。新年那天，帕克祝福她得到她期望的一切，然后他把信扔到床底下的盒子里。

① 原文为Unholy Union，意为"不神圣的结合"，因为史蒂夫与提娜是私奔。

57

帕克

他已经放弃让她回来。

反正她也是想回来才回来，出现在梦里、谎言里，或者破碎的、似曾相识的场景里。比如，帕克开车去打工，看到一个红发女孩站在街头，他差点停止呼吸，那一刹那，他坚信那女孩就是埃莉诺。然后他发现那女孩的头发不是火红，而是金黄。而且她拿着一根烟……穿着“性手枪”乐队的T恤。

埃莉诺讨厌“性手枪”。

埃莉诺……

他转过身发现她就在背后。他醒过来她就躺在身旁。埃莉诺让所有人都显得乏味、平淡，而且永远不够好。

埃莉诺毁了一切。

埃莉诺一去不返。

他已经放弃让她回来。

但是他为什么继续往这栋破烂的小房子跑？埃莉诺不在这里，从来就不在——而且她离开已经太久了，将近一年。

帕克转身离开，但是一辆棕色小卡车飞快地冲入车道，碾过路阶，差点撞到他。帕克站到人行道上等着。驾驶座的门打开了。

或许，他想，或许这就是我在这里的理由。

埃莉诺的继父雷奇缓缓地踏上路阶。帕克认识他，他们见过一面，那次帕克拿《守望者》第二期来给埃莉诺，是他开的门。

《守望者》的最后一期几个月前出版了，不知道埃莉诺看过没有。她会认为智谋者是大坏蛋吗？对曼哈顿博士在结局说“没有任何事情会真正结束”，埃莉诺有什么看法？帕克依旧想知道埃莉诺对所有事情的看法。

埃莉诺的继父一开始没看见帕克。他动作缓慢，步履迟疑。看到帕克后，又好像根本不确定眼前有人一样，大叫：“你是谁？”

帕克没回应。雷奇扭转着身体，跌跌撞撞地走向帕克：“你要干吗？”虽然隔了几英尺，帕克仍能闻到他浑身的酸臭味。像啤酒。像地下室。

帕克站着不动。

他想，*我要杀了你*。

他明白，*我真能杀了你我也该杀了你*。

雷奇块头和帕克差不多，而且烂醉如泥，分不清东西南北。他伤害帕克的心绝对比不过帕克想让他受的苦。

帕克肯定可以狠揍他一顿，除非雷奇身上有武器或者运气特别好。雷奇拖着脚步前进，再次大吼：“你要干什么？”他说话的力道太大，失去了平衡，往前跌了一跤，重重地摔在了地上，帕克还得往后跳，才没被撞到。

雷奇说：“操！”他屈膝，两手撑地，摇晃着想要起身。

帕克想，*我想杀了你*。

我可以杀了你。

该有人杀了你才对。

帕克低头看着自己脚尖包铁的马丁靴，他刚在工作地点买的。（本来就在打折，再加上他的员工折扣。）他看看雷奇的脑袋，此刻像个瘫软在脖子上的皮袋。

帕克从没想过他可以这么恨一个人，这种感觉远超过他曾有过的所有感觉……所有。

他抬起靴子，踢了踢雷奇脸旁的泥土。冰雪混着车道上的泥土飞进了雷奇的嘴巴，他猛烈咳嗽，跌倒在地。

帕克等着他起身，但是雷奇就一直躺在那儿，嘴里骂骂咧咧，用力揉着眼睛上的盐和碎土[①]。

他没死，但是也没起身。帕克站在原地等了等，然后转身回家。

埃莉诺

信件、明信片、拿在手里摇晃有声的黄色包裹。全都没打开，全都没读过。

天天来信，令人难过；不再来信，更难过。

有时，她把这些东西像塔罗牌或者巧克力棒一样摊在地毯上，心想：还来得及吗？

① 下雪时，马路与车道上会撒盐防止结冰。

58

帕克

埃莉诺没跟他一起去毕业舞会。

跟他一起去的是凯特。

打工地点的凯特又瘦又黑，蓝眼睛颜色浅淡，像薄荷糖。帕克握着凯特的手时，感觉就像在握橱窗模特，吻她时，轻松无压力。那天晚上，他穿着燕尾服西装裤和“嗝屁乐队”的T恤就睡着了。

第二天早上，有个东西轻轻飘落在他的胸口，他醒了过来，睁开眼睛——爸爸站在床前。

他用近乎温柔的口气说：“有你的信。”帕克的手按住胸口。

埃莉诺写给他的不是信，是明信片。正面是“来自万湖之乡的问候”，翻过面，帕克认出了埃莉诺的潦草字迹，脑海里顿时涌出了无数歌词。

他坐好，微笑起来。胸口的沉重受创感就这么飞走了。

埃莉诺写给他的不是信，是明信片。

上面只有三个字。

扫二维码，关注卖书狂魔熊猫君，

并回复“**这不是告别**”，

聆听埃莉诺与帕克的初恋之歌。